LAS COSTURAS DEL SILENCIO

LAS COSTURAS DEL SILENCIO

Eva
Pezonaga
Asiain

Ediciones Eunate

1ª edición: noviembre de 2025
2ª impresión: diciembre de 2025
Composición y diseño de cubierta: Carlos Ortega-IGlobal 3D
Fotografía de autora: Andrea Arce Pezonaga
©2025 Ediciones Eunate
e-mail: eunate@eunateediciones.com
www.eunateediciones.com
©Eva Pezonaga Asiain
ISBN:978-84-7768-518-0
Depósito Legal: DL NA 2068-2025
Impreso en Navarra, España

A mi madre

Aprendí que no se puede dar marcha atrás,
que la esencia de la vida es ir hacia adelante.
La vida es una calle de un solo sentido.
AGATHA CHRISTIE

DECISIÓN IRREVOCABLE

Octubre, 1958

—No podemos tener bajo nuestro techo a una mujer marcada de por vida, seríamos el comentario de todos y dañaría el buen nombre de esta familia. Lo que ha hecho no tiene excusa alguna. Pronunció las palabras cabizbaja, esquivando la atenta e implorante mirada de Manuela, unas palabras impregnadas de resignación y con un trasfondo de amargura.

—Señora, se lo imploro, no estamos hablando de cualquiera.

—Sé perfectamente de quién hablamos, pero no puedo hacer una excepción. El señor ha sido firme, la quiere fuera de esta casa cuanto antes.

—Perdone mi intromisión —insistió Manuela—, ¿por qué la castiga? ¿Por qué?

—¡Ya basta, no lo hagas más difícil! —exclamó con una grave expresión de reproche al entender que su sirvienta la responsabilizaba de tal decisión—. ¡Yo no puedo hacer nada!

Intentando enmendar su reacción, suavizó la voz, dio media vuelta y prosiguió.

—Dile de mi parte que mañana temprano se irá a la que va a ser su nueva casa. Allí se ocuparán de ella y la atenderán como se merece.

—¿Y su familia? Este fin de semana iba a ir a verlos.

—Esa pobre gente ya ha sufrido bastante con lo de su hijo pequeño. Y ahora —tomó asiento frente al tocador—, ahora tendrán que cargar para siempre con esta deshonra.

—Me gustaría ir en persona a contarles lo sucedido; mañana mismo, si usted lo permite. No pueden seguir ignorando algo tan grave.

—Eres una buena amiga —aseveró mientras la observaba a través del espejo—. Me encargaré de que alguien te lleve.

—Gracias, señora.

Triste y abatida, Manuela dio media vuelta. Cuando estaba a punto de abandonar la habitación, oyó decir:

—Créeme que lo he intentado. Aprecio a esa chica tanto como tú.

Manuela había probado a jugar su última carta. Como les ocurría a todas las mujeres que ella conocía, sin excepción, su señora estaba atada de pies y manos. La decisión de su marido se había convertido en una imposición y ella estaba obligada a acatar los imperativos de su voluntad.

Tras el intento fallido por ayudar a su amiga, rompió a llorar y salió de la habitación anegada en un llanto silencioso, cerró la puerta con suavidad y se apoyó en la pared antes de seguir su camino.

—Pobre, no has podido disuadir a la señora —dijo una voz en tono de sorna—. Tu amiguita, su «preferida», es en realidad una fulana.

Manuela se secó las lágrimas con la manga de su bata y alcanzó a ver, en la escasa claridad del pasillo, los ojos y la cínica sonrisa del mismísimo diablo, lo que provocó que montase en cólera.

—¡No puedo demostrar que usted es la culpable! ¡Pero lo sé! Desde el primer día.

—No eres capaz de imaginar lo que soy capaz de hacer y hasta dónde puedo llegar —afirmó sin dejarla continuar—. Nadie pasa por encima de mí y menos una aldeana como ella. —Y prosiguió con voz amenazante—: Ten mucho cuidado con lo que dices o te arrepentirás.

TRES AÑOS ANTES

Octubre, 1955

Nené contenía su miedo y sus nervios. Para las siete de la mañana estaba puntual en la cocina con el resto de las sirvientas tras pasar la peor noche de su corta existencia. Era una más del grupo, pero su condición no era la misma. Ella era la nueva.

En fila y ataviadas con una bata azul oscuro que apenas mostraba sus mangas bajo el delantal de estilo victoriano almidonado y tan blanco que daba pena utilizarlo para su fin, las componentes del servicio escuchaban cómo la señora Betan daba instrucciones sobre el duro trabajo que les esperaba esa jornada. Era un día especial, todo tenía que salir perfecto. La mujer pequeña y rechoncha, de ojos saltones y mirada implacable, les exigía con tono enérgico, disciplinado y sin mostrar piedad que se esmerasen en sus quehaceres.

Nené, con un tic nervioso, daba pequeños golpes en el suelo azulejado de la cocina mientras la escrutaba con un solo pensamiento: «Este no es mi sitio».

Todavía resonaban en su cabeza las palabras pronunciadas por su madre con voz temblorosa dos días antes.

—Hija, el lunes empiezas a trabajar en la casona. He hablado con la encargada y necesitan una criada como aprendiz.

—Madre, no quiero trabajar de criada —logró decir Nené sin levantar los ojos del plato de habas.

—¡No estás en situación de opinar! —La voz ronca de su padre la asustó—. ¡Yo a tus quince años estaba cansado de trabajar!

Nené se levantó sin rechistar y, conteniendo su rabia, salió corriendo de la casa. Enfrentarse a la decisión de un hombre, máxime si era su padre, y a su severidad, frenó cualquier intento de réplica. Sus hermanos pequeños, testigos de una escena hasta ahora desconocida para ellos, se miraron desconcertados.

—Yo no quiero que Nené se vaya —dijo en voz baja el mediano.

—¡Tú a callar! —protestó el progenitor.

Con un golpe seco sobre la ajada mesa concluyó:

—¡Termina de cenar y a dormir!

El crepitar de la lumbre rompía el silencio que súbitamente se había adueñado de la casa. Con el techo de tejas y las paredes de piedra, la pequeña morada mostraba una sencillez idéntica a cualquier otra construcción de aquel valle castellano.

Era una casa de labranza de dos alturas. La planta rectangular albergaba los escasos e imprescindibles enseres domésticos. Un hueco de un par de palmos en la pared daba cobijo a la lumbre, sobre la que pendía un puchero cicatrizado por el uso y por el paso de los años.

Ninguno se atrevía a moverse de la mesa. Con el rostro demudado de los más pequeños y el rictus de enojo del cabeza de familia, la madre intentó apaciguar los ánimos y alentó con voz suave a los niños para que terminaran de cenar.

Sin mediar palabra, el padre se levantó y se dirigió al lado opuesto, arrastró la cortina que ocultaba el jergón donde cada noche su cuerpo exhausto encontraba el reposo como recompensa al duro trabajo y la volvió a colocar en su sitio. Junto al espacio que escondía su intimidad y la de su mujer, una puerta desgastada conducía al corral. Nunca le molestaban los balidos de sus cuatro cabras, ni los olores que se filtraban a través de ella, lo que allí guardaba era parte de su precario sustento y el de su familia.

Los niños terminaron de cenar en silencio. Siguiendo las órdenes del padre, subieron al granero por las rudimentarias escaleras de peldaños, una estructura de madera que quitaban y ponían según las necesidades de cada momento. Arriba los esperaban dos colchones de lana que descansaban sobre un manto de paja para aislarlos de la rugosidad del suelo. Sus vidas transcurrían entre esas cuatro paredes y se agrandaban en la calle. La vivienda estaba rodeada de una ancha extensión de tierra fértil que no podían cultivar por falta de aperos; salvo un pequeño patatal y unas pocas verduras, nunca harían crecer nada allí. Y todo por la guerra.

Las tareas estaban cuidadosamente repartidas. Mientras Nené se encargaba de sus hermanos y vigilaba a las cabras, su madre castigaba su cuerpo esmirriado, consumido por el esfuerzo y entumecido por la humedad y el frío de los duros inviernos. Sin agua corriente, se veía obligada a recorrer una larga distancia hasta el arroyo más próximo para hacer la colada, una entre las múltiples obligaciones que tenía que atender.

Nené nunca se lo decía, pero se daba cuenta de que su madre representaba más años de los que tenía. Su forma de vestir no ayudaba a mejorar su apariencia; en invierno solía llevar una falda larga de tela basta de color gris marengo que acompañaba con un jersey negro de lana. En verano, la misma variante en tela más fina, sin olvidar el pañuelo que ataba a su cabeza para recoger y, a la vez, esconder sus prematuras canas.

Madre e hija trabajaban duramente valiéndose de los conocimientos heredados. En las largas ausencias del padre como jornalero en los campos del «señorito», Nené aprendía y se dejaba la piel: el trabajo se duplicaba, no podía dejar a su madre sola con esa responsabilidad.

No había edad para el descanso, ni para las contemplaciones.

Al final de cada jornada, cuando el sol se ocultaba, encendían el candil de barro; el artilugio les proporcionaba espacios pequeños de luz entre la negra oscuridad. Solo en ese momento disfrutaban de un merecido descanso y de una agradable conversación. En ocasiones sus hermanos se unían para escuchar su historia preferida, la del puente destruido, una leyenda que madre contaba una y otra vez a petición de los pequeños.

El día se iba acortando a principios de octubre, pero la temperatura era muy agradable. Furiosa, Nené caminaba con brío sin darse cuenta de cuánto se estaba alejando hasta que vio el olivo de la vieja fuente rodeado de naranjos y limoneros. Al pie de la sierra y cayendo la noche, la mezcla del laurel y del orégano creaba una fragancia única que otorgaba a aquel lugar una identidad y una esencia difíciles de olvidar. Allí no sentía miedo, aquel lugar era especial. Al llegar al árbol se sentó y estiró las piernas. Con el cuerpo apoyado en el grueso tronco, notó que poco a poco su rabia se iba transformando en enfado, no podía quitarse de la cabeza las hirientes palabras de su padre.

Sí, estaba enfadada porque su padre ya había decidido por ella, había decidido sobre su futuro, pero también estaba enfadada porque entendía los motivos que lo habían llevado a tomar esa amarga decisión.

Ya nada iba a ser como ella había planeado.

Y eso le asustaba.

Antes de que la oscuridad ganara el pulso que había comenzado, Nené oteó la inmensidad del campo. Allí la vida era dura, pero se había propuesto aguantar unos años más: hasta que sus hermanos crecieran un poco, su madre la necesitaba a su lado. En aquel espacio bucólico, ahora más que nunca, se respiraba una paz que compensaba cualquier penuria, los peligros que unos años atrás acecharon su hogar se marcharon con sus gentes.

Sus padres nunca sospecharon que ella escuchaba el susurro de sus voces cuando, en mitad de la noche, su padre se levantaba para ayudar a excombatientes republicanos que habían huido de las represalias y que, a escondidas, bajaban de la sierra en busca de algo que llevarse a la boca. Su padre no podía sospechar que, en más de una ocasión, su hija lo vigilaba agazapada en un rincón del establo, donde se ocultaba antes de que él se colara entre las cabras. Nené elegía las noches menos cerradas, aquellas que la ayudaban a observar, entre el miedo y la admiración, cómo él depositaba en el suelo algo que no podía llegar a ver. Siempre en el mismo punto, el hueco hecho en la tierra estaba tan bien disimulado que ni a plena luz del día Nené era capaz de dar con él. Su padre sabía cómo hacer bien las cosas. Con el mismo sigilo que ejecutaba la acción, su padre volvía a entrar mirando hacia todos los lados, como si tuviera miedo a algo o a alguien. Y hacía bien en tenerlo, los hombres vestidos de uniforme vigilaban la aldea día y noche dispuestos a poner fin al apoyo que la gente del llano ofrecía a los resistentes. Nené lo desconocía, pero era el mismo temor que la mantenía en vilo hasta que lo veía entrar.

Hasta que todo terminó.

Tras encontrar una bolsa con ropa de abrigo, la actividad nocturna en la aldea y alrededores desapareció de forma drástica. Las órdenes de los guardias fueron tajantes: durante el día los aldeanos podían permanecer en sus casas, pero al ponerse el sol los obligaban a marcharse. Ya no se valdrían de la oscuridad para ayudar a los maquis. La desesperación invadió cada hogar;

de la noche a la mañana se vieron forzados a buscar otro alojamiento. Si apenas tenían para comer... ¿Cómo mantener otra vivienda? ¿Adónde podían ir? ¿Cómo lo iban a hacer?

Nené los vio partir en sus carros, unos armazones de madera que apenas se tenían en pie. No iban cargados de enseres, iban atiborrados de tristeza, sobrecogidos por la pena y sin habla, mudos por la imposición que los había conducido a ese cruel e inexorable final.

¿Por qué ellos se quedaban en su casa a dormir? ¿Por qué no se habían marchado con los demás?

—Yo no elegí hacer la guerra —le aclaró su padre con amargura—. Tampoco elegí el bando en el que luché, pero pude volver a la tierra que me vio nacer y aquí me quedaré. Ahora lo que busco es trabajar y vivir en paz.

La respuesta que obtuvo no satisfizo su curiosidad, es más, Nené no comprendió lo que su padre quería decir, aquella tierra poco podía ofrecer. Sin embargo, no lo volvió a hacer, nunca más se lo volvió a preguntar.

No lo podía negar, le dolía ver la desolación de su querida aldea, una postal espantosa que ensombrecía una infancia, a pesar de todo feliz y que, en cierta manera, justificaba la decisión que sus padres habían tomado por ella.

Todavía no se había marchado y ya sentía nostalgia por lo que en tan solo unas horas estaba a punto de abandonar. Separarse de su adorable Estrella, la recién llegada al rebaño de cabras, a la que cogía en brazos en su ascenso a la sierra cada mañana; separarse de su fiel amigo Hocico, al que recompensaba con una caricia de aprobación por su estimable ayuda con el rebaño; y, ante todo, separarse de sus tres hermanos pequeños, a los que adoraba sin condición. Solo pensar en ello la torturaba.

Era tan insoportable su pena que arrancó a llorar. El llanto silencioso que comenzó a empapar sus tostadas mejillas se tornó en un grito ensordecedor de dolor que rompió el silencio de la noche. Inerme ante el futuro que la esperaba, se acurrucó bajo la leal protección del olivo y extenuada, se quedó profundamente dormida.

Hacía rato que había dejado de escuchar a la señora Betan. Su tono de voz era desagradable, lo que decía sonaba a amenaza y Nené comenzó a estar más asustada que nerviosa. Para pasar más desapercibida, dejó de dar golpes en el suelo y fijó la mirada en un punto, deseando que aquel momento pasase cuanto antes. Solo fue consciente de que había terminado su discurso al ver al resto de sirvientas romper la fila. No tenía ni idea de hacia dónde tirar y se quedó inmóvil ante la mirada inquisitiva de la rolliza mujer.

—¿Qué haces ahí parada? —le increpó—. ¿No has escuchado lo que he dicho?

—Hoy… hoy es mi primer día y…

—¡Lo que me faltaba! —interrumpió alzando las manos en un gesto de desesperación—. ¿Qué hago yo contigo?

—Señora Betan…, puede echarme una mano con la colada. Hoy toca cambiar todas las sábanas y me vendrá bien su ayuda. De paso… puede ir aprendiendo.

Nené agradeció la irrupción de la chica que se había quedado rezagada a propósito, su voz le recordó a su madre.

—¡Poneos en marcha ya! —ordenó con una palmada—. ¡No os quiero ver de charla!

Manuela agarró a Nené del brazo instándole a seguirla, algo que hizo con gusto.

—¡Un momento! —gritó la señora Betan—. Manuela, enseña a esta mocosa cómo debe ir peinada una muchacha decente aquí.

Nené observó su orondo trasero al alejarse y reprimió sus ganas de contestar apretando sus puños con fuerza. ¿Qué tenía de malo su hermosa cola de caballo? ¿Qué sabía ella de las chicas decentes?

—¡Vamos, vamos! ¡Tenemos que darnos prisa! —dijo Manuela con apremio mientras traspasaba la puerta de la cocina—. ¿No te has fijado que todas llevamos moño? —añadió ya en la galería.

Aunque Nené la seguía de cerca, de repente dejó de escucharla. El silencio intencionado que ella misma provocó le permitió centrar toda su atención en lo inesperado y extraordinario que se presentaba ante ella. Jamás había visto nada parecido a aquella casa.

Con la boca abierta por la admiración, recorrió con la mirada todo lo que sus grandes ojos negros podían abarcar. A su derecha vio un zaguán enlosado con baldosas de arcilla de un tamaño imposible de calcular. La cancela de hierro forjado lo separaba del hermoso patio interior repleto de flores, flores de todos los colores. De planta rectangular, organizado con una simetría milimétrica, el espacio estaba presidido por una fuente de cuatro caños de un solo pilón. Sin duda, estaba allí colocada para ser admirada. En un arranque impetuoso, se acercó a tocarla, la piedra era suave, compacta y límpida y el agua salía fresca, como la del manantial de la aldea.

Comenzó a caminar por el pasillo empedrado de su izquierda, como si estuviera alelada. Realmente lo estaba, era la primera vez que veía algo tan hermoso. Rodeando el patio, una galería decorada con arcos formaba la zona de paso a diferentes estancias, cada puerta de madera así lo indicaba.

Manuela, un poco alterada, la seguía de cerca.

—¿Estás escuchando lo que te digo? Tenemos que darnos prisa —repitió—. ¡Como nos vea aquí todavía, nos va a caer una buena bronca! —advirtió moderando la voz para no llamar demasiado la atención.

Al doblar la esquina, Nené vio la escalinata.

—¿Podemos subir? —preguntó señalando en esa dirección.

—Claro que podemos, las habitaciones de la familia están arriba, en la primera planta, y ya deberíamos estar allí trabajando —respondió Manuela muy nerviosa—. Sígueme.

De pronto se volvió.

—Una cosa…, todavía no sé tu nombre.

—Mi familia me llama Nené —contestó distraída.

Manuela se adelantó y subió las escaleras de dos en dos mientras que Nené lo hacía con una parsimonia casi irritante, la lentitud con la que se movía permitió que en su retina quedase grabado todo lo que veía. No contenta con eso y sin poder resistirse a la tentación, comenzó a tocar con escrúpulo lo que tenía al alcance de su mano. Suavemente acarició la baranda de madera, el brillo era tal que parecía recién puesta. Se agachó y siguió acariciando la balaustrada, esas cabezas de caballo talladas con tanta perfección… ¿Cómo era posible hacer algo así?

Siguió avanzando unos peldaños más hasta que se detuvo en seco. Esta vez su atención se centró en el suelo. Lo había notado, había notado que algo amortiguaba cada paso que daba, sus pisadas eran suaves y silenciosas. Al girarse para contemplar la escalinata, comprobó que no se equivocaba. Desde el primer peldaño, un tapiz de un color parecido a la baranda, se adaptaba a cada escalón con precisión, como si estuviera incrustado en la propia madera. Sin apartar la vista del suelo, siguió ascendiendo lentamente hasta llegar al último tramo. De nuevo se sorprendió.

Unos retratos colgaban de la pared del espacioso descansillo al que acababa de llegar. Hombres y mujeres la miraban expectantes, no parecían contentos de verla allí, ninguno sonreía. Nené se sintió incómoda, los desconocidos la seguían con la mirada, como si la hubieran estado esperando para advertirle de algo importante. Ese algo se le antojó evidente, solo había que fijarse bien. Aquella gente llevaba ahí una eternidad, esa casa les había pertenecido a cada uno de ellos.

Se recompuso de su fugaz pensamiento al comprobar que la magnífica arquitectura no terminaba en ese punto. Sus ojos seguían dilatados por el asombro, cada pequeño descubrimiento hacía más difícil que sus pupilas volvieran a su ser. La desviación de la majestuosa escalinata a uno y otro lado le hizo vacilar sin saber hacia dónde tirar.

Al girar la cabeza para situarse, vio a Manuela apoyada en la barandilla. Con tono desafiante le advirtió:

—Si no vienes, tendré que hablar con la señora Betan. Ella no va a tener ninguna contemplación contigo. Me estás haciendo perder mucho tiempo.

No fue difícil advertir que su paciencia se estaba agotando. Nené, volviendo en sí, intentó arreglarlo.

—Perdona —se disculpó sinceramente—, todo esto es nuevo para mí. Nunca había visto algo así.

—Te cansarás de verlo, te lo aseguro.

Nené llegó junto a ella y volvió a disculparse.

—Lo siento. Dime qué tengo que hacer.

—Lo primero de todo, vamos a hacerte el moño —dijo más calmada—. Luego empezaremos por la habitación del señor. Hace rato que se ha levantado, siempre es el primero en hacerlo.

—¿Tiene una habitación para él solo? —preguntó incrédula.

—Ni una pregunta más —volvió a advertir Manuela—. Poco

a poco irás comprobando cómo funcionan las cosas aquí.

A Nené no le asustaba trabajar y demostró con creces su capacidad para aprender. Con esmero, pisaba los talones de Manuela para que nada se le pudiera escapar. En cada habitación seguía el mismo procedimiento. Primero abría la ventana de par en par para ventilar, retirando la ropa de cama para volver a hacerla con las sábanas limpias y almidonadas. Las estiraba bien para que no quedasen arrugas, doblando con cuidado la parte superior de la encimera. Una vez puesta la colcha, ponía el toque final colocando la almohada y los cojines. Si Manuela quitaba un jarrón, se fijaba dónde debía volver a colocarlo. Si corría una cortina, memorizaba cómo estaba cada pliegue para que luego quedase igual. El resultado era un trabajo bien hecho que saltaba a la vista. Lograron recuperar el tiempo perdido entre las dos, lo que tranquilizó enormemente a la buena maestra. Su tensión inicial se fue disipando y una bonita sonrisa se dibujó en aquel rostro tan agradable. Nené se alegró.

Logró sobreponerse al impacto que sintió al ver la habitación del señor de la casa, ¿para qué necesitaba un lugar tan grande solo para dormir? Se abstuvo de preguntar en voz alta para no perder la confianza que ya se había ganado de Manuela. Pero durante el resto de la mañana no dejó de hacerse la misma pregunta al entrar en las demás habitaciones.

Con los cestos cargados de sábanas, se dirigieron a la zona del lavadero. Estaba situado frente a las habitaciones de las criadas, una ampliación horizontal de la casa llevada a cabo al inicio de la contienda. La señora decidió, con arreglo a los principios de su marido, que el servicio no podía ocupar las habitaciones de la segunda planta, las necesitaba para albergar a los invitados y militares del régimen que luchaban por mantener el orden en aquellas tierras.

Para llegar hasta allí tenían que pasar forzosamente por la cocina. El ritmo a esas horas era frenético, sin embargo, no se oía una palabra más alta que la otra. En realidad, solo se escuchaba el ruido de perolas, bandejas y potentes fogones. Cada una de las trabajadoras estaba centrada en sus tareas. Nené las observó discretamente. Los aromas que percibió en los breves segundos de paso le abrieron el apetito. Hasta entonces no se había dado cuenta del hambre que tenía.

—Todavía no es nuestra hora de comer —le informó Manuela—. Hoy vienen personas importantes y debemos aguantar hasta que ellos terminen. Tal vez tengamos suerte y podamos probar alguna de esas delicias —dijo regodeándose.

Para Nené las supuestas delicias no eran para tanto, ni siquiera era capaz de identificar lo poco que había visto sobre la mesa, y tampoco se molestó en indagar. La sopa de ajo que hacía su madre, eso sí que era una delicia.

Al sentarse en el muro de una de las pozas, notó el dolor de sus pies por culpa de esas malditas medias. Sentía sus dedos aprisionados, como si estuvieran encajados en un hueco sin espacio que impedía el movimiento de sus falanges. ¿Por qué tenía que ponerse esa prenda tan burda si todavía no hacía frío? ¿Para ser una muchacha decente? Un comentario de ese calado solo podía salir de alguien con un desconocimiento tal sobre su persona que resultaba ofensivo, no se lo quitaba de la cabeza. ¡Qué sabía esa amargada de ella! Su postura encorvada facilitó los ligeros masajes que atenuaron los pinchazos de su dedo gordo y dio un suspiro de alivio.

—Pero ¿quién es esta monada? —dijo una voz apenas inteligible.

Sin saber de dónde procedía, Nené pegó un salto involuntario. Al volverse para comprobar de quién se trataba, se tambaleó y como pudo se acercó a Manuela, intentando disimular su enorme susto.

—¡Aquí no eres bienvenido! —gritó Manuela—. ¡Márchate y déjanos en paz!

—Niña, no hace falta que grites —continuó pausadamente.

—Si no desapareces de mi vista ahora, te tiro este cubo de agua. ¡Sabes de sobra que lo haré!

Manuela hablaba en serio. Nené, oculta tras ella, escrutaba horrorizada a aquel hombre, que, lejos de avergonzarse de su aspecto, proyectaba una seguridad chulesca con su postura erguida. Su rostro era deforme, de expresión brutal, aunque a él, con su sonrisa taimada, parecía no afectarle. Sabía leer lo que aquella monada estaba pensando en ese momento y disfrutaba al verla tan asustada.

—Ya me voy, no te pongas así. —Dio media vuelta—. Nos volveremos a ver —sentenció alzando la voz con un único propósito: que se le entendiera bien.

Totalmente ajenas a la sombra que las observaba desde la ventana del segundo piso, ambas se quedaron inmóviles hasta que lo vieron desaparecer.

La puerta de hierro que daba directamente a la calle se abrió con su habitual chirrido.

—Hola, chicas. ¿Qué tal estáis?

La voz cantarina de Carmen las distrajo.

—Hola, Carmen, vienes tarde hoy.

—Sí, he tenido un problema con la yegua. ¿Sabes lo que me ha hecho? He salido de una tienda y no estaba atada donde la había dejado. Acaba de ser madre y su instinto la ha llevado hasta casa, le tocaba dar de mamar a su potrillo. Me he llevado un buen susto, la verdad. Aunque, para cara de espanto la vuestra.

Ladeó la cabeza fijándose en la desconocida.

—Ese esperpento de Hipólito ha asustado a Nené.

—¡No hace falta que lo jures! Pobrecilla.

—Nos pasó a todas la primera vez, ya sabes cómo es ese desgraciado.

—Pero tú tranquila —la calmó Carmen—. Estando aquí Manuela, no tienes nada que temer, sabe mantenerlo a raya. Voy a dejar la leche en la cocina. La señora Betan estará alterada con mi tardanza.

Carmen se apresuró a entrar en la casa.

Manuela pilló a Nené mirando de reojo en dirección a la cuadra.

—No te preocupes. Por la cuenta que le trae, no saldrá más.

—¿Qué le ha pasado en la cara?

—Un mortero en la guerra lo dejó desfigurado. No tiene familia, al señor le dio pena y lo trajo aquí. Se encarga de los pocos caballos que quedan y del huerto.

—Pobrecillo.

—No te dejes impresionar por su desgracia, es una mala persona —dijo con rabia—. Por su culpa, muchos inocentes fueron fusilados. Era un chivato, no te fíes nunca de él. Y, sobre todo, nunca te quedes a solas con él.

El tono que empleó Manuela le turbó todavía más.

—¿Qué quieres decir con eso?

—Te lo digo de otro modo: aléjate de él.

Llegó la noche y Nené apenas se tenía en pie. Al tumbarse sobre la cama notó cómo el dolor de sus músculos se amortiguaba y experimentó un ligero desahogo. Le daba igual no quitarse la ropa, lo único que quería era dormir. Por más vueltas que daba sobre el pequeño y duro colchón intentando encontrar la postura más cómoda, no lo conseguía, el cansancio se lo estaba poniendo difícil. Echaba de menos su mullido colchón de lana en el que cada noche se acostaba junto al más pequeño de sus hermanos. Los otros dos compartían su propia cama junto a la de ella y cada noche Nené conseguía que fuera especial, porque cada noche les contaba una historia diferente. Extrañaba su roce y el calor que desprendía ese minúsculo cuerpo. Intentó imaginar su carita frente a ella, disfrutaba viendo cómo sus ojos se iban cerrando y cómo se quedaba dormido sin esperar a que ella acabase lo que estaba contando. Sonrió al recordarlo. Desgraciadamente, el momento de su despedida se coló en su mente rompiendo la magia de ese recuerdo tan entrañable y una punzada aguda le retorció el estómago.

Manuel, el mayor de los tres, no quiso salir a despedirse de ella, estaba enojado porque su hermana era mayor para empezar a trabajar. Las explicaciones de Nené no lograron convencerlo. Miguel, el mediano, se agarró fuertemente a sus piernas repitiendo una y otra vez que no se marchara; y Daniel, en brazos de su madre, permanecía ajeno al significado de la escena. Tras unos consejos maternales pronunciados con palabras tan llenas de ternura como de tristeza, se montó en el carro cabizbaja mientras su padre se quejaba por el retraso. Intentó frenar su deseo de mirar hacia atrás, pero en la distancia no pudo evitar volver su rostro. Lo que vio, esa imagen, se quedó grabada para siempre: Manuel apareció por la puerta y echó a correr tras ellos con los ojos bañados en lágrimas; sin lograr alcanzarlos, cayó de rodillas y siguió llorando.

Nené acarició la almohada y en voz alta prometió que volvería a casa pronto. Hizo un último esfuerzo y se sentó al borde de la cama para quitarse ese incómodo uniforme, dormir con él no era buena idea. Y tampoco con el moño. Antes de acostarse deslizó el visillo de la única ventana de la habitación. Todo estaba en silencio. Cuando estaba a punto de volverse, le pareció ver una sombra. Asustada, lo volvió a correr, apagó la luz y se apresuró a meterse bajo la sábana.

Al otro lado, una cara desfigurada intentaba adivinar cómo dormiría esa monada, qué llevaría puesto y con quién soñaría. Con descaro, apoyó sus brazos sobre el alféizar de la ventana y comenzó a tararear una imperceptible canción:

Me debes un beso. No te lo perdono.

Me debes un beso. Me lo cobraré.

LA SUERTE DE MARA

9 de septiembre, 1997

Desde la novena planta, sentada en su nuevo despacho con pocas ganas de trabajar, Mara contemplaba cómo la imponente montaña se empequeñecía bajo el arcoíris. El sol había salido esa mañana penetrando en las gotas de la lluvia con la que se había despertado el día; una estampa mágica que a cualquier pintor le hubiera gustado plasmar con sus acuarelas. La elección de aquel moderno edificio orientado de forma intencionada hacia la cara norte había sido premeditada y justificaba el elevado precio del alquiler, una renta que Mara pagaba con gusto. En los días de sol la divisaba erguida, esbelta, incluso arrogante, como si de manera descarada la estuviera desafiando para que volviera a pisar su tierra y sus piedras. Desde el accidente de Claudia no lo había hecho. No podía, todavía no tenía el valor suficiente para enfrentarse a ella, por eso la odiaba y respetaba a partes iguales.

Mara volvió en sí al escuchar la manilla de la puerta.

—Aquí tienes la agenda para esta mañana y tu periódico —dijo Maite, su secretaria.

—¿Hay algo importante? —preguntó con desgana.

—¿En la prensa o en tus notas?

Mara ojeó la portada.

—A la una tienes la reunión con el fiscal Ardanaz. Lo demás no corre prisa —le informó.

—¿No se puede cancelar la reunión? Por favor, llámale y dile que estoy enferma.

—¿Tan mal estás?

—Tengo un dolor de cabeza insoportable, como si me estuvieran clavando agujas.

—Tienes que dejar de pensar en lo mismo —añadió Maite dirigiéndose a la puerta, saliendo y entrando casi de inmediato con un vaso de agua en una pequeña bandeja y una aspirina efervescente—. Esto te sentará bien. —La dejó sobre la mesa—. ¿Cuánto tiempo vas a seguir así? Sabías de sobra que esa decisión acarrearía consecuencias. Pero es lo que tú querías y no tienes por qué arrepentirte.

—No me apetece hablar del tema —dijo levantando la palma de su mano derecha—. No seas como mi madre —renegó—. Hay cosas más importantes de qué preocuparse. Solo tienes que leer las noticias. Otro nuevo atentado, esto es horrible. No se conforman con lo que le hicieron hace dos meses a Miguel Ángel Blanco… Son unos canallas.

—No van a parar nunca.

—Yo no podría defender nunca a esta gente.

—Como abogada no deberías decir eso. Todo el mundo tiene derecho a una defensa.

—¿Hoy es el día de darme lecciones de todo tipo?

—Ni soy abogada, ni soy tu madre. Has cambiado de tema sutilmente, pero, para tu información, yo no te voy a presionar para que arregles el escándalo, como ella lo llama. Simplemente, soy realista y práctica. No eres la primera que cancela su boda a falta de una semana. Apechuga con tu elección y a seguir. Ha sido una suerte que te dieras cuenta a tiempo del paso que ibas a dar. Eres una mujer independiente, inteligente y, si tú quieres, tendrás éxito con otros hombres. Aún eres joven y no estás nada mal, salta a la vista. Pero solo depende de ti, de tu actitud.

—¿Has terminado ya? —le interrumpió Mara dejando el periódico sobre la mesa.

Vertió la aspirina en el vaso de agua, esperó a que se disolviera y se lo bebió de un trago.

—Te dejo sola —dijo Maite alejándose—. Y no te vendría mal un buen caso para defender. Tu padre no te va a poner las cosas fáciles —le recordó.

—Gracias, Maite, gracias por estar a mi lado.

Absorta en sus pensamientos, Mara abrió el primer cajón de su mesa y extrajo un botecito de cristal. Mientras lo sostenía entre su índice y su pulgar, comenzó a girarlo sin dejar de escrutar lo que había dentro, el mechón de pelo rubio se conservaba intacto. No fue consciente de cuánto tiempo estuvo observándolo, solo volvió al presente al notar que sus ojos se humedecían. Guardó el pequeño objeto con mucho cuidado, pestañeó con fuerza e intentó recomponerse.

—De nuevo —se dijo por lo bajo—, Maite está en lo cierto.

Esa mujer, que había dejado el despacho de su padre para irse con ella, tenía el don de escucharla y de expresar sin tapujos lo que pensaba. La manera de hacerlo siempre era la correcta; con determinación y respeto, todo lo contrario a su madre.

Dejándose llevar por lo que acababa de escuchar, Mara se dirigió al baño. Delante del espejo observó detenidamente su silueta. Pasó sus manos por el contorno de la cintura hasta llegar a las caderas, un poco anchas para su gusto. Luego palpó sus senos. A sus casi cuarenta años podía presumir de unos pechos bien puestos, ni grandes ni pequeños. Con un ligero medio giro, miró su perfil y posó la mano sobre su tripa; un vientre plano, no está mal. Volvió a mirar de frente y acercó su rostro a la superficie del cristal. Apartando la larga melena de su cara, observó unas tímidas patas de gallo. Levantó sus cejas con intención de disimularlas, más vale que el corrector de ojeras y la base de maquillaje habían logrado ocultar la mala cara con la que había amanecido.

Dio un paso atrás y siguió examinándose. Una pena que no tuviera más altura. También era cierto que su metro sesenta y siete le permitía llevar unos buenos tacones, y eso siempre ayudaba a estilizar la figura. Sus vivarachos y brillantes ojos, hoy apagados por su estado de ánimo, traslucían cierta insatisfacción. Decididamente, no era el mejor día para un examen de ese tipo. ¿A qué venía eso?

Llevaba días sin contestar a las repetidas llamadas de su madre, que insistía, a base de lamentos y haciéndose la mártir, para que cambiase de parecer. Lo único que le importaba era que su «queridísima» y única hija la había puesto en evidencia ante las amigas del selecto club al que pertenecía y había tenido que recurrir a las pastillas para soportar la terrible vergüenza de estar en boca de todas. No se lo perdonaría jamás.

¿Por qué pensar en cosas tan banales? ¿Acaso no era más importante su felicidad que la de su «glamurosa madre»?

Si ese hombre con el que había estado un año comprometida le hubiera demostrado que no solo estaba con ella por interés, todo hubiera sido distinto. Las continuas manifestaciones de entusiasmo ante su círculo de amistades al convertirse en el principal accionista del bufete de su futuro suegro, la evidente falta de atención hacia los preparativos de la boda con comentarios como «Encárgate tú, son cosas de mujeres», amén de otras perlas que habían salido de su boca, llevaron a Mara a plantearse si la decisión de casarse era la correcta.

La gota que colmó el vaso fue aquella conversación que accidentalmente escuchó a sus padres. Todo había sido un plan orquestado por ellos para que el petulante de su novio se hiciera con las riendas del despacho, «lo que dará muy buena imagen al negocio», en opinión de su madre.

Tuvo la sensación de que tanto sus padres como su novio la estaban traicionando y decidió actuar para evitar ser una infeliz en su matrimonio. Si la prioridad de ese engreído era el despacho, se lo podía quedar. Si lo que buscaban sus padres era un sucesor varón ahora que su progenitor se jubilaba, se iban a enterar.

Mantuvo sus intenciones en secreto, planificando cada decisión y cada movimiento durante semanas. Hasta que un domingo en plena comida familiar, a tan solo una semana de la boda, soltó sin pestañear:

—Quiero cancelar la boda y, además, voy a montar mi propio despacho, ya tengo el lugar adecuado. —Y apostilló—: Es perfecto para mí.

Ante el desconcierto inicial que mostraron las caras de sus acompañantes, que no le quitaban los ojos de encima, no tuvo que esperar mucho a las primeras reacciones. Con absoluta rabia su padre le pidió que recapacitara y, ante su negativa, dejó claro que él mantendría su decisión con respecto a Gonzalo. Su madre, perpleja, palideció al darse cuenta de que la noticia sería un escándalo, iba a ser el hazmerreír de toda la ciudad.

Mara solo se fijaba en él. Desde ese momento se había convertido en su «ex», pero no parecía muy afectado. Aprovechó que el señor y la señora Berría se dirigían expresamente a su hija en tono hostigador, le devolvió la mirada y le regaló una indecente sonrisa acompañada por un gesto triunfante, lo que sacó de quicio a Mara.

—¡Eres un cabronazo, machista y oportunista! —escupió con rabia poniéndose en pie—. ¿Cómo he estado tan ciega? Solo te interesaba el despacho... y lo has conseguido.

A Gonzalo los descalificativos de Mara no le impresionaron, ni se inmutó.

—¡No consiento que hables así a Gonzalo! Eres una desagradecida —intervino su padre—. Será mejor que te vayas.

Mara no se molestó en echarles en cara lo que ya sabía. El bombazo que acababa de soltar había causado el malestar deseado, pero no desaprovechó la ocasión para desahogarse.

—¿Desagradecida? ¿Acaso le tengo que dar las gracias a este gilipollas por querer casarse conmigo? ¿Crees que me está haciendo un favor? —preguntó con desprecio—. No te preocupes, lo que más deseo es salir de aquí para no volver. Es evidente que preferís a Gonzalo antes que a vuestra propia hija.

Con tono irónico zanjó:

—Es el hijo que deseabais, ¿no es así? Acabas de echar por tierra lo que siempre has defendido, al menos hacia fuera —dijo sin apartar la vista de su padre—, el amor incondicional de unos padres hacia su hija.

Se marchó dando un estrepitoso portazo mientras su madre montaba un numerito desvaneciéndose sobre la mesa.

Solo habían pasado quince días.

Escuchó el desagradable pitido del interfono y se dirigió a su mesa.

—Dime, Maite.

—Tienes una llamada. Te va a sorprender.

—¿No será ella, otra vez? —indagó.

—No, tranquila, no te la hubiera pasado. Es alguien a quien no conoces personalmente. Irene Balaga, ¿te suena de algo?

—¿Has dicho Irene Balaga? ¿La diseñadora?

—La misma. Ha insistido en hablar personalmente contigo.

—Pásame la llamada, por favor.

Un tanto nerviosa, se aclaró la voz y descolgó el teléfono.

—Buenos días, Mara Berría al aparato.

—Buenos días, soy Irene Balaga. No le llamo como diseñadora, si es lo que piensa. Me gustaría hablar con usted de un tema estrictamente personal y, por supuesto, confidencial.

—Pero usted no vive aquí en Pamplona, ¿no? ¿Qué le ha llevado a contactar conmigo?

—Sabía que me lo preguntaría. Entiendo que le resulte extraño, pero cuando le cuente mi historia, lo entenderá. Tengo la agenda muy apretada con el desfile del próximo mes, ¿tendría algún inconveniente en venir a verme? Es un asunto que no puedo demorar más.

—A ver, voy a mirar mi agenda.

Revolvía nerviosa la maraña de hojas que tenía delante, sabía que había dejado anotado en algún papel el calendario de juicios pendientes.

—¿Cuándo le viene bien?

—Por mí, mañana mismo. Yo me encargo de todo. Mi chófer pasará a buscarla al aeropuerto. Le mando hoy los billetes.

—Un momento, mañana a primera hora tengo un juicio.
—Eso sí lo recordaba—. Por la tarde estoy libre.

—Perfecto. Hay un vuelo mañana a las seis y media de la tarde. Podemos cenar juntas en mi casa, será mi invitada. No es necesario que traiga maleta, le proveeré de todo lo necesario.

Mara no se molestó en seguir buscando la maldita hoja.

—Entonces, nos vemos mañana. Será un placer conocerla.

—Para mí también será un placer. Me han dado muy buenos informes suyos. ¿Le dice algo el nombre de Pablo Saras?

—¿Conoce usted a Pablo? Su hija y yo..., Claudia era como una hermana.

—Como ve, tenemos mucho de que hablar.

Maite entró como una exhalación al ver que la luz roja del teléfono se apagaba. Mara, todavía sin recuperarse, la miró con los ojos desorbitados.

—Quiere verme.

—¿Cuándo? ¿Va a venir aquí?

—Mañana me invita a su casa para tratar un tema personal.

—¿Vas a ir a su casa? ¿Mañana? —Maite se sentó agitada—. ¿Por qué ha recurrido a ti? No lo entiendo, seguro que dispone de buenos abogados.

—Conoce al padre de Claudia, a Pablo. No sé qué tiene que ver en todo esto.

—¿Por qué no le llamas? —sugirió Maite.

Le acercó el teléfono con decisión.

—Lo haré, pero no ahora.

—¿No te ha adelantado nada?

—No, Maite, los temas privados y confidenciales, tal y como los ha calificado ella, no se tratan por teléfono.

—¿Soy la única que piensa que se trata de algo serio?

—Cómo eres, siempre sacando conclusiones precipitadas. A veces una mancha es solo una mancha.

—¿Qué quieres decir con eso?

—Rompiendo estereotipos, en ocasiones, las cosas sí son lo que parecen.

Maite no se quedó convencida. Se levantó e insistió.

—A mí me huele que vas a tener entre manos un gran caso, el caso que va a dar un empujón a tu carrera. Fíate de mi instinto.

Abandonó el despacho haciendo gestos, con su peculiar forma de andar y, como de costumbre, hablando sola en voz baja.

UN MES ACIAGO

Mayo, 1958

—¿Para quién es este vestido tan elegante? —Manuela lo observaba minuciosamente—. ¿Es que ahora coses para la alta alcurnia?

—No lo toques, Manuela.

—¿No te cansas de trabajar? —insistía—. Eres un poco aburrida.

—No, Manuela, no tengo tiempo para aburrirme. Tengo que entregarlo dentro de dos semanas, me queda mucho por hacer. Y no me mires así, no soy un bicho raro.

—Nené, así nunca vas a conocer a ningún chico, estás encerrada en esta casa todo el santo día, para una tarde que tenemos libre. Eres joven, tienes que disfrutar. Hoy toca la banda en la plaza, habrá mucha gente.

—Me parece muy bien. Id vosotras y divertíos. ¿Puedo seguir con lo mío?

Manuela la dejó por imposible y Nené se lo agradeció. Era obvio que no tenían las mismas prioridades ni los mismos gustos. Si para su amiga lo más importante era conocer a un chico que la sacase a bailar, iba muy desencaminada con ella; ni le gustaba bailar ni tenía interés por conocer a nadie.

Al pensar en las primeras salidas por el pueblo, se le revolvió el estómago. Recordó cómo Manuela la agarraba del brazo llevándola casi a rastras y saludaba a todo el que se cruzaba en su camino. Nené se sentía como un mono de feria, dando vueltas y más vueltas a la misma plaza. Llegó a aburrirse tanto de esos paseos de la tarde dominical que cada vez eran más las excusas que se inventaba para quedarse en casa.

Después de tres años había comprobado cómo funcionaban las cosas en la casona. Rara era la semana que en esa casa no acudían invitados para comer. El señor era un hombre muy influyente, afín al Régimen, como todas sus amistades. Era el propietario de una importante fábrica de artículos de cuero, principalmente calzado. Los acontecimientos de los últimos años le habían reportado buenos beneficios, gracias al ejército. El general Franco trató de organizar la vida del pueblo como la de un cuartel; los miembros del ejército ocupaban puestos en el Gobierno y la Policía y la Guardia Civil se encargaban del control y la represión del municipio con el único fin de mantener a raya a los comunistas.

Para los hombres como el señor, las mejoras económicas se estaban produciendo gracias a las actuaciones y a las decisiones del Régimen, las cartillas de racionamiento habían desaparecido hacía pocos años y ya se podía comprar libremente algo tan básico como el pan. Hacían gala de aquello como si hubieran hecho un favor al populacho. De lo que nunca hablaba era de la gran diferencia entre ricos y pobres; a él y a los que pensaban como él no les preocupaba la miseria y el hambre que todavía muchos padecían. En sus tertulias aplaudían el enorme logro de haber sido aceptados por la Organización de las Naciones Unidas tres años antes y alababan las bases militares americanas instaladas en el territorio, ya que representaban la modernidad. Las conversaciones solían subir de tono al referirse a la situación económica que atravesaba el país. Para unos, era necesario romper el cerco internacional y obtener ayuda económica del exterior a cualquier precio para evitar la suspensión de pagos y potenciar la industrialización. Para otros, esa ayuda no debía llegar a golpe de condiciones. Y para los franquistas, la prioridad era mantener su sistema político y la posición del General; rebajarse para obtener unas migajas era lo último.

Nené no entendía de política, lo más lejos que había ido era de la aldea al pueblo, pero había aprendido que en ningún caso debía oponerse en público, y menos en esa casa, a las inflexibles normas de un sistema que evidenciaba una clara discriminación entre vencedores y vencidos en la guerra, entre militares y civiles y, cómo no, entre hombres y mujeres.

—Mucho americano, mucha modernidad y aquí seguimos, lavando a mano en este lavadero y con esta agua que te congela las manos —repetía a menudo Manuela, siempre en voz baja—. Siempre salen beneficiados los mismos, los que tienen dinero. Si ya lo vimos en la película esa, la de Míster Marshall. De nosotros, los pobres, no se preocupan ni los de aquí ni los de allí. Y de las mujeres, mucho menos. He estado escuchando la radio y Elena Francis cada vez me cae peor, parece mentira que siendo una mujer se atreva a decir que nos debemos al marido y a la familia. ¡Nosotras también tenemos nuestros derechos! ¡Seguro que ella vive como una reina!

—Ten cuidado, Manuela, con lo que dices —solía advertirle—. Como alguien te oiga, estás de patitas en la calle.

—No pienso estar toda mi vida trabajando como una mula para estos señoritingos. En cuanto tenga una oportunidad, me marcharé a la ciudad. Y me casaré con un hombre que no me trate como una chacha.

Nené compartía las ideas de su amiga al igual que sus intenciones, aunque, de momento, seguiría trabajando para enviar a casa gran parte de lo poco que ganaba, con el fin de que a sus hermanos no les faltara de comer. Con el resto, iba adquiriendo las materias primas para sus labores.

Todo había comenzado al año siguiente de llegar a la casona. Se fijaba mucho en los modelos que las mujeres invitadas y la propia señora de la casa lucían con arrogancia. Pero fue un día en concreto cuando todo cambió.

Un aparato que funcionaba al ser enchufado a la corriente eléctrica le abrió los ojos y la curiosidad, cada vez que podía se colaba en el salón para verlo. El televisor, así lo llamaron, era como una caja de madera con una pantalla de cristal a través de la cual se veían imágenes en movimiento. A las personas que estaban ahí dentro se les podía escuchar con total nitidez, era fascinante cómo se expresaban y, sobre todo, cómo vestían.

A través de Carmen, la alegre chica que traía a diario la leche, logró adquirir una revista con patrones de modelos que en otros países habían causado furor. Estaba decidida a hacerse su primer vestido, sin olvidar las normas establecidas. Para poder cumplir su objetivo tenía que solventar dos circunstancias adversas: lograr que le dejaran utilizar la máquina de coser y aprender a interpretar los dibujos. Para lo primero, buscó la ocasión y la manera adecuada de dirigirse a la señora Betan. Lo intentó una y otra vez; cuando no estaba ocupada, estaba alterada y cuando creía que podía abordarla, alguien o algo se interponía en su camino. Hasta que, por fin, una tarde preciosa de marzo interceptó su paso en medio del patio.

—Señora Betan, ¿puedo hablar con usted? —preguntó palpitante.

—¿Qué quieres?

Como de costumbre, no contestó a su pregunta.

—Quería saber si puedo utilizar la máquina de coser.

—¿Para qué la quieres? Tú no eres la encargada de las labores en esta casa —le espetó.

—Quiero arreglarme unos vestidos.

Nené seguía firme en su propósito y, aunque por dentro contenía su ansiedad, no estaba dispuesta a rendirse a la primera.

—No puedes utilizarla, María es la encargada de la costura.

—Pero yo no quiero que ella me los arregle, es cosa mía.

Nené se estaba enfrentando a ella por primera vez y cada minuto que pasaba se sentía más fuerte.

—¡Te he dicho que no puedes! ¡No seas insolente!

La señora Betan dio media vuelta y amenazó con marcharse.

—¡Usted no es quién para impedírmelo!

Nené acababa de traspasar la línea. La mujer se volvió hecha una furia y cuando estaba a punto de abofetearla, la voz de la señora de la casa la detuvo.

—¡Señora Betan! ¿Qué está pasando aquí?

—Esta mocosa insolente no acata mis decisiones, señora.

—¿Me quiere explicar por qué motivo no le concede lo que ha pedido?

Nené comprendió que la señora había escuchado su demanda.

—Quizás sea el momento de que María deje de coser, es mayor y está perdiendo vista.

La señora Betan se agitó.

—Pero, señora, ¿qué va a hacer María? Además, Nené tiene otras obligaciones.

—Lo puedo hacer al terminar mis tareas, no voy a desatender mi trabajo —se defendió.

—De ti depende, Nené. Tendrás que trabajar duro para sacar tiempo. Hablaré con María. De momento, la puedes ayudar, últimamente la encuentro cansada. No se hable más del asunto.

—Gracias, señora —se apresuró a decir Nené.

Se contuvo para no dar saltos de alegría, no solo por las palabras de la señora, también por la cara de ira de la mujer que se creía intocable. Lo mejor que podía hacer era marcharse de allí rápidamente, pero antes se volvió a dirigir a la señora:

—Muchas gracias, señora. No se arrepentirá.

Cuando entró en la cocina, se desahogó dando brincos mientras la cocinera la miraba como si estuviera loca. Ya había superado la primera barrera y, con la ayuda de María, pronto aprendió a descifrar los dibujos. Su segundo problema estaba zanjado.

Habían pasado dos meses desde el incidente, era domingo y todas las sirvientas estaban listas para acudir a la misa. Esperaban a Nené, que por algún motivo se retrasaba. Al verla llegar, todas fijaron su vista en ella como si no la reconocieran. Manuela fue la primera en hablar:

—¡Si no pareces la misma! Estás... ¡Estás guapísima!

Sin saber cómo, Nené se vio rodeada por todas sus compañeras, expuesta a todo tipo de comentarios. Una voz detrás de ellas las silenció.

—¿Hay algún problema? Llegaréis tarde a la liturgia si no os dais prisa.

Se echaron a un lado dejando a la nueva Nené a merced de la mirada de la señora. Le bastó un rápido vistazo para reparar en la transformación de su sirvienta. La dejó sin habla. Avanzó hacia la puerta y antes de salir, se giró para volver a mirarla.

—No os quedéis ahí paradas —insistió.

—¿Os habéis fijado en la cara de la señora? —preguntó Manuela—. ¡Se ha quedado de piedra al verte! —exclamó acelerada.

Con naturalidad, Nené salió la primera, la aprobación que había percibido en la mirada de su señora la llenó de orgullo. Al regresar de la misa, se volvieron a encontrar en el patio de la vivienda, pero intentó pasar desapercibida. Aprovechando que estaban solas, la dueña se dirigió a ella.

—Te felicito, espero que sigas haciendo cosas tan bonitas.

—Muchas gracias. Lo intentaré —contestó con humildad.

Aunque no se prodigó en halagos, para Nené supuso un gran triunfo. Había superado su primera prueba, lo que, sin duda, le permitiría seguir cosiendo. Con cara de satisfacción siguió avanzando hacia su habitación. En el camino una mole vestida de negro le entorpeció el paso.

—¿Te crees diferente a las demás? ¿Especial? Eres una pobre desgraciada, una simple criada, y por muchos vestidos que hagas, lo seguirás siendo.

Intentando esquivarla, Nené dio un paso a un lado, pero la señora Betan con aire arrogante, incluso amenazante, continuó hablando:

—Si yo fuera tú, no me haría ilusiones. Voy a hacer todo lo posible para que no sigas utilizando la máquina de coser y vendrás a suplicarme.

—¡Déjeme en paz, maldita bruja! —Estalló la joven.

Era el segundo incidente en poco tiempo y era consciente de que intentaría llevar a cabo sus amenazas. Aquello tenía su riesgo... Sin embargo, contaba con el beneplácito de su señora y al pensarlo, se tranquilizó.

Los encargos para nuevos vestidos no tardaron en llegar. La primera petición fue de su querida Manuela y a ella la imitaron el resto de las compañeras. La casona se estaba convirtiendo en un referente de elegancia para el resto del pueblo y la misa de los domingos, en el mejor escaparate. Todas las miradas recayeron en la autora de esa transformación. Si hasta entonces la dueña era la que más destacaba, ahora también lo hacía su personal. La única que seguía anclada en su horrible estilo era el ama de llaves, con sus vestidos negros envejecidos por el uso y las lavadas, algo que a Nené le traía sin cuidado. Su principal deseo era conseguir un encargo especial: quería coser para la dueña de la casona.

A finales de mayo, a dos meses de un importante acontecimiento en el pueblo, recibió en la sala de costura la tan anhelada visita.

—¿Te interrumpo?

Nené se levantó al escuchar una voz que reconoció al instante.

—Por supuesto que no. Adelante, por favor.

La señora dio unos pasos al frente.

—Quiero pedirte un favor —dijo mientras repasaba algunas prendas que estaban colgadas en perchas—. Me complace tu trabajo y quiero que me hagas un vestido para la inauguración de la nueva planta de la fábrica. Espero estar a tiempo.

Nené no tardó en responder a la petición de su señora.

—No hay problema, dejaré todo lo que tengo pendiente y me volcaré en usted. Es un honor que acuda a mí.

—Me gustaría algo diferente, algo que no esté visto aquí.

Nené le mostró la última revista que Carmen le había agenciado. Aunque tenía unos meses, sus novedades eran todavía desconocidas para ellas.

—Aquí puede elegir el modelo. Son vestidos que en otros países ya están en la calle, pero que aquí no se conocen.

—¿De dónde sacas tú estas revistas? —preguntó confundida.

—Un tío de Carmen, la chica que nos trae la leche todos los días, viaja constantemente. Es él quien me las proporciona. Me ayudan a sacar ideas. No hago una copia exacta porque me gusta poner mi sello. Si quiere, se la puede llevar y esta noche la mira tranquilamente. Cuando sepa lo que le gusta, intentamos crear nuestro propio diseño.

—Me atrae la idea —afirmó complacida.

Delante de ella, la señora hojeó varias páginas.

—Tendremos que estudiarlo detenidamente. Ese día muchas personalidades se congregarán en el pueblo, entre ellas, el arzobispo. Entre tú y yo, no desaprovecha la mínima oportunidad para dar lecciones de moralidad y decencia. Soy la mujer del propietario de la fábrica y, aunque siempre estoy en un segundo plano, ese día tengo que dar ejemplo —dijo con resignación—. Observo atrevimiento en estas mujeres y yo, yo no quiero parecer atrevida.

—No se preocupe, le garantizo que será la más envidiada y no por lo que parezca, sino por lo que lleve. Usted es elegante por naturaleza. Lo más importante es elegir una buena tela y un color que le favorezca.

—Yo había pensado en el negro.

—No es necesario que sea algo negro, si me permite opinar. Podemos optar por algún color oscuro que vaya bien con su tono de piel.

—Estoy pensando, estaría bien que me acompañaras a comprar la tela. Pasado mañana tengo intención de ir a la ciudad con el señor. Conozco una tienda magnífica con una gran variedad. Seguro que allí encontramos algo que nos encaje.

—Me encantaría acompañarla, pero la señora Betan no lo permitirá.

—La que lo tiene que permitir soy yo. Hablaré con ella personalmente —replicó suavemente.

No era un viernes cualquiera para Nené. Llevaba levantada un buen rato con el vientre revuelto, justo ese día. Pero no era cuestión de mala suerte; no había pegado ojo en toda la noche imaginando cómo sería la ciudad, y si a eso le sumaba que iba a ir con los señores, el diagnóstico no podía ser otro.

Corrió al retrete por tercera vez, afortunadamente sin las consecuencias de las dos primeras. No obstante, decidió que le quedaba tiempo de sobra para tomar una infusión que calmara sus nervios.

Se había arreglado con esmero para no parecer una aldeana. Eligió la falda de tubo hasta debajo de las rodillas, con la blusa de manga larga a juego y un estrecho cinturón también a juego que rodeaba su menuda cintura. El efecto del conjunto resaltaba sus perfectas proporciones y, aunque era bajita, se ayudó con unos zapatos de medio tacón fino. Estaba perfecta.

Sintió rabia al ver al ama de llaves en la cocina, pero lo disimuló con soltura. Saludó amablemente haciendo caso omiso de su presencia y se tomó la infusión lentamente. Notó cómo la bruja clavaba sus ojos en ella con el objeto de intimidarla, sin embargo, consiguió todo lo contrario. A Nené esa mujer ya no le asustaba. Escuchó la voz de la señora y terminó presurosa su bebida. Al salir, le brindó la mejor de sus sonrisas.

—Que pase un buen día.

El viaje discurrió sin enterarse. Como para ella todo era nuevo, no perdía detalle a través de la ventanilla del Seat 1400 que el señor había comprado hacía cuatro años, un automóvil de importación que acaparaba todas las miradas a su paso. En el pueblo era el único que podía permitírselo, pero al llegar a la ciudad comprobó la existencia de varios modelos iguales.

No fue lo único que le sedujo: el ruido, el ir y venir de tanta gente, la amplitud de las calles, los edificios tan altos que parecían no tener un final, las hermosas plazas. Reconoció la que estaban atravesando; en medio había una fuente con dos leones arrastrando un carro, le sonaba de verlo en blanco y negro por el televisor y se emocionó, al natural parecía cobrar vida.

Lo primero que hizo nada más poner el pie sobre la acera fue acercarse al primer escaparate en el que se exhibían una extensa variedad de bolsos y zapatos. Los miró detenidamente y se hizo un firme propósito: «Llegará el día que pueda elegir cualquiera de estos modelos».

La señora la apremió para que se pusiera en marcha: aunque la tienda estaba a dos manzanas de allí, tenía más planes para el resto de la mañana. Nené continuamente se quedaba rezagada, hasta lo más insignificante despertaba su interés y frenaba su avance, por lo que se veía obligada a aligerar el paso cada vez que eso ocurría. «No desentono en absoluto —pensó—; estoy a la altura de cualquier mujer de la capital». No solo estaba en lo cierto, sino que comprobó que algunas la miraban con un atisbo de envidia o admiración. Cierto caballero pasó junto a ella casi rozándola y la elogió con gracia. Ella se sonrojó.

La Casa de las Telas era un comercio de dos plantas situado en una vía principal. El alboroto de voces y el transitar de peatones que corrían para no perder el tranvía dejaban claro que se trataba de una de las calles más bulliciosas de la ciudad. El hombre encargado de la tienda reconoció a su señora y se dirigió presuroso a recibirla. Nené sintió vergüenza ajena al escuchar su voz melosa y aduladora totalmente fuera de lugar.

Muy diligente les mostró un abanico de telas de distintos tejidos. En un momento dado se acordó de mercancía que acababan de recibir pero que todavía no había desembalado. Rogándoles un poco de paciencia, se esmeró en disponer de cuatro de los retales recibidos, los tenía localizados. No tardó en aparecer con ayuda.

—Esta tela es magnífica —dijo Nené nada más verla—. Tiene cuerpo y será fácil trabajarla. El color es muy apropiado para la primavera y le favorece.

Con destreza acercó una parte del retal a su piel.

—Ya lo creo que le favorece.

—Permítame darle mi opinión —el propietario no pudo contenerse—. Sin duda tiene usted muy buen gusto y entiende de tejidos, pero la señora tiende a llevar tonos más neutros.

—Justamente pretendo que eso cambie. Usted puede permitírselo —replicó Nené convincente—. Este color vino es discreto, con unas medias de seda y el zapato adecuado… le aseguro que será la más admirada.

Salieron de allí muy satisfechas, sobre todo, Nené. Aunque aquella maravilla que habían adquirido no era para ella, la decisión de la señora certificó la confianza que había depositado en su nueva modista. En ella. Era la oportunidad de demostrar su valía y no la iba a desaprovechar.

Ultimaron las compras a tiempo para reunirse con el señor, que, al contrario que Nené, tenía prisa por volver a casa. Su primera vez en la ciudad y apenas había visto tres calles.

El regreso a la casona se vio ensombrecido cuando encontró a su padre esperando en la puerta. Al vislumbrar en él cierta actitud de preocupación y nerviosismo, supo enseguida que algo no marchaba bien. Las facciones de su rostro mostraban tristeza, lo que le inquietó aún más, su padre no era un hombre dado a exteriorizar sus sentimientos. Nada más descender del coche escuchó:

—Es Daniel, está muy mal.

No era capaz de llorar, pero su barbilla, baja, temblaba. Nené se estremeció al ver su fragilidad.

—¿Qué ha pasado? ¿Dónde está? —preguntó angustiada.

—Un accidente —logró decir—. Estaba en los corrales.

No pudo continuar. Nené agitada se volvió hacia la señora.

—Vete con él —le ordenó.

El niño se debatía entre la vida y la muerte en la consulta de don Ángel, el médico del pueblo. Con la cabeza vendada, había conseguido frenar la hemorragia, pero la palidez de su cara y su cuerpo inmóvil eran un síntoma claro de que su fin se acercaba. Consciente de que el traslado a la ciudad precipitaría el fatídico desenlace, y casi seguro de que no saldría con vida de allí, optó por insuflar unas palabras de aliento a la familia: «La esperanza es lo último que debemos perder».

Nené se abrazó a su madre, que, con la cara desencajada, miraba a su pequeño rota de dolor. Manuel y Miguel permanecían junto a Daniel, no querían separarse de él. Inmóviles y callados, a los dos les consumía el mismo sentimiento de culpa.

Lo enterraron a los dos días junto al olivo de la vieja fuente.

—Este es el mejor lugar para que descanses —pronunció Nené en voz baja—. De aquí al cielo, no hay distancia.

Nunca le habían parecido los días tan alegres y las noches tan relajantes como aquel mes de mayo. Sin embargo, la esperanza de que todo podía ir a mejor se vio truncada el último día del mes.

LA REVELACIÓN

10 de septiembre, 1997

Volar le ponía nerviosa. Mara estaba sentada en su asiento a la espera de que el avión despegara. Pasado el temido momento en el que el aparato se elevó, se distrajo mirando por la pequeña ventana intentando relajar sus músculos, cargados de tensión.

Desde aquella altura solo podía distinguir unos serpenteantes y estrechos caminos que seguramente conducirían a alguna parte. Entre ellos se intercalaban, sin orden ni concierto, una sucesión de figuras geométricas dibujadas por la propia tierra, todas distintas en color y tamaño. La aparente sequedad del paisaje se veía compensada con alguna masa de agua aislada. Los interminables kilómetros de extensa llanura terminaron por aburrirla y cerró los ojos. Pensó en la llamada de Irene Balaga. Podía llegar a ser cierta la suposición de Maite; tal vez el misterioso y ansiado encuentro con esa mujer tan interesante supusiera el inicio de un importante caso para el despacho.

Unas turbulencias algo bruscas le sobresaltaron y, al abrir los ojos, divisó a través de la ventanilla una cordillera de profundos valles que, como hachazos, se intercalaban entre los altos picos nevados. Se agarró fuerte a ambos reposabrazos mientras una mezcla de miedo y admiración lograba apoderarse de ella. Se acordó de su montaña; al lado de aquella espectacular panorámica, la percepción de su grandeza se desvaneció. Le dolían las manos de aferrarse tan fuerte a su asiento, pero la tensión se fue volatilizando a medida que se calmaban los movimientos del avión. Comenzó a relajarse un poco cuando la voz del piloto anunció la inminente llegada a destino, aunque no se tranquilizó del todo hasta que pisó tierra firme.

Antes de bajar del avión, una amable azafata se dirigió a ella para comunicarle personalmente que un coche la esperaba a pie de pista. Mara no daba crédito a lo que acababa de escuchar y, en cierta manera, sintió un poco de vergüenza. Su deseo de que nadie lo hubiera escuchado la impulsó a mirar a derecha y a izquierda. Al hacerlo, sonrió levemente, por un instante había olvidado que viajaba sola en primera clase.

Bajó con cuidado las escaleras y se encaminó hacia el coche negro de alta gama. El chófer descendió y, diligente, abrió la puerta trasera.

—Buenas tardes, señora Berría. Soy Enrique y estoy a su disposición.

—Buenas tardes, Enrique, me puede llamar Mara, por favor.

Por un momento se sintió como una estrella de cine, lo había visto en muchas películas.

Una vez dentro, se acomodó en el asiento de piel color cámel. No le costó coger postura, el espacio era amplio. Enrique cerró la puerta con suavidad y se sentó al volante.

—Espero que haya tenido un vuelo agradable —se interesó.

—Afortunadamente, ha sido un viaje corto. No me gustan los aviones —explicó Mara.

—En media hora estaremos en la casa. La señora Balaga le estará esperando. Póngase cómoda.

—Estoy muy bien, gracias.

El atento chófer, un hombre de una edad imposible de precisar, alto, de pelo cano, muy elegante con el traje azul oscuro y corbata a juego, en un intento por agradar, hizo sonar música clásica. Si no hubiera sido por la expectación ante lo que se iba a encontrar, Mara se hubiera quedado dormida. No conversaron durante el trayecto, se sentía cohibida, algo poco habitual en ella. El coche entró en una exclusiva urbanización y se detuvo ante una verja que se abrió de forma automática al acercarse. Un tramo de asfalto de pocos metros que les condujo a la entrada de la casa partía en dos un jardín que parecía no tener límites. Aunque eran cerca de las ocho de la tarde, todavía no había oscurecido y, boquiabierta, contempló la mansión que apareció ante sí. Frente a la puerta, alguien los esperaba. Enseguida la reconoció, era la mismísima Irene Balaga.

En persona era más guapa que en las fotos, quizás porque en todas salía muy seria.

Aparentaba…

Nadie osaba dar una cifra. La madurez que reflejaba su pelo corto, blanco natural, y la aparente juventud de su cuerpo menudo originaban erróneas conjeturas y absurdos cotilleos. Sin embargo, era algo que mantenía en riguroso secreto, como todo lo referente a su vida privada. Era conocida y reconocida por su talento y su trabajo, justo lo que a ella le importaba.

Mara descendió del vehículo con decisión, sin esperar a que Enrique le abriera la puerta. Aquel rostro radiante la deslumbró al instante.

Mientras se acercaba pudo escuchar:

—Bienvenida. Me alegro mucho de conocerla en persona.

Irene la envolvió en un abrazo.

—La que se alegra soy yo —consiguió decir Mara—. Es usted mucho más guapa que en las fotos.

—¡Oh! No soy amiga de las fotos, ni de los posados ni de las que nos roban. No lo llevo nada bien.

—Su trabajo es extraordinario —agregó Mara.

—Gracias. No hay ningún secreto, simplemente, me gusta lo que hago. Supongo que a usted le pasará lo mismo —resumió

Irene—. Si te parece bien, podemos dejar los formalismos para otros y nos podemos tutear. Y será mejor que entremos, ha empezado a refrescar.

—Por favor, estoy deseando ambas cosas.

Irene la agarró del brazo en actitud cariñosa. A punto de entrar, Mara se giró para expresar su agradecimiento al chófer. Ante aquel gesto de educación, Irene sonrió levemente con satisfacción.

—Enrique es una persona insustituible en mi vida —intervino mirándolo de reojo.

Ya en el interior, Mara pudo confirmar lo que, en cierta manera, presumió al ver la fachada de la vivienda. Ella misma tenía una vida más que acomodada, pero lo que allí se encontró superaba con creces lo que había conocido. Aquello era lujo en estado puro, sin extravagancias ni ostentación. El toque de elegancia se percibía en cada rincón de aquel espacio abierto de grandes dimensiones.

Una sensación de equilibrio la envolvió en la misma puerta del salón. Las cortinas, de colores neutros, se dejaban arropar por la calidez suave de las alfombras. Los amplios ventanales permitían disfrutar del paisaje exterior y aportaban una luz natural que iluminaba todo. Se imaginó la chimenea encendida en los días fríos de invierno y experimentó una repentina sensación de hogar. La decoración era perfecta, cada detalle contribuía.

Irene la condujo a su rincón favorito: dos grandes butacas individuales colocadas una enfrente de la otra y separadas por una exótica mesita junto al último ventanal.

—Tienes una casa magnífica —dijo Mara—, es muy grande, pero resulta realmente acogedora.

—Gracias, yo me ocupé personalmente de la decoración.

La invitó a tomar asiento mientras hablaba.

—Reconozco que es demasiado grande, pero le saco mucho partido. Luego te enseñaré mi taller.

—¿Trabajas aquí?

—No exactamente, solo recibo a mis clientas más selectas, las que no quieren ser vistas en lugares públicos. Aquí encuentran la intimidad que necesitan.

—Conocerás a personas muy influyentes.

—Todas ellas son bastante normales, no te dejes impresionar por lo que representan. En el fondo son personas como las demás; todos nos vemos ridículos sentados en un retrete, lo que nos convierte en iguales. Si te paras a pensar, resulta cómico, ¿no te parece?

Mara se sorprendió con el comentario y soltó una carcajada.

—Creo que conoces muchos secretos de la élite de este país.

—Cuando nadie sabe nada es que alguien sabe mucho —zanjó.

—Lo que te convierte en una confesora.

—Más o menos.

De manera no deliberada la conversación fluía sola.

—Y el taller ¿es grande?

—Lo suficiente para hacer realidad mis inspiraciones. Me gusta pasar tiempo en casa, solo viajo por obligación y cada vez lo llevo peor. Nadie lo sabe —prosiguió—, guardo en él algo muy valioso, un pequeño museo con modelos que nunca he comercializado y que he creado por puro placer. En un futuro me gustaría exponerlos en alguna galería, porque, para mí, son pequeñas obras de arte. Si no te aburre, te los mostraré después de la cena.

—¿Aburrirme? ¡Me encanta la moda!

Irene sonrió complacida.

Enrique se asomó por la puerta y cortó la conversación. Había cambiado su traje por unos tejanos claros y una camisa blanca ancha de lino con cuello tira.

—¿No os apetece un aperitivo antes de cenar?

La mirada interrogante de Mara, acompañada por un gesto de extrañeza ante la familiaridad del chófer, arrancó una carcajada a Irene.

—¡Ven con nosotras!

Extendió la mano hacia él y añadió:

—Nuestra invitada necesita una explicación.

A medida que se iba acercando, Mara lo siguió con los ojos bien abiertos. Al llegar junto a Irene, se agarraron de la mano y se sentó en el reposabrazos de su butaca.

—Vosotros dos ¿sois pareja? —se decidió a preguntar impaciente.

—Enrique y yo llevamos juntos diecisiete años. ¿Te sorprende?

—¡Ya lo creo! —contestó sin tapujos. Enseguida se arrepintió—. Perdonad, es que yo pensaba que trabajaba para ti.

—No pasa nada, más de uno reaccionaría como tú si se supiera. Él es el culpable de que lo mantengamos en secreto.

Enrique intervino.

—Es la mejor táctica para que los *paparazzi* no nos persigan.

—Además de ser mi chófer, es mi gestor. Intento rodearme de gente de confianza. Mis dos hermanos están también en el negocio. Es una manera de tener todo controlado.

—¿Os apetece algo de beber? —preguntó Enrique.

—Yo un Martini blanco, por favor. Lo necesito —matizó Mara—. Lo cierto es que hacéis una pareja estupenda...

Aprovechando el tema de la conversación, Irene interrogó a su invitada.

—Y tú, ¿tienes pareja?

Aunque no se notó, Mara tragó saliva.

—La tenía hasta hace poco —aclaró de mala gana—. Lo dejé a una semana de casarnos.

—¡Qué valiente! —exclamó Irene—. No tuvo que ser fácil tomar una decisión tan delicada.

—Me costó darme cuenta de que no me convenía, aunque para mis padres era el yerno perfecto.

Enrique le ofreció el aperitivo.

—Las consecuencias me acompañarán siempre —comentó distraída, sin profundizar en lo ocurrido. No reparó en la mirada furtiva que Irene dirigió a Enrique.

—No te arrepientas nunca de tus decisiones. En todo caso, arrepiéntete de las que no tomes —sentenció la diseñadora.

Precisamente era el tipo de consejo que Mara necesitaba para pasar página. Estaba harta de cargar con el lastre de los prejuicios a los que se había visto sometida a raíz de su anuncio, tanto por sus padres como por algunas amistades. Ahora era la protagonista de su propia vida y demostrar a todos que era capaz de encauzarla se iba convertir en un reto. El desafío comenzaba en ese mismo momento. Irene había dado en el clavo y había contribuido, sin saberlo, a fortalecer el maltrecho estado de ánimo de su huésped.

Sobre la mesa del comedor situado junto a la cocina estaban dispuestos varios platos preparados. Aunque informal, los tres disfrutaron de una cena excelente e Irene se encargó de felicitar a la responsable. Mara advirtió la conducta intachable de su anfitriona.

—Eres una persona íntegra —soltó Mara de camino al taller.

—Agradezco tu elogio, pero ¿por qué lo dices?

—Me he fijado en cómo tratas a tu personal.

—Nunca he olvidado de dónde vengo y de lo que hice para llegar hasta aquí —argumentó—. Cualquier trabajo bien hecho es susceptible de reconocimiento. Cómo te ganas la vida no quita ni añade valor a la persona, si eres buena en lo que haces.

Ruborizada, Mara no se atrevió a explicarle cómo trataba su madre al servicio. Intentó borrar de su mente ciertas imágenes bochornosas que había tenido la desgracia de presenciar en su propia casa y se centró en escuchar.

Irene terminó su espontánea aclaración a la vez que abría una puerta cerrada con llave. Como le había prometido, estaba a punto de mostrarle su lugar de trabajo.

—Nadie puede entrar aquí, ni siquiera mis clientas más selectas. Tengo otra sala reservada para las pruebas y es allí donde las recibo.

Encendió la luz.

La peculiar estructura de aquel lugar permitía a Irene ser versátil a la hora de realizar sus creaciones. La organización era pulcra, saltaba a la vista.

—Este es mi pequeño «laboratorio» de costura. Aquí es donde doy rienda suelta a mis ideas.

—¿Qué proceso sigues a la hora de confeccionar?

—Fíjate en los maniquís. Cada uno de ellos tiene las medidas exactas de una de mis clientas. Como verás, solo hay seis, lo que quiere decir…

—Que, obviamente, hay seis señoras importantísimas que acuden a ti.

—Exacto, y ya no necesito más —puntualizó—. Primero trabajo directamente sobre el cuerpo de cada una de ellas y luego creo el patrón. Utilizo telas de gran calidad, los hilos son siempre de seda —señaló las estanterías repletas de ovillos— y los tiño con el color exacto de la tela. Los botones van forrados por arriba y por abajo. Trato de conseguir los volúmenes adecuados para disimular cualquier defecto físico y realzar las virtudes. Por ejemplo, se puede aparentar un pecho más generoso, si es necesario.

—Lo que haces en realidad es reproducir el cuerpo de la persona en la propia tela, por decirlo de un modo más simple.

—Veo que lo entiendes. —Sonrió—. Cada confección es distinta y está personalizada, lo que garantiza que se adapte como un guante.

—Ahora entiendo el éxito de tu trabajo —pensó Mara en voz alta—. Imagino que te llevará mucho tiempo cada encargo.

—Lleva tiempo, sí. Pero el resultado es impecable. Y muy satisfactorio.

—Ya lo creo que sí —dijo Mara.

Irene avanzó hacia el fondo mientras Mara prestaba atención a sus movimientos. ¿A dónde iba tan lanzada si solo había una pared? Tímidamente se hizo a un lado para ver cómo Irene tocaba lo que parecía una tapa de plástico junto a un cuadro. De pronto, la parte izquierda del tabique comenzó a moverse.

Irene se giró.

—Acércate, aquí está mi pequeño museo.

Mara obedeció deseosa de descubrir qué se escondía detrás de aquella pared. Al llegar junto a Irene, una tenue luz se activó dejando al descubierto un espacio íntimo que clamaba respeto, el mismo que Mara mostró permaneciendo quieta, casi sin pestañear, hasta que Irene, con un ligero movimiento de su mano, la invitó a pasar.

Mara entró con delicadeza, cada paso que daba le producía una mezcla de curiosidad y bienestar totalmente desconocida. Se colocó donde Irene le indicó. Solo entonces fue consciente de lo que tenía delante.

—Eres la primera persona fuera de esta casa que ha entrado aquí —dijo Irene sin dejar de observar la reacción de su invitada.

Cohibida, Mara dio un paso al frente para escrutar el contenido de la primera caja de cristal del tamaño de una persona. El vestido color cereza parecía una creación divina, solo una mente privilegiada podía ser capaz de diseñar algo tan hermoso, tan fuera de lo común. Tan elegante.

Estuvo observándolo un buen rato para no perderse ni el más mínimo detalle. Hizo lo mismo seis veces más y en todas ellas permaneció muda.

Sin perder un ápice de interés, se dirigió de nuevo a la primera caja, ese vestido tenía algo especial. A pesar de su ignorancia, Mara observó que estaba guardado con pulcritud y que la luz no incidía directamente en él, algo que se repetía en los demás.

—Es maravilloso —dijo Mara con voz queda.

Irene estaba junto a ella y lo escuchó.

—Lo es.

—Tuviste que pensar en alguien a quien quieres o admiras mucho —insistió Mara—. Esto solo se consigue poniendo el corazón como garantía. Tu profesionalidad también cuenta, es indudable, pero hay algo en él...

A Irene le cambió la cara al escuchar las palabras de Mara y se echó a un lado para evitar que esta se diera cuenta.

—Es mi preferido —confesó—. Lo cierto es que no pensé en nadie en particular —mintió.

—¿Estás bien? —preguntó Mara—. No pretendía hurgar en ninguna herida —argumentó al notar a Irene un tanto inquieta.

—No te preocupes —dijo mientras la examinaba detenidamente de arriba abajo y de abajo arriba—. Sabes, creo que es tu talla. Estarías perfecta con él —aprovechó para evadir la pregunta y para evitar respuestas dolorosas e innecesarias.

—No sé si me atrevería a llevarlo. Siento mucho respeto, es una verdadera joya.

—Fíjate en lo que llevas puesto ahora, un vaquero y una americana, lo más básico de un armario. Estás fenomenal porque lo llevas con gracia y proyectas naturalidad y saber estar, justamente la base de la elegancia.

Sin inmutarse por el comentario, Mara volvió sobre sus pasos sin disimular su admiración.

—No deberías esconder estas maravillas. Estoy segura de que te las quitarían de las manos.

—Precisamente es lo que quiero evitar. Sé que si alguna de mis clientas los vieran, querría comprarlos. Y no están en venta, bajo ningún concepto.

Irene no hablaba por hablar, todo lo contrario, estaba convencida de que llegaría el momento de mostrar su tesoro al mundo, ocasión que solo ella elegiría y decisión que solo ella tomaría. Solo ella.

Abandonaron la sala y el taller, cerrando tras de sí la puerta a cal y canto. Una vez en el vestíbulo, escucharon el sonido de un piano y Mara preguntó intrigada.

—¿Quién está interpretando «Nocturno» con tanta delicadeza?

—Es Enrique. Entre otras cosas, es un virtuoso del piano, aunque él se ríe cuando digo eso. Yo no sé nada de música, pero cuando toca suena a gloria.

—Toca muy bien.

—¿Es cosa mía o tú también?

—Aprendí a tocar de pequeña con una profesora particular y más tarde me matriculé en la escuela de música. Esa pieza me encantaba y no es nada sencilla.

—No le gusta tener público así que mejor será que no entremos. Es hora de que te ponga al corriente del motivo de mi llamada. —Su voz sonó diferente.

—Dado que fuiste tú la que contactó conmigo, no he querido preguntar. Aunque, lo admito, tengo una gran curiosidad por saber de qué se trata.

—Espérame en el salón, voy a preparar un café o quizá prefieres...

—Infusión, por favor.

Mara se quedó escuchando a Enrique. Por un momento cerró los ojos y se imaginó a ella misma sentada al teclado de su piano. ¿Desde cuándo no lo hacía? ¿Por qué había aparcado su afición?

Irene salió de la cocina sujetando una bandeja.

—¿Todavía estás aquí?

—Solo escuchaba —contestó volviendo en sí y señaló hacia la dirección desde donde provenía la música.

—Por favor, déjame que te ayude. —La interceptó amablemente.

Mara siguió a Irene y entraron en el salón. Acomodadas en el mismo lugar en el que había comenzado la singular relación entre las dos mujeres, Irene se dispuso a hablar.

—Como ya te dije por teléfono, quiero llevar este asunto con la mayor discreción.

De un sorbo se tomó el contenido de la pequeña taza de porcelana.

—Soy consciente de que tarde o temprano saldrá a la luz. No obstante, haré todo lo posible para retrasar ese momento.

—Por mi parte, no tienes de qué preocuparte —aseveró Mara a la espera de que el contenido de su taza se templara.

—Lo sé, lo sé.

Irene tomó aire y prosiguió.

—Lo que te voy a contar ocurrió hace muchos años, cuando yo era una inocente jovencita a la que todos conocían como Nené. Ya no me siento culpable por lo que sucedió, aunque durante mucho tiempo no fue así. Pasé años intentando no recordar aquellos días con un solo fin, seguir adelante. Sin embargo, mi otro yo seguía esperando. ¿Qué esperaba? Algo aparentemente sencillo, olvidar.

Irene se levantó y se apoyó en la chimenea mientras Mara la observaba en completo silencio.

—Me equivoqué —reconoció dándose la vuelta—. El pasado, aunque es pretérito, permanece inalterable en cada una de nosotras. El pasado nos modela y nos convierte en lo que somos para recordarnos que no debemos renegar de él —hablaba con calma—. Al percatarme de esa realidad, acepté lo que me pasó. Aceptar me permitió valorar las cosas positivas de mi vida y dar las gracias por tenerlas. Fue un camino largo y complejo, necesité ayuda profesional.

Irene volvió a tomar asiento clavando sus ojos en los de su invitada.

—Realmente yo tenía dos vidas. Una, la que me había creado gracias a mi trabajo. Era una vida atractiva construida con gran esfuerzo sobre una férrea mentira: mi aparente felicidad. Me la creí firmemente para evitar remordimientos, no me avergüenza reconocerlo. La otra era la que sufría en mi interior, en la intimidad; la que mantenía con mucho celo en secreto y, lo peor de todo, en total soledad.

Mara seguía sin saber la terrible verdad que se escondía tras la abierta y sincera revelación de Irene y, aunque ansiaba conocerla, se limitó a seguir escuchando sin hacer preguntas.

—Con quince años salí de mi casa para trabajar de sirvienta en una casa acaudalada. La posguerra, además de larga, fue tan terrible como la propia guerra. Yo no viví el drama de tanta muerte, pero sí me tocó sufrir el de la pobreza. Disfrutaba de las pocas cosas que me ofrecía mi querida aldea, pero mis padres apenas tenían para darnos de comer. Me costó adaptarme a aquel cambio. Sin embargo, a los tres años formaba parte de otra familia que, salvando las distancias, me tenía en buena estima. Empecé a coser para la señora y...

Mara hacía lo imposible por no interrumpirla, pero aquel insólito descubrimiento le provocó un reflejo involuntario que acabó en un pequeño contratiempo.

—¡Seré idiota! —exclamó al derramar su infusión sobre la bandeja—. ¡Mira que soy torpe!

—No es nada, no te preocupes. Creo que he sido yo la causante de tu torpeza.

—Viendo cómo te van las cosas, cuesta creer cómo empezaste —contestó Mara sonrojada.

—Que una cosa no se sepa no implica que no haya existido. Me cuesta entender por qué hay una inclinación a imaginar que siempre he vivido en la abundancia. Nadie se para a pensar cómo he logrado tener lo que tengo, solo ven lo que quieren ver. Y dudo que eso vaya a cambiar. Aunque, te aseguro que este detalle es irrelevante al lado de lo que vas a escuchar.

Mara abandonó su intento por arreglar el desperfecto y se centró en la conversación.

—Antes de que sigas, supongo que Enrique conoce la razón por la cual estoy aquí.

—Por supuesto, él me animó a buscar ayuda y a dar este paso. Antes de ser pareja, fuimos buenos amigos; una cosa llevó a la otra.

Ese recuerdo le arrancó una sonrisa, la primera muestra de algo bueno desde que había comenzado a hablar.

—Yo sabía hacer patrones, sabía coser. Con él aprendí a amar. Él es mi verdadero éxito.

Ese atisbo de alegría contagió a Mara.

—Me gustaría hacerte tantas preguntas...

Irene la interrumpió solicitando paciencia mediante un gesto con su mano.

—Hace tiempo que aprendí que no hacer preguntas es lo que causa problemas. Pero tenemos toda la noche por delante.

LA SONRISA DE UNA VICTORIA

Junio-julio, 1958

Desde su nacimiento, Daniel había sido el ojito derecho de Nené; más que una hermana, había sido una madre para él. El primer nombre que pronunció fue el suyo.

—Hace poco eras tan solo un renacuajo y ya estás hecho un hombrecito —solía decirle a modo de queja—. ¡Estás creciendo muy deprisa!

A él le divertía cómo su hermana pronunciaba esas palabras y solía provocarla para que las repitiera. Con cinco años recién cumplidos y sin su hermana a su lado, Miguel se había convertido en su compañero de correrías y se habían vuelto inseparables. A Manuel no le quedaba mucho tiempo para estar con él, pero en cuanto podía, se lo llevaba a cazar liebres para que fuera aprendiendo.

Su muerte supuso un duro golpe para todos. Nené pidió permiso a la señora para quedarse el fin de semana entero en la aldea, su lugar estaba allí con los suyos. Concentró todas sus fuerzas en mitigar el sentimiento de culpa que asaltaba a sus hermanos. Para lograrlo, les incitó a hablar de lo sucedido, era la única manera de evitar que esos hechos les atormentaran el resto de sus días, aun sabiendo que el recuerdo siempre los acompañaría. Además, ella también necesitaba conocer lo ocurrido.

El sábado, después de una cena cargada de silencio y tensión, los dos subieron a acostarse. Nené ayudó a su madre a recoger la mesa y subió a hablar con los dos. Cada uno en una cama, permanecían callados, Nené se sentó en medio.

—¿Quién de vosotros me va a contar lo que pasó?

Miguel se acurrucó dándole la espalda y comenzó a llorar. Su cuerpo delgado se encogió en un ovillo. Con tan solo once años ya había sufrido una gran pérdida.

—No tengáis miedo —dijo acariciándole.

—Fue culpa mía —confesó Manuel con voz queda—. Debí prestarle más atención. Estaba cavando en el huerto y no le hice caso. Me llamaba para que viera cómo se sujetaba a la cerca sin utilizar las manos.

Miguel se giró bruscamente, se sentó sobre el colchón y con los ojos bañados en lágrimas admitió su pecado:

—¡Cállate! ¡Yo tuve la culpa, solo yo! Cuando lo vi allí subido, le grité y entonces se asustó... —seguía llorando—. Vi cómo se caía. —Se secó las lágrimas con la mano—. Se pegó con la piedra.

Nené lo abrazó.

—Tú no tienes la culpa, Miguel —y repitió—, tú no tienes la culpa.

—No se movía... —siguió Miguel lamentándose—. Yo quería que se moviera.

—Shhh, no llores —le susurró Nené—. Sé que tú querías que se moviera. También sé que no querías asustarle. No ha sido culpa de nadie.

Manuel dejó a Nené y a Miguel abrazados. Con quince años, le daba vergüenza que lo vieran llorar.

Nené había conseguido que se desahogaran y, aunque no iba a ser suficiente, suponía un paso más para que el tiempo se aliara con ellos y apaciguara sus almas inocentes y atormentadas. Le hubiera gustado hacer lo mismo con sus padres. Los dos, envueltos en un riguroso luto, optaron por aislarse en un silencio solo interrumpido por el susurro de sus rezos. Centrados en sus trabajos cotidianos, evitaban mirarse a la cara, como si temieran culparse el uno al otro. Nené los observaba apenada e impotente ante ese hermetismo que mostraban, pero no le quedó más remedio que dejarlo estar.

El domingo a media tarde, y antes de partir hacia la casona, volvió a la tumba de Daniel. Con delicadeza colocó sobre ella un ramo de flores silvestres, a la vez que le prometía a su hermano que volvería pronto.

No se imaginaba, no sospechaba que no iba a poder cumplir su promesa.

En la casona la recibieron con cariño. Manuela y las demás chicas habían vuelto antes de su paseo y la esperaban sentadas en el banco del patio tomando la fresca. Con pocas ganas de hablar, intercambió unas palabras con ellas y se retiró a su habitación.

Al día siguiente la rutina la ayudó a no pensar en lo que había dejado en la aldea, y así continuó durante los dos meses posteriores. Su trabajo se convirtió en su distracción y el vestido de la señora, en su obsesión.

Manuela no le quitaba ojo, observaba con preocupación la delgadez de su amiga. Ante su afán por conseguir que frenase el ritmo de trabajo, obtuvo como respuesta un sutil rechazo. Sin embargo, no cejó en su empeño para que comiera; todas las noches le llevaba la cena al cuarto de la costura y no se marchaba hasta que acababa todo. Nené la obedecía, la obedecía porque la conocía; era tan testaruda que siempre conseguía lo que se proponía. O casi siempre.

El mes de julio llegó con los rigores propios del verano. A Nené el calor la ahogaba y aprovechaba la frescura del amanecer para ponerse a coser.

El día señalado, se levantó con la intención de dar el último retoque al vestido de la señora. En pocas horas la inauguración de la nueva planta de la fábrica se convertiría en el acontecimiento del año en toda la comarca. Estaba prevista la asistencia de un grupo de personalidades, entre ellos, militares de alto rango que no desaprovechaban ninguna ocasión para dejarse ver en público elegantemente uniformados y con un porte rígido que transmitía autoridad sobre cualquier civil.

Absorta en su trabajo, permanecía ajena a lo que ocurría fuera de los muros de la casona: tres individuos, amparados en la oscuridad de la noche y en la falta de iluminación, se escurrían entre las empedradas calles del pueblo. A dos de ellos les costaba moverse con agilidad por el peso del bulto que sujetaban, mientras que el tercero los precedía vigilante; su misión no era otra que detectar cualquier movimiento, sombra o ruido que malograra un objetivo arriesgado y fuertemente castigado en caso de ser descubiertos.

Con cautela pero con decisión, llegaron a la entrada del pueblo poco antes del amanecer y colgaron una vasta tela en la fachada lateral de la casa grande, propiedad del alcalde. A la espera de las primeras luces del alba, se mantuvieron agazapados en la loma del pastor, una colina de poca altura situada frente a la única carretera que daba la bienvenida a los visitantes y que conducía directamente a la plaza Mayor. Querían ver con sus propios ojos si el riesgo había merecido la pena.

El esfuerzo estuvo bien empleado y no tardaron en comprobarlo al aparecer la luz en el horizonte.

Las letras en rojo vivo eran tan nítidas que su lectura no exigía esfuerzo. El mensaje en contra del régimen se podía entender con claridad: «FASCISTAS FUERA. CRIMINALES».

Horas más tarde, con el corazón desbocado, Nené esperaba al pie de la escalera para admirar el resultado de su trabajo. Junto a ella, el señor se impacientaba.

—Vamos a llegar tarde. No puede ser que le cueste tanto arreglarse. ¿Quiere subir a ver qué hace? Habíamos quedado a las nueve en punto aquí. No podemos llegar tarde, justo hoy.

Nada más pronunciar esas palabras, apareció ante ellos.

Bajaba lentamente por la escalinata con su mano apoyada en el barandado, mostrando un porte y una seguridad que, junto a su innata elegancia, resultaban deslumbrantes. En la otra mano sujetaba un pequeño bolso de charol negro.

—Querida —acertó a decir su marido—, estás radiante. Mis felicitaciones a tu nueva modista.

Con una leve inclinación de cabeza miró a Nené, que acogió el comentario como un cumplido, bajando los ojos ruborizada. Precisamente su opinión era la que más temía.

Cualquier entendido en moda, sin cabida en aquel pueblo de provincias, hubiera catalogado su vestido como moda de vanguardia. Era sencillo, arriesgado para la época y el lugar pero no exagerado, y sacaba todo el potencial de aquella esbelta mujer. Estaba confeccionado con delicadeza y se adaptaba a su figura con una precisión milimétrica. No se parecía en nada a lo que la señora acostumbraba a llevar.

Un discreto cuello barco dejaba al descubierto parte de sus hombros, de piel blanca y que contrastaba con el tono vino del tejido. La parte de arriba, de manga estrecha hasta el codo, se ajustaba marcando su pecho hasta la cintura, para dar paso a una falda de moderado vuelo hasta las rodillas. Sus piernas delgadas descansaban en unos zapatos de pronunciada punta y tacón fino, no demasiado alto. Nené se había encargado de forrarlos con la misma tela que el vestido, lo que resultó un acierto.

No descuidó ni el más mínimo detalle. Una melena lacia en la parte de arriba caía en forma de ondas sueltas en la de abajo y le daba un aspecto juvenil. Como aderezo, recurrió a algo tan sencillo como unos pendientes de perla blanca cultivada.

No hacía falta nada más. Estaba impecable.

Agarrados del brazo, los señores abandonaron la casa bajo la atenta mirada de Nené.

La señora Betan permanecía furtiva tras una columna sin reparar en el gesto de satisfacción de su señora. Su rostro, carcomido de rabia, no auguraba nada bueno. Y su objetivo no era otro que Nené. Movió su achaparrado cuerpo en un arranque repentino y desapareció sigilosa sin ser vista. Se las arreglaba muy bien para pasar desapercibida cuando quería y para hacerse notar cuando le convenía. Conocía cada saliente y cada entrante de la casona. Situarse en el punto exacto para escuchar las conversaciones ajenas y para controlar los movimientos de cada habitante de la casa sin perder detalle era una habilidad que había adquirido a lo largo de los años. Conocía las debilidades de las personas que estaban a su cargo y las usaba para su propio interés. Jamás alababa las cualidades de ninguna de ellas. Todos los que vivían bajo su yugo no dudaban de su labor como gobernanta, pero, por unanimidad, todos la consideraban una arpía y una amargada. El daño que causaba era gratuito, arbitrario. Y disfrutaba.

De dónde había salido, todo eran conjeturas. En los corrillos del pueblo circulaban todo tipo de chismes. El más extendido era que, siendo jovencita, había escapado de un convento siguiendo a un rufián que se aprovechó de ella y la dejó tirada cuando encontró a otra. Como ya no podía volver a casa después de semejante agravio, apareció por el pueblo pidiendo trabajo. Una completa desconocida que traía como referencia su estancia en un convento no tardó en encontrarlo. Desde entonces, hacía ya veinte años, era la que manipulaba a su antojo los secretos de unos y otros en la casona, sin que nadie conociera realmente los suyos. A cualquier pregunta sobre su pasado, su contestación sonaba a evasiva: «No hay mucho que decir».

La presencia de Nené, la más aventajada con diferencia del servicio y con relación directa con la señora, suponía para ella una amenaza que se estaba materializando a medida que pasaba el tiempo y demostraba sus cualidades con la aguja y el hilo.

Manuela, en más de una ocasión, había advertido a Nené de cómo la miraba.

—He pillado a la arpía husmeando detrás de tu puerta.

—Déjala estar. No puede hacer nada para impedir que siga cosiendo. Lo mejor es no hacerle caso.

Nené ya no le tenía miedo, pero sí temía por Manuela, cualquier impulso de los suyos le podría salir muy caro.

—Me han dado ganas de decir cualquier burrada.

—Manuela, te lo pido por favor, ignórala —le rogó—. ¿Me vas a hacer caso?

—Tú eres la que debe tener un especial cuidado con ella. Es mala y envidiosa. Envidia la atención que te presta la señora y cómo te trata.

—Yo me ocupo de eso.

—Si yo fuera tú, hablaría con la señora.

—Te he dicho que yo me ocupo —zanjó—. No se hable más.

Manuela no se quedó convencida, su amiga no conocía a la señora Betan tanto como ella.

Nené atravesó el patio aspirando el aroma de las begonias, de las adelfas y de algo parecido a una felicidad que hubiera sido completa si Daniel siguiera vivo. Llegó hasta la cocina, donde los habituales olores a carnes maceradas, aceites y otros condimentos habían sido sustituidos por el olor a limpio, a descanso y a tranquilidad. Con el resto del día para ella sola, se sentó en la larga mesa de madera de roble para degustar la tarta de manzana que la cocinera había dejado preparada.

Era la primera vez que se paraba a examinar lo que tenía a su alrededor. La cocina económica de dos potentes fogones soportaba cada día el excesivo peso de altos pucheros que, una vez utilizados, acababan en el pozo de la fregadera de piedra. Solo para manejarlos se necesitaba gran destreza con las muñecas y mucha fuerza. La mayoría de los utensilios de menor tamaño colgaban de una barra de hierro anclada en la misma pared del fregadero. Enfrente, en una alacena también de roble a juego con la mesa, la vajilla brillaba en un orden minucioso. Junto a la puerta que salía al lavadero, había otra que conducía a la nevera, un pequeño cuarto lo bastante frío como para conservar carnes y hortalizas en perfecto estado y al que solo tenía acceso la encargada de elaborar los menús. Un horno de leña de adobe quedaba encajado en una de las esquinas. El suelo de grandes azulejos alternos en blanco y negro relucía como una patena. Solo el tamaño de esa estancia era como el de toda su casa en la aldea, lo que trajo a su memoria las largas conversaciones con su madre a la luz del candil. La echaba de menos.

El sonido estridente de las chicharras pronosticaba un calor sofocante para mediodía y decidió cambiarse de ropa, algo más fresco la ayudaría a sobrellevar el intenso calor que tanto odiaba. Por el rabillo del ojo percibió un movimiento. Miró hacia la puerta sin llegar a distinguir quién era. Pero se lo imaginó. Se dio prisa en terminar la porción de tarta y se encaminó a su cuarto.

Todavía tenía pendiente mucho trabajo con la aguja, una labor que no corría demasiada prisa y que había dejado aparcada para dedicarse exclusivamente al atuendo de la señora. Sin embargo, decidió que esa tarde no haría nada. Para llenar ese tiempo de asueto, optó por tumbarse encima de la cama, el cuerpo se lo pedía. Y se quedó dormida.

El largo descanso tonificó su cuerpo y le libró de las horas centrales de más calor. Cuando despertó, se desperezó y decidió salir a refrescarse al lavadero. La sombra había ganado terreno al castigador sol del verano, las chicharras habían enmudecido y todo estaba en perfecta armonía.

Hasta que ella apareció.

—Nené, no me encuentro bien.

La señora Betan, en el umbral de la puerta, parecía retorcerse de dolor.

—¿Qué le pasa? —preguntó un tanto alarmada.

—No lo sé, he estado vomitando.

—¿Quiere que le prepare una manzanilla?

—Es lo que iba a hacer, pero hace pocos días que la han recogido y está secándose en el cobertizo del huerto.

—No se preocupe, acuéstese, yo se la preparo —dijo con voz compasiva. Era la primera vez que la veía flaquear y de algún modo se conmovió.

Ni siquiera le dio las gracias. Volvió a entrar en la casa con la mano puesta sobre su barriga y desapareció.

Sin pensarlo dos veces, Nené atravesó la entrada al huerto y se dirigió al cobertizo. Delimitado por un muro alto de piedra que lo rodeaba en todo su perímetro, el huerto era extenso y estaba muy bien cuidado. Hermosos tomates rojos y pimientos entreverados colgaban de varias ramas dispuestas en perfectas hileras. Un estrecho surco los separaba de las judías verdes, que crecían en altura y en abundancia. Recordó quién era el que se encargaba de mantenerlo en ese estado y, sin quererlo, reprodujo en su mente las palabras de Manuela aquel día en el lavadero. Procuró no darles espacio y preocuparse sin necesidad, sabía que Hipólito no estaba. Al llegar al cobertizo pegado a la pared norte y protegido por una higuera, hizo un alto ante la puerta. Era una pequeña caseta de madera en la que guardaban los aperos. Estaba recién barnizada y parecía nueva. Le resultó extraño que estuviera cerrada y se detuvo a mirar con detenimiento cada centímetro de la parte frontal, por si veía alguna cosa parecida a una llave.

—Me debes un beso, no te lo perdonaré. Me debes un beso, me lo cobraré.

Asustada al escuchar el tarareo, Nené se volvió bruscamente. Hipólito, sin perder su sonrisa taimada, le mostraba una pequeña llave.

—¿Es esto lo que buscas, preciosidad?

—¿Qué haces aquí? ¿De dónde has salido? —le interrogó con el corazón palpitando de miedo.

Nené no entendía lo que decía, pero fue suficiente con ver su rostro para saber que nada bueno iba a ocurrir. Había dejado de pensar en la manzanilla y en la señora Betan, solo quería salir corriendo de allí y alejarse de ese monstruo. Con un ligero movimiento, intentó esquivarlo, pero él se abalanzó sobre ella y la empujó contra el cobertizo.

—¿A dónde crees que vas?

—¡Déjame! —gritó Nené paralizada por el miedo.

Sin apenas esfuerzo, Hipólito la agarró por la cintura y en volandas y con la boca tapada se la llevó con él. Nené era incapaz de impedírselo y no podía pedir ayuda. Estaba completamente sola.

Sirviéndose de sus musculosos brazos, Hipólito la apretó contra su cuerpo con una fuerza desmedida, impidiendo que ella pudiera moverse. La arrastró consigo hasta la puerta de madera que cerraba el establo y, sin dificultad, la abrió de una patada.

Cada vez que Nené intentaba inútilmente zafarse, él soltaba una carcajada espeluznante.

Consciente de lo que estaba a punto de ocurrir, ella se resistió; lo arañó en la ancha y honda cicatriz que partía de su mejilla hasta llegar al labio superior. Sintió asco al tener ese horrendo y deforme rostro pegado al suyo y respirar su aliento.

Hipólito soltó un quejido de dolor.

—Eres una fierecilla, ¿eh? Me gusta que te pongas así —aseguró—. Nos lo vamos a pasar muy bien.

Su pronunciación, dificultosa, transformó sus palabras en sonidos rudos, casi indescifrables, cuyo significado se comprendía gracias a la vulgar expresión de su cara.

La empujó sobre el montón de paja y de un tirón arrancó los botones de la fina bata que Nené se había puesto para soportar mejor el calor. Aterrada, observó cómo él deshacía el nudo de la cuerda que sujetaba a modo de cinturón sus pantalones.

Con una erección incontenible, se abalanzó sobre ella, sobre su frágil cuerpo, y terminó de desnudarla arrancando bruscamente el resto de la ropa. Ayudado por su brazo izquierdo, inmovilizó a la joven y con sus piernas, la obligó a abrirse. Tomó su miembro con la mano derecha y la penetró con violencia, como un animal. Cada sacudida era más fuerte que la anterior. Mientras él gozaba impúdicamente, Nené se debatía entre la impuesta sumisión, la humillación y el intenso e insoportable dolor.

Dominada, apenas podía respirar por el peso de aquel cuerpo, sórdido y sudoroso, sobre ella.

Y perdió el sentido.

Cuando volvió en sí, no era consciente del tiempo que había transcurrido. Aturdida, intentó levantarse, pero le dolía todo el cuerpo. Optó por no moverse, pero enseguida se dio cuenta de que no podía permanecer allí, no podía arriesgarse a que la vieran en ese estado.

Notaba algo viscoso en la entrepierna y se palpó con la mano, sus dedos se mancharon de sangre. Vio arañazos en sus muslos, sus tobillos estaban magullados, la espalda le escocía. Empezó a temblar. Se tapó como pudo y, con gran esfuerzo, logró ponerse en pie. Ese desgraciado no había tenido piedad con ella; pensar en él le provocó náuseas y tuvo que apoyarse en la pared para escupir.

¿Cómo iba a explicar lo sucedido? ¿La creerían? Tal vergüenza ¿llegaría a desaparecer alguna vez?

Además de sentirse sucia, creyó que su vida había acabado con aquel ultraje y sollozó en un acceso de desesperación.

Salió del establo medio encorvada con paso lento y trabajoso y llegó al lavadero; seguía temblando de rabia, de dolor y de pánico. Se apoyó con una mano en la fría piedra mientras con la otra agarraba fuerte la tela desgarrada de la bata, como si al taparse pudiera borrar lo sucedido... Solo tenía que hacer un esfuerzo más hasta llegar a su habitación. Reanudó torpe su paso y en la corta distancia que la separaba de su habitación, escuchó el chirriar de una ventana al abrirse. Levantó los ojos y vio una manifestación de gozo en el rostro que se asomaba.

Al comprender que había logrado su propósito, la señora Betan se echó a reír y movió su mano en un gesto de saludo. Nené contemplaba abatida cómo la hiena le regalaba su mejor sonrisa. Su mundo volvió a desmoronarse al comprender lo que había pasado. Todo había sido calculado, un teatro bien interpretado. Nené había menospreciado a su enemiga.

LOS HERMANOS BALAGA

11-13 de septiembre, 1997

Mara se iba encogiendo en la butaca con los ojos llorosos a medida que Irene avanzaba su relato. Aunque en ningún momento supo a lo que se iba a enfrentar, lo que estaba escuchando traspasaba cualquier límite. Podía haber omitido la crudeza de lo ocurrido, podía haber evitado revivir aquel infierno, pero, en su lugar, quiso que Mara conociera hasta el menor detalle para que comprendiera la importancia y la trascendencia de los hechos y, sobre todo, para que entendiera las consecuencias de unas decisiones que otros tomaron por ella sin tener en cuenta su opinión; consecuencias que estaban a punto de salir a la luz.

A Irene no se le quebró la voz en ningún momento. Sus desgarradoras palabras contaron fielmente lo que sucedió y, a pesar de eso, mostró una serenidad admirable. Entrada ya la madrugada ninguna de las dos daba muestras de cansancio ni de sueño. Irene dispuesta a seguir, se interesó por el estado de Mara.

—Lo siento. Siento que hayas tenido que escuchar algo tan horrible.

—No tienes que disculparte, pero no sé qué decir —dijo Mara—. Por más que lo intento, no soy capaz de ponerme en tu lugar. ¿Cómo has podido superarlo? ¿Cómo has conseguido levantarte cada mañana sin revivir aquel horror?

—Como te he dicho antes, necesité ayuda profesional. A través de las herramientas que me proporcionó, he conseguido hablar de ello. Aunque no lo parezca, la procesión va por dentro.

Las líneas del rostro de Mara dibujaron un repentino malestar que Irene no pudo pasar por alto.

—¿Te encuentras bien?

—Tengo ganas de vomitar —dijo llevándose la mano a la boca. Se levantó y corrió apresurada hacia la puerta.

—A la izquierda está el baño —le informó Irene decidida a seguirla.

Mara vomitó el contenido de su estómago.

El sabor que se le quedó en la boca no era nada comparable al amargor que había quedado en su alma. Por un momento le faltó aire, pero logró respirar profundamente. Irene, detrás de la puerta, dudaba en entrar. Mara escuchó unos suaves golpes de nudillos.

—Mara, ¿estás bien? ¿Puedo pasar?

Antes de que contestara, Irene abrió la puerta.

—No quiero que me veas así —dijo Mara un tanto avergonzada.

—No seas tonta. ¿Te has quedado mejor?

—Tienes que pensar que soy una blanda, pero esto me ha superado —reconoció.

Mara se irguió, tiró de la cadena y volvió a respirar profundamente.

—Será mejor que lo dejemos, ya has tenido bastante por hoy. Mañana tengo que estar a primera hora en el taller, podrás descansar cuanto quieras. Me temo que tendrás que retrasar tu vuelta. Yo me encargo de todo.

Al pie de las escaleras Irene se despidió de Mara.

—¿Tú no subes a acostarte?

—Sí, enseguida lo haré. Voy a apagar las luces. Anda, acuéstate ya —le dijo en tono cariñoso—. Tu habitación es la segunda puerta a la derecha. Encontrarás todo lo que necesitas.

Mara no pudo contenerse, la rodeó con sus brazos y le repitió al oído cuánto lo sentía. Después le habló con franqueza.

—Me duele lo que te voy a decir. No sé por qué me cuentas todo esto y tampoco sé a dónde quieres llegar, pero si tu intención es denunciar lo que te hicieron, has de saber que los delitos han prescrito. Ahora no me voy a extender, pero…

—Querida, lo que te he contado solo es la punta del iceberg. Para que comprendas el fin de esta confesión, es necesario que conozcas todo lo que pasó después.

—¿Por qué yo? —preguntó Mara—. Estoy confundida, por teléfono me hablaste de Pablo Saras. ¿Qué tiene que ver en todo esto?

—Ya lo entenderás. Solo te pido un poco más de paciencia. —Irene la cogió de la mano—. Por favor, confía en mí.

Aunque por dentro pedía respuestas a gritos, Mara apretó la mano de Irene con un gesto de resignación fingida y subió las escaleras sin mirar atrás.

En la acogedora habitación de invitados habían dispuesto un camisón y un albornoz perfectamente doblados, decidió darse una ducha para despejar su aturullada cabeza. Al entrar al baño, se vio reflejada en el espejo y pensó que no tenía derecho a quejarse por su situación después de conocer lo que había padecido Irene, una mujer que le había abierto el baúl de sus peores y más íntimos secretos. Una vez acostada, en la oscuridad de la noche, sintió cómo la pena la envolvía al recordar su historia, pero lentamente cayó en un sueño profundo.

Un trueno la despertó a la mañana siguiente. Asustada y confusa, por una milésima de segundo no recordó dónde estaba. El sonido de su Nokia la devolvió a la realidad.

—Dime, Maite.

—Dime tú. ¿Se puede saber dónde estás con esa voz de ultra-tumba?

—Estoy en la cama, me acabo de despertar.

—¿Sabes qué hora es, señorita?

—Ayer me acosté tardísimo. ¿Qué hora es?

—Son las diez de la mañana, hora de estar en activo.

—No tengo nada que hacer, Irene ha ido al taller y no viene hasta la hora de comer. Mi intención era volver hoy pero no va a ser posible.

—¿Y qué es lo que te retiene?

—No te puedo contar nada todavía.

—¡No seas así!

—Maite, todavía no sé por qué estoy aquí, créeme.

—¿Tan ocupada está la señora importante? ¿O es que se está haciendo de rogar?

El tono burlón de Maite molestó a Mara.

—Maite, te podías haber ahorrado ese comentario... Para tu información, es una mujer encantadora, entrañable y muy cerca-na. Estoy segura de que tendrás oportunidad de conocerla y me darás la razón.

—No quería ser desagradable, lo siento —se disculpó—. En-tonces, ¿no sabes cuándo vuelves?

De nuevo otro potente trueno cogió desprevenida a Mara.

—¿Qué ha sido eso? —preguntó Maite.

—Parece que hay tormenta.

Mara aprovechó el comentario para levantarse y correr las cortinas. Ante sus ojos, un arce rojo intentaba contener el emba-te de un viento extremadamente fuerte y violento. Sus ramas, que parecían quejarse tras las sacudidas, iban perdiendo hojas con cada ráfaga. Las gotas de lluvia, unas encima de otras, golpeaban los cristales y se deslizaban hacia abajo, vencidas, por la superficie lisa de las ventanas.

—No sabes la que está cayendo —le informó.

—Bueno, tanto secretismo me pone de los nervios. ¿Cuándo volverás? —volvió a preguntar Maite sin atender al comentario de Mara.

—No lo sé exactamente. Lo más seguro es que mañana sábado. Así que nos veremos el lunes en el despacho. De momento, mantén las citas programadas y si ocurre algo, yo te aviso.

—No te preocupes, no hay nada destacable para la próxima semana. Espero que valga la pena esa larga reunión, será un buen empujón para levantar el vuelo. Tu padre…

—¿Qué pasa con él?

—Nada, nada. Ya hablaremos el lunes.

—Maite, si no me vas a contar nada, no lances la piedra, por favor.

—El caso es que tu padre llamó ayer preguntando por ti.

—¿No le habrás contado nada?

—¿Por quién me tomas? Solo le dije que estás de viaje.

—Gracias, son muchos años trabajando a su lado y sé que no es fácil para ti enfrentarte a él.

—No me enfrento a él, le sigo teniendo mucho respeto, que es diferente.

—¿Qué te dijo?

—Me dejó un mensaje.

—Vaya, ahora con mensajitos, el señor Berría.

—Me dijo que todavía estás a tiempo de rectificar y que no olvides que los pocos clientes que tienes son gracias a él. Lo conozco bien y me cuesta creer que ese comentario intimidatorio provenga de él. No me sorprendería que Gonzalo lo haya empujado a utilizar esos términos.

—Suena a amenaza y, sinceramente, puede venir de cualquiera de los dos. Incluso puede que haya sido cosa de mi madre.

—Fíjate, me inclino más por esa posibilidad —dijo Maite—. ¿Vas a hacer algo al respecto?

—El silencio es la mejor respuesta —concluyó.

Unos golpes suaves en la puerta alertaron a Mara.

—Maite, te tengo que dejar. —Y colgó.

Vaciló por un momento y se apresuró a ponerse el albornoz. Volvió a escuchar la tímida llamada y corrió a abrir.

—Buenos días, señora —dijo la asistenta—. Por orden de Irene le traigo esta ropa para que se pueda cambiar. —Sostenía en alto una funda gris oscura con unas iniciales en rojo, IB—. Me ha encargado que le diga que a la una estará aquí. Hoy vienen sus hermanos a comer, quiere que los conozca.

—Muchas gracias. Eres muy amable. Estaré lista.

—Si me da su ropa, la tendrá lavada para esta tarde.

—No te molestes, no es necesario.

—No me cuesta nada —insistió la asistenta.

Mara obedeció a la diligente joven y le entregó su atuendo.

Cuidadosamente, colocó la funda sobre la cama y, expectante, bajó con cuidado la cremallera. A primera vista no le defraudó. Extrajo el contenido como si se tratara de algo tremendamente frágil y lo examinó detenidamente. El conjunto era informal pero magnífico: unos *jeans* estrechos negros, una camisa blanca holgada de algodón con cuello almidonado y escote en pico y un collar bañado en oro formado por dos finas cadenas con un colgante que le daba un toque muy femenino. En el fondo de la funda, una caja contenía el remate final. Los zapatos destalonados forrados de raso negro con estampado de flores, añadían color y cierta alegría al conjunto.

A la una en punto estaba en el salón. No había nadie y se sentó en la butaca de la noche anterior. No tardó en escuchar el ruido del motor de un coche y se precipitó a mirar por el ventanal. Dos hombres, prácticamente de la misma altura, se bajaron sonrientes. El coche conducido por Enrique llegó tras ellos.

A Mara le pareció pertinente salir a recibirlos a la puerta, aunque un segundo después lo dudó, ella no era la anfitriona. Sin embargo, nada más ver la cara de Irene se dio cuenta de que había acertado.

—Te pido disculpas, Mara. Nos hemos retrasado un poco.

—Se aceptan las disculpas, solo han pasado quince minutos —dijo mirando su reloj.

—Estás muy guapa —observó Irene.

—No solo tienes buen gusto, tienes buen ojo para calcular las tallas. —Y sonrió con complicidad.

—Tú debes de ser Mara —dijo uno de los hermanos—. Irene no ha parado de hablar de ti en toda la mañana.

—Mara, este es mi hermano Manuel y no hagas mucho caso a lo que diga.

—Y yo soy Miguel —dijo el que venía detrás—. A mí, me puedes hacer caso. Suscribo lo que acaba de decir Manuel, nuestra hermana no ha parado de hablar de ti.

Irene rodeó con su brazo a la joven por la cintura y la condujo dentro de la casa. Mara no tuvo tiempo para fijarse detenidamente en ellos, pero los ojos de Miguel llamaron su atención, su azul era intenso.

—No puedo con ellos, siempre se alían contra mí cuando están juntos —se quejó Irene.

Una vez instalados en el salón, Manuel se encargó de preparar un aperitivo al que se unió Enrique.

El clima distendido la ayudó a sentirse como una vieja conocida de la familia. De forma relajada se tocó el tema del trabajo, intercambiaron detalles sobre el desfile que estaban preparando mientras Mara escuchaba sin pestañear.

—Vamos a aburrir a esta chica con nuestras conversaciones —los interrumpió Irene.

—¡Qué va! —exclamó—. Siempre he sentido curiosidad por los secretos del *backstage*.

—Es un poco estresante —dijo Miguel—. Todo son prisas y nervios de última hora, la adrenalina se dispara y te hace estar hiperactivo. Hay gente por todos los lados, modelos, ayudantes, peluqueros...

—Tiene que ser excitante —dijo Mara.

—¡No sabes cuánto! —replicó Miguel—. ¿Y ser abogada no es excitante? —dijo dando un giro a la conversación.

—Hasta ahora trabajaba con mi padre y él se encargaba de los asuntos más relevantes. Ahora que me he establecido por mi cuenta espero que me llegue algún caso lo suficientemente importante para que se convierta en algo «excitante» —dijo y entrecomilló la palabra con el gesto de sus manos—. La mayoría son cuestiones menores desde el punto de vista profesional. Y creo que él no me lo va a poner nada fácil...

Se dio cuenta de la idiotez que acababa de cometer, no quería desvelar asuntos personales y estaba dando más explicaciones de las necesarias y provocando quizá cualquier pregunta comprometedora. Por suerte, o por delicadeza, la conversación se fue por otros derroteros.

—A veces trabajar con la familia no es una buena idea —comentó Enrique.

Manuel enarcó las cejas.

—¿Lo dices por nosotros? —se interesó.

—Quién mejor que tú para contestar a esa pregunta —replicó Enrique.

—Buena observación —intervino Irene animada—. Te escuchamos.

—Vas a necesitar otro whisky, hermanito —intervino Miguel.

—¡Esto parece un juicio! —se quejó Manuel—. Yo no hablo sin un abogado presente.

Mara levantó la mano y todos rieron.

—Está eludiendo tus palabras—dijo Irene dirigiéndose a Enrique.

—Salta a la vista que hay una buena conexión entre vosotros —comentó Mara con seguridad.

—Gracias por acudir en mi ayuda —le dijo Manuel alzando su vaso de whisky—. Y tienes razón, nos llevamos muy bien, aunque también discutimos y nos peleamos. Mi hermana es extremadamente exigente en todos los aspectos, en todos —recalcó—. Todo tiene que ser adecuado para cada situación, para cada persona... Sin olvidar la actitud. Para ella es igual de importante.

—En una palabra —interrumpió Miguel—, perfección. Todo tiene que salir perfecto o por lo menos, rozar la perfección. Y llegar a ese punto es complicado. ¿No es así, hermanita?

—Doy fe de que entre estos tres hermanos hay una complicidad extraordinaria —confesó Enrique—. Pero no es lo habitual, no nos engañemos.

Con un leve carraspeo, la asistenta se hizo notar.

—Ángela dice que pueden pasar al comedor —dijo con la misma voz diligente.

—¡Estupendo! —exclamó Manuel—. Tengo muchísima hambre. Estoy deseando probar las delicias de nuestra querida Ángela.

Manuel era un adulador nato. De complexión normal, era un hombre bien parecido para su edad. Su voz jovial definía un carácter alegre y agradable en el trato. Físicamente los dos hermanos tampoco se parecían. Manuel tenía el pelo canoso, con el rostro redondo y nariz chata. Sus ojos negros le concedían cierto parecido a su hermana. Miguel, por el contrario, era de rostro alargado y escaso pelo rubio, y sus ojos azules, vivos y penetrantes, le conferían una mirada especial, de esas que de entrada cohíben.

Durante la comida, Mara supo que Manuel estaba separado y tenía dos hijas. Su condición civil lo había convertido en un galán, aunque, a decir verdad, quienes lo conocían bien tenían opiniones dispares al respecto, por lo que a Mara no le quedó claro si fue precisamente su condición de galán la que lo había arrastrado a la separación. Miguel era todo lo contrario, un soltero empedernido, vocacional. Su verdadero amor era su trabajo e Irene era el paradigma de la mujer que hubiera deseado tener a su lado, solo había que escuchar cómo hablaba de su profesión y observar cómo miraba a su hermana.

Durante la sobremesa, que se extendió un par de horas, Manuel respondió varias llamadas. Tras atender de forma breve la última, se despidió a toda prisa poniendo de manifiesto con su expresión que era un reclamo de su total agrado.

Irene aprovechó la despedida para excusarse.

—Si me lo permitís, voy a descansar un rato. Ayer nos acostamos tarde y hoy he madrugado. Ya me estoy haciendo mayor.

—Me voy contigo —se adelantó a decir Enrique.

—Vete tranquila —dijo Miguel—. Me quedo con tu invitada, daremos un paseo por los jardines.

—¿No te importa, Mara? —preguntó Irene.

—Por supuesto que no, será un placer pasear un rato. Ahora que lo pienso no he salido de esta casa desde que llegué ayer.

El diluvio de la mañana había dejado paso a una tarde más soleada, aunque un poco fresca y húmeda. Nada más salir al jardín, Mara metió el pie en un pequeño charco de agua y maldijo su suerte por lo bajo. Miguel no pudo reprimir un comentario jocoso.

—Es una buena manera de estrenar zapatos.

—¿Por qué soy tan patosa? —dijo—. Con lo bonitos que son...

—Es más común mancharte la camisa recién estrenada.

—¿No me digas que también me la he manchado? —preguntó apurada—. Te prometo que no es algo habitual en mí.

Miguel se echó a reír mientras Mara escrutaba la camisa.

—Es una broma, estás perfecta. Pero lo cierto es que no vas a andar cómoda por esta gravilla. Vamos a ponernos las botas de goma y un impermeable.

La casita del jardín contenía todo lo necesario para el mantenimiento de la urbanización botánica que Mara fue descubriendo a medida que avanzaban por los caminos delimitados para el paseo y para la contemplación de un jardín que nada tenía que envidiar a cualquiera de estilo francés: simetría y orden, todo en perfecta armonía. Al llegar al horizonte se quedaron parados ante un majestuoso olivo.

—Es lo último que esperaba encontrar aquí —dijo Mara.

—A todos les pasa.

—Supongo que tiene una explicación.

—La tiene. Es el olivo de la vieja fuente.

—¿El de la aldea?

Miguel, sorprendido por la pregunta, miró a Mara.

—¿Cómo lo sabes?

—Irene lo ha mencionado con añoranza.

—Si te ha hablado del olivo, te ha hablado de su pasado y nunca lo hace. ¿Por qué estás aquí, Mara? —preguntó algo hosco.

Mara, sorprendida por el repentino cambio de Miguel, contestó molesta:

—No entiendo la pregunta, tú deberías saberlo mejor que yo.

Dio media vuelta dispuesta a marcharse, pero Miguel la agarró del brazo, un gesto que ella aprovechó para continuar hablando.

—A decir verdad, todavía no sé qué pinto yo aquí. Fue Irene la que me pidió que viniera sin conocernos. Y sí, me ha hablado de su pasado y según tengo entendido, aún queda mucho por contar. Si tienes interés en saber por qué lo ha hecho, se lo tendrás que preguntar a ella. Mi intención no es remover el pasado de nadie o, mejor dicho, no he venido con ninguna intención.

Logró expresarse con la misma calma que el entorno desprendía, a pesar de lo mal que Miguel la había hecho sentir en pocos segundos. Mara se zafó y continuó su camino.

Unos nubarrones se fueron apoderando del cielo y la luz de la tarde se desvaneció. El camino de vuelta transcurrió en un forzado silencio, ni siquiera se miraron. Miguel estaba serio y parecía preocupado. Justo cuando llegaron a la casa, comenzó a llover. Miguel se apresuró hacia la casita y volvió con los zapatos de Mara en la mano. Irene los esperaba en la puerta.

—Espero que hayas disfrutado del paseo —dijo dirigiéndose a Mara.

—¿Podemos hablar un momento? —preguntó Miguel a su hermana antes de que la invitada pudiera contestar.

—Os dejo a solas —se adelantó a decir Mara.

—¿Ocurre algo? —se interesó Irene, que percibió algo raro.

—No, no. Tengo que hacer una llamada. Enseguida estoy con vosotros.

Ni el pretexto fue convincente, ni calculó bien el tiempo, regresó al salón antes de que los dos hermanos hubieran terminado su conversación, por lo que no pudo evitar escuchar la reprimenda de Irene.

—¿En qué estabas pensando? Te has extralimitado, acabas de conocerla y te has tomado la libertad de cuestionar su presencia en mi casa. Y no solo eso, estás cuestionando también lo que me corresponde a mí decidir. Esto no es trabajo, te lo recuerdo. Es un asunto privado, y en mi vida privada soy yo la que toma las decisiones. ¿Me he expresado con claridad?

—Vas a abrir viejas heridas que nos afectan a todos —se defendió Miguel.

Mara, intentando pasar desapercibida, reculó unos pasos con el fin de alejarse, pero acabó pegando con su espalda en el canto de la puerta, lo que provocó que emitiera un quejido de dolor.

—Lo siento —masculló al verse observada—. No pretendía interrumpir.

—No pasa nada —dijo Irene—, Miguel ya se iba. ¿No es así? —lo interrogó, también con la mirada.

Este, con semblante serio, abandonó el salón sin despedirse de su hermana. Al cruzarse con Mara, la ignoró por completo.

Una vez solas, Irene comenzó a hablar.

—Nunca permitas que alguien se entrometa en tus asuntos personales a no ser que tú lo consientas. Tengo una confianza ciega en él, pero yo elijo a las personas que quiero a mi lado. A veces me trata como si fuera su hermana pequeña y soy mayor que él. Ha desconfiado de ti sin conocerte.

—Tú tampoco me conoces lo suficiente.

—Sé que no me equivoco.

—¿Por qué estás tan segura, Irene?

—No olvides que he indagado sobre ti. Yo no doy puntada sin hilo.

Mara rio su gracia, el enfado de Irene iba amainando.

—Muy oportuna tu observación.

—Obviamente, no lo sé todo. Por ejemplo, desconocía que estuvieras a punto de casarte. Pablo omitió ese detalle.

Irene, hábilmente, cambió el rumbo de la conversación.

—Mi vida amorosa es un desastre. Mi ruptura ha sido muy sonada. Si hubieras hablado con su mujer te hubiera dado todo lujo de detalles. Estoy segura de que ha disfrutado de lo lindo con todo lo que ha pasado. Tiene tendencia al cotilleo, en el más amplio sentido de la palabra; es chismosa hasta la saciedad, por eso se lleva tan bien con mi madre. Pero Pablo no es así. Él siempre me demostró su afecto y, aunque no nos hemos visto en los últimos tiempos, quiero pensar que ese sentimiento no ha cambiado.

—¿Es resentimiento lo que percibo en tus palabras? —preguntó Irene.

—No soporto a la gente chismosa, aunque se trate de mi propia madre.

—Tal vez la culpas por lo que ha pasado.

—En absoluto. Ella estaba encantada con la boda. Yo pensaba que se alegraba por mí, que buscaba mi felicidad, pero en realidad ambos pretendían buscar un digno sucesor para el despacho. Parece ser que yo no estoy a la altura.

—Hay quien todavía vive en el pasado. Sospecho que tus padres son de la vieja escuela, algo muy frecuente en los de nuestra generación. La Iglesia ha pesado mucho en este país, y sigue pesando. Y que conste que respeto las creencias de cada cual —puntualizó—. Pero cuando no son consecuentes con lo que predican, empiezan las discrepancias.

—Por lo visto un hombre al frente del despacho da mejor imagen que una mujer, aunque se trate de la hija de uno de los mejores letrados de la ciudad. Son unos hipócritas —dijo con voz queda.

—No los necesitas —apostilló Irene cogiéndola del brazo—. Ni a ellos, ni a un hombre que no te haga feliz.

—Al principio —prosiguió Mara dejándose llevar por la calidez del trato de Irene— todo fue muy bonito. Ahora que lo pienso, me pareció bonito. Gonzalo entró a trabajar en el bufete como un fichaje estrella. Mi padre llevaba detrás de él hacía tiempo —continuó sin darse cuenta de que estaba a punto de destapar recuerdos personales—. Además de diligente y educado, su retórica era la mejor arma para ganar juicios. Al enterarse de que era hijo de un reputado empresario al que hacía años había llevado un importantísimo caso que, cómo no, había ganado, contactó con él y lo invitó a cenar a casa para hablar de negocios. A partir de ese día, los domingos en la mesa no se hablaba de otra cosa: «Gonzalo es un diamante en bruto», «Gonzalo muestra una capacidad innata para esta profesión», «¿Sabes de quién es hijo Gonzalo?». Gonzalo por aquí y Gonzalo por allá.

—Estaban preparando el terreno con sutileza —zanjó Irene.

—Exactamente. Pero yo, ingenua de mí, no lo vi.

Lentamente ambas se fueron acercando al espacio ocupado por las dos butacas, un lugar en donde las confesiones de una y otra fluían sin esfuerzo. Tomaron asiento y Mara continuó.

—Aquel mismo día, mis padres ya habían decidido por mí. Si para mi padre era un diamante en bruto, para mi madre era el hombre más apuesto y educado del mundo, el yerno perfecto, el marido que toda madre quiere para su hija.

—Y a ti, ¿qué impresión te causó?

—Reconozco que nada más verlo me puse nerviosa. No esperaba que fuera tan atractivo: ese pelo ondulado un poco largo, con aquella barba incipiente... Una sonrisa perfecta y unos buenos modales, pero con su toque simpático, hicieron el resto. Fue una velada agradable. El fin de semana siguiente me propuso salir a cenar y acepté. A ese fin de semana le siguieron otros tantos y, para cuando me quise dar cuenta, ya era la novia oficial de Gonzalo Tuey. Sus padres y los míos no cabían en sí de gozo, según ellos hacíamos una pareja perfecta. Y otra vez, para cuando quise darme cuenta, a los dos años, estaba comprometida.

—¿Pero? Porque hay un «pero». ¿Me equivoco?

—No, no te equivocas —contestó Mara cabizbaja—. Yo era feliz con mi independencia, hacía lo que me daba la gana sin rendir cuentas a nadie. Sin embargo, por seguir lo que otros me iban marcando, me vi enredada en una historia que en apariencia era más perfecta incluso que mi propia vida. Lo peor es que yo misma me lo creí. En fin —empezó a decir más animada—, ocurrió algo totalmente inesperado que cambió todo por completo, conocí a Fran.

—Vaya, esto se complica.

—No es lo que tú te piensas —se defendió Mara.

—Desde que has empezado a hablar, es la primera vez que veo brillo en tus ojos.

—A ver, no saques conclusiones precipitadas. Fran es solo un amigo. Bueno, fue solo un amigo.

—No tan deprisa, empieza por el principio —la animó Irene.

—Hay una zona poco transitada a dos manzanas del despacho. En la cafetería de la esquina ponen el mejor café para llevar que he tomado nunca. Me encantaba sentarme en un banco, yo sola con mi café, y evadirme con la lectura. Uno de esos días, alguien se acercó a mí. Sin presentarse, señaló el libro que tenía entre manos y me aconsejó que lo leyera despacio, era una de sus obras preferidas. Imagina la situación: un completo extraño se acerca a mí, me da un consejo y, tal como ha venido, se marcha. Cuando lo terminé, me di cuenta de que, efectivamente, era, y es, uno de los mejores libros que he leído. Días más tarde, volvió a aparecer y me preguntó si lo había terminado.

»¿Sabes? Nunca se lo dije, pero aquel día no hubiera vuelto a trabajar. Por primera vez mis conversaciones no tenían nada que ver con juicios, casos pendientes o divorcios mal avenidos. Fue una conversación interesante a la vez que divertida, de esas que deseas que no terminen nunca...

»Con Gonzalo —al nombrarlo sintió repulsión—, con él nunca hablaba de cosas sencillas, de esas pequeñas cosas que te hacen sentir bien. Él..., él pocas veces me hacía reír —dijo con pena—. Y a partir del compromiso, todo fue a peor. Mi padre anunció que lo iba a nombrar socio del bufete y de repente, surgió su verdadero «yo»: un ser engreído e insoportable, además de machista. Después de escuchar una conversación de mis padres y a una semana de la boda, decidí acabar con todo. Aunque lo llevaba meditando tiempo, aún no sé de dónde saqué el valor.

—Eres más fuerte de lo que piensas. ¿Qué pasó con Fran?

Mara se levantó y apoyó sus brazos sobre el respaldo de la butaca.

—Cometimos un error. Traspasamos una finísima línea, la línea que separa lo que debemos o no debemos hacer, lo que es correcto o incorrecto, y creo que nos dio miedo...

—¿Qué es lo correcto, amiga mía? ¿Quién establece lo que está bien o lo que está mal? —preguntó Irene.

—Fran era, y es, un hombre casado y yo estaba comprometida. Creo que es un motivo de peso para plantearse si hicimos lo correcto.

—Mara —dijo Irene cariñosamente dando una palmada en el asiento de la butaca, invitándola a sentarse—, el principal motivo para plantearse si es un error no es un estado civil. Es más una cuestión de honestidad con una misma, con lo que sientes y quieres, y luego eso sí, de sinceridad con las personas afectadas. Y quizá lo que verdaderamente te tienes que plantear es hasta qué punto valorabas o apreciabas su amistad.

Mara se sentó junto a Irene y agachó la cabeza. Entrelazando nerviosa los dedos de sus manos, confesó ruborizada lo que había mantenido en secreto.

—No hay un solo día en el que no me haya arrepentido del paso que dimos. Entre nosotros había química, era obvio, los dos lo notábamos. Sin darnos cuenta, esa conexión especial se convirtió en una atracción. La reprimimos en un principio. Al menos yo. Pero llegó el primer beso, brutal, removió mis sentidos y me pareció magia. ¿Cómo me había perdido eso? Luego, una tarde terminamos en mi casa y... pasó lo inevitable. A partir de ese momento, no hubo más encuentros... No respondió mis llamadas ni mensajes. Dejó de venir, no sé por qué —dijo Mara con el rostro demudado—. Hace meses que no sé nada de él.

Irene suspiró.

—Vaya... Sí que te lanzaste... No seré yo quien te juzgue, ni a él. Pero esto lo tenéis que solucionar. Si no conoces los motivos de ese distanciamiento, ¿por qué no le llamas?

—¿Tú estás loca? —replicó Mara—. Quien ha puesto distancia entre nosotros ha sido él. No es tan difícil leer entre líneas.

—Tendrá razones para actuar así, piénsalo. —Siguió argumentando Irene—. Para normalizar esta situación, empieza por llamar al amigo —dijo con la delicadeza que le caracterizaba—. No contribuyas a perpetuar esa creencia de que entre un hombre y una mujer no puede existir una buena amistad. ¿Me quieres explicar qué hay de malo en llamar a un amigo del que no sabes nada hace tiempo?

Mara se removió nerviosa y volvió a levantarse.

—¿Y él? ¿Por qué no me llama? Si me considerara su amiga, ya hubiera dado el paso. ¿No te parece?

—No lo vas a saber si no le llamas —insistió—. Querida, déjame decirte que en este momento te estás comportando como una adolescente despechada y no como una adulta sensata y juiciosa —sentenció con una estudiada parsimonia.

—Solo soy prudente —se defendió Mara—. No quiero volver a meter la pata.

—Está bien —reconoció Irene—. Si no quieres meter la pata, no hagas nada. Quédate en tu casa sentada esperando que un día suene el teléfono. Lo mismo no suena nunca, pero tranquila, así no te complicas la vida —dijo Irene con ironía.

Mara se tapó la cara con ambas manos, un gesto que solía hacer cuando se sentía un poco avergonzada.

—No seas tonta, ven aquí —volvió a señalar la butaca. Cuando la tenía cara a cara Irene sonrió y sentenció—: Tómate tu tiempo y, si de verdad te apetece, llámale. No hay que esperar a que alguien dé el primer paso. Igual él está esperando lo mismo. Tienes algo importante que contarle, ahora es el momento. No pierdes nada por intentarlo.

Irene se puso en pie.

—Voy a preparar algo potente para beber. Nos vendrá bien a las dos. Quiero contarte qué pasó con Nené. Quizá tengas menos dudas cuando conozcas el resto de su historia. Querida amiga, eres una afortunada y no lo sabes.

UN FUTURO INCIERTO

Julio-octubre, 1958

La pintada de bienvenida, catalogada como «atentado al régimen», provocó la reacción deseada por sus autores. La noticia del revuelo que se formó a la llegada del Coronel Casado y su comitiva corrió como la pólvora y causó más de una risotada de satisfacción.

Después del acto revolucionario que echó por tierra la soñada carrera política del alcalde, la vida de los habitantes se vio alterada por la investigación a la que se vieron sometidos, sobre todo, quienes ya estaban bajo sospecha por las maledicencias del pueblo. Un día sí y otro también los guardias irrumpían inmisericordes en sus casas y se llevaban a uno de sus moradores.

—Hoy se han llevado a la Graciana —informó Manuela a Nené entre la indignación y el miedo—. No quiero ni pensar qué le harán esos cerdos. Sospechan de Benito, su hermano, hace días que no se le ve por aquí.

La actitud desapasionada de Nené, su mirada aséptica y la lenta cadencia de sus pasos hicieron estallar a su amiga.

—¿Me estás escuchando? ¿No te importa lo que le pase a nuestra amiga? Llevas unos días rarísima.

Por primera vez desde que se conocían, Manuela se dirigió a Nené con rabia.

—¿A dónde vas? Por lo menos, mírame cuando te hablo —le espetó agarrándola del antebrazo.

Ese simple gesto arrancó un gemido de dolor a la joven y Manuela se asustó.

—¿Qué te pasa, Nené? Yo, lo siento, no quería hacerte daño.

Nené se detuvo y sin volverse, respondió quedamente.

—Déjame, Manuela.

—No te voy a dejar hasta que no me digas qué te pasa —insistió—. Déjame ver ese brazo.

Con cuidado, Manuela cogió la muñeca de su amiga y comenzó a subir la manga de la bata. El cuerpo de Nené se iba aflojando debido a la angustia, sentía cómo le temblaban las piernas. No quería recordar lo ocurrido y mucho menos hablar de ello.

—¿Quién te ha hecho esto? —preguntó Manuela horrorizada.

—Me caí junto al lavadero —logró responder.

—¿Ah sí? ¿Por qué será que no me lo creo?

Nené intentó zafarse, sin lograrlo.

—Enséñame el otro brazo.

—Te he dicho que me dejes.

—No lo voy a hacer, así que será mejor que hagas lo que te digo.

Nené se giró lentamente, dócil, acatando displicentemente la petición de su amiga, embargada por un sentimiento de culpa y vergüenza. Manuela le cogió el otro brazo y levantó la manga. Los moretones eran igual de visibles.

—¿También te los hiciste en la caída? Un poco raro. ¿No te parece?

—Me tengo que marchar. La señora me está esperando.

—Ahora entiendo por qué vas tan tapada. ¿Estás escondiendo algo más?

—Por favor, Manuela, no sigas con esto.

—Estás intentando esquivarme, pero tarde o temprano me lo vas a contar. No me voy a olvidar de esto tan fácilmente. Igual tengo que hablar con ella, con la señora.

—Ni se te ocurra mencionar nada a nadie y menos a la señora —reaccionó Nené con tono amenazante—. Cuando termine con ella —prosiguió dándose por vencida—, nos vemos en mi habitación —se limitó a decir, dejando a Manuela plantada mientras la observaba inquieta por conocer el origen de aquellos cardenales.

Y preocupada.

Tenía razones para estarlo.

Manuela pasó el resto de la tarde descentrada con la sola imagen de aquellas manchas oscuras. Una vez acabados los quehaceres, se dirigió presurosa a la habitación de su amiga. Al llegar comprobó que no estaba y se quedó en la puerta a esperarla. Impacientada, salió en su busca justo en el momento que Nené atravesaba la puerta de la cocina.

—Pensaba que lo habías olvidado.

—No he podido venir antes —dijo en voz baja.

Ya en la habitación, se sentaron sobre la cama una junto a la otra, con sus rodillas pegadas. Nené callada, exhaló un profundo suspiro y Manuela comenzó.

—¿Qué ha pasado? —preguntó cogiendo sus manos con delicadeza.

Las palabras que comenzaron a salir de la garganta de Nené apenas se podían oír.

—¿Puedes hablar más alto? Aquí nadie nos oye.

Recelosa, Nené miró hacia la puerta de la habitación.

—Está cerrada, no te preocupes.

Prosiguió, esta vez con voz nítida, aunque temblorosa, era más que evidente que el sonido de esas palabras mostraba un miedo exacerbado, despojado de la paz y vitalidad que siempre la habían acompañado. Con mucha paciencia, Manuela intentaba retener todo lo que Nené contaba, a trompicones, lenta, con mucho dolor. A medida que avanzaba, sus palabras pasaron del miedo a la humillación para acabar destilando una rabia apagada que contenía a duras penas.

—No fui capaz de verlo —confesó Nené torturándose—. Tú me lo dijiste. Esa odiosa mujer me la tenía guardada y lo ha sabido hacer. Me engañó como a una tonta.

Se había culpado una y otra vez, pero solo una persona era la culpable de su desgracia.

—Esa zorra no puede salirse con la suya —dijo Manuela poniéndose en pie—. Ahora mismo vamos a ir a hablar con la señora, se lo tienes que contar para que la ponga de patitas en la calle y para que castigue a ese asqueroso.

—No te confundas, Manuela. La señora Betan tiene mucho poder en la casona.

—Pero la señora te tiene mucho aprecio. Seguro que hace algo al respecto.

—No tengo pruebas de lo que digo, no puedo demostrar todo lo que ha ocurrido. Es mi palabra contra la suya.

—¿Entonces, lo vas a dejar así? ¿Vas a permitir que se salga con la suya?

—Mira, Manuela, ya se ha salido con la suya. Me ha hecho un daño irreparable, me ha hecho sentirme sucia, despreciable, una auténtica basura.

—¡Tú no tienes la culpa! ¡Tú no has hecho nada para merecer lo que esos dos te han hecho!

—Si el señor se entera de que he sido deshonrada, me echará de esta casa. ¿No lo entiendes?

—Eso no va a pasar, la señora no se lo permitirá.

—¡Abre los ojos de una vez! —le gritó—. Siempre te quejas de lo poco que nos tienen en cuenta, no olvides que somos criadas y que lo que nosotras sintamos u opinemos no vale nada. Además, somos mujeres.

Era cierto, Manuela siempre protestaba por la frialdad que los señores mostraban hacia el servicio, lo que realmente les interesaba era que cumplieran con su trabajo, y para eso tenían a la señora Betan.

—La señora de la casa te aprecia mucho, te trata de distinta manera que a mí. ¿Crees que no me he dado cuenta? No se dirige a ninguna como lo hace contigo y no soy la única que se ha fijado —lo dijo sin acritud, pero con un trasfondo de reproche—. Tienes esa ventaja, aprovéchala.

—A la señora solo le interesa mi trabajo y al señor de esta casa, a ese soberbio, solo le importa que su mujer esté contenta, que cumpla como esposa y que haga cumplir a los que están por debajo de ella. Así es como funcionan las cosas aquí dentro y ahí fuera. Y ni tú ni yo las podemos cambiar. Creen que por tener dinero son mejores que nosotras, ellos y todas esas mojigatas que ahora ensalzan mi trabajo para que cosa para ellas. Yo quiero aprovechar esa circunstancia para adquirir experiencia, no quiero quedarme aquí toda la vida. Si él se entera, me echará y no puedo volver a la aldea...

Ahora fue Manuela quien, abatida por la triste y dura realidad, se volvió a sentar junta a Nené.

—Te juro que lo pagará —Manuela ya la había condenado—. Tarde o temprano lo pagará.

De nada sirvieron las repetidas felicitaciones que Nené fue recibiendo durante días por el vestido de la señora. Su estado anímico, saqueado sin piedad, cada día se iba deteriorando. Por las noches le costaba dormir y, cuando lo conseguía, las horribles pesadillas alteraban su sueño. Cada noche aparecían implacables y crueles, como una amenaza que perturbaba la tranquilidad de su descanso. Se despertaba sobresaltada y sudorosa, la tristeza y el temor se apoderaban de su espíritu. Las noches insomnes se iban sucediendo y, con ellas, su deterioro físico.

Tras varias semanas sufriendo en silencio, llegó un golpe inesperado. Se encontraba de pie en el cuarto de la costura, lo último que recordó antes de desvanecerse fue ver a la señora apostada en el umbral de la puerta.

Manuela, nada más enterarse, corrió a la habitación de su amiga. El médico estaba con ella y, a tenor de su expresión, no esperaba nada bueno. Cuando terminó de examinarla, pidió a la señora que se retiraran para hablar a solas.

—¿Está mal, don Ángel? —preguntó Manuela inquieta.

—Tengo que hablar primero con la señora, pero no se preocupe, señorita.

Manuela se arrodilló junto a la cama y acarició la mejilla de Nené.

—Te pondrás bien —dijo con dulzura—. Solo necesitas descansar.

Unas lágrimas brotaron de los ojos de Nené que sonrió a su querida amiga con apatía. Torció la cabeza y rompió en un llanto silencioso.

No tardó en darse a conocer el mal que la aquejaba.

La señora Betan fue informada en primer lugar. Ella se encargó de propagar por la casona el estado de buena esperanza de Nené, aunque no lo hizo en esos términos. Con voz áspera pronunció unas repugnantes palabras, tan despreciables como era ella.

—Ya lo dije el primer día, avisé que no era decente. Presentarse en una casa tan respetable con esa cola de caballo. ¿Y su descaro? Nunca me ha respetado. Parecía una mosquita muerta, y ahora ¡preñada! ¡A saber quién es el padre! Se creía una modista de alto copete y solo es una fulana. Y, vosotras —continuó dirigiéndose al resto del servicio—, vosotras, ¡andad con cuidado! ¡Ahora sabéis qué les pasa a las furcias como ella!

Rezumaba odio. Como última advertencia prohibió que tan infame suceso trascendiera en el pueblo, «la reputación de la casona estaba en juego».

A petición de Nené, Manuela frenó sus propios impulsos, el solo hecho de defenderla la perjudicaría.

—¿Qué va a ser de mí ahora, Manuela?

—No lo sé, Nené. ¿Ha venido a verte la señora?

—No, no lo ha hecho. No he salido de la habitación desde que vino el médico. Es evidente que no quiere verme. Seguro que su marido está decidiendo qué hacer conmigo.

—No te adelantes. Igual se apiada de ti y te deja quedarte.

—Sabes tan bien como yo que no va a ser así. Además, me preocupa lo que esto pueda suponer para mi familia.

—Este fin de semana te toca ir a verlos, tienes que contarles la verdad. Ellos te creerán.

Una de las sirvientas se presentó en la habitación de Nené y la miró con cara de lástima.

—Nené, nosotras estamos contigo. Manuela nos ha contado lo qué pasó y te creemos.

Sintió la mirada de reproche de su amiga, pero Manuela no se achantó.

—¡Tenían que saber la verdad! —dijo—. Esa zorra se habrá salido con la suya, por ahora, pero no me va a callar.

La sirvienta se dirigió a Manuela.

—La señora quiere que vayas a su habitación lo antes posible.

—¿Yo? ¿Para qué quiere verme?

—No sé nada —dijo tímidamente—. La señora Betan me ha mandado a buscarte.

Manuela, diligente como siempre, se encaminó al encuentro con la señora sin saber que, en tan solo unos segundos, iba a conocer el complicado y azaroso destino de su querida amiga.

Tal y como lo habían decidido, por supuesto sin contar con su opinión, al día siguiente unas mujeres con hábitos llegaron a la casona para recoger a Nené. Antes de marcharse, Manuela pudo trasladarle su último pensamiento.

—Mañana iré a ver a tus padres y les contaré todo.

Al ver a su amiga recoger sus escasas pertenencias, el nudo de su garganta se fue apretando cada vez más, de forma lenta pero persistente, como si alguien o algo estuviese tensando sus cuerdas vocales intencionadamente. Disimulando para que Nené no la viera, se secó la humedad de sus ojos y la acompañó hasta la puerta principal.

Ya no quedaba nada de la alegre y parlanchina Manuela.

El viaje fue largo.

Y tenso.

Un señor que respondía al nombre de Genaro conducía el coche en el que justo cabían sus cuatro ocupantes. Las dos mujeres vestidas con hábitos apenas intercambiaron unas palabras con Nené, hablaban entre ellas de un lugar al que llamaban «la Residencia». A tenor de lo que escuchó, pudo intuir que en aquel sitio había más chicas como ella.

La más delgada llevaba la voz cantante.

Hablaba de forma intermitente, con autoridad, todas sus afirmaciones parecían órdenes. La más joven asentía con la cabeza y, con frases cortas como «Sí, madre», ratificaba lo que escuchaba. De vez en cuando miraba a Nené de reojo y parecía que intentaba sonreír.

Pero Nené no quería ni podía mirarla.

Durante el viaje pensó en la aldea, en sus padres, en Manuela y, sobre todo, en el giro tan inesperado que había dado su vida, su tranquila vida. Sus sueños y sus ilusiones habían caído en un pozo oscuro y profundo de donde, de momento, no podrían salir.

También tuvo tiempo para pensar en la criatura que, en unos meses, formaría parte de su nueva vida. ¿Cómo la sacaría adelante ella sola? ¿Sería capaz de quererla sabiendo quién era su padre? ¿Podría contarle algún día cómo había llegado a este mundo?

Hicieron dos paradas para estirar las piernas y comer algo, pero ella no probó bocado.

—Si no comes, enfermarás. Ahora tienes que pensar también en tu bebé —afirmó la más joven. Le ofreció un bocadillo que Nené rechazó.

—¡Allá ella! —espetó la otra—. Ya comerá cuando tenga hambre.

El trayecto se prolongó más de lo esperado. A pesar de que parecía nuevo, el utilitario tuvo un percance que el conductor solventó con algún que otro problema. El inesperado incidente provocó que la monja delgada se irritara.

—¡Lo que nos faltaba! ¡No deberíamos haber hecho este viaje para recoger a esta mocosa! ¡No sé para qué nos molestamos, son todas iguales!

Genaro no pudo contenerse.

—Seguro que algún beneficio saca usted de todo esto.

—¡A ti no te importa! ¡Tú estás aquí para llevarnos y traernos, ocúpate de lo tuyo y sácanos de aquí! —ordenó.

El conductor hizo un gesto de desaprobación y siguió con su tarea mascullando algo por lo bajo.

Reanudaron el viaje cuando faltaba cerca de una hora para que empezase a oscurecer; para entonces contaban con llegar.

No hubo recibimiento a la llegada a la Residencia. Ya había anochecido y Nené pudo vislumbrar una enorme mole; solo una tímida farola reverberaba en el cristal de la puerta principal.

—Llévala a su habitación —ordenó la monja de más rango—. Mañana te encargarás de enseñarle sus obligaciones y ya sabes, nada de chismorreos con las demás internas, déjaselo muy claro.

Sor Martina, así se presentó, la condujo hacia la parte derecha de la entrada y, a través de unas estrechas escaleras embaldosadas, llegaron al segundo piso. Las recibió un largo y angosto corredor apenas iluminado por unos apliques rudimentarios que colgaban de la pared izquierda. A simple vista no se podía calcular cuántos había, ya que estaban alineados a la perfección, creando de esa manera la perspectiva de una larga fila de tenues luces, insuficientes para ver con claridad. A Nené no le quedó más remedio que seguir los decididos pasos de la monja.

De repente percibió algo que la hizo temblar. Un silencio aterrador. La impresión de soledad, de vacío y de abandono llegó como una mano helada que rozó su espina dorsal y le provocó un repentino escalofrío. A modo de protección, estrechó contra el pecho la bolsa donde guardaba sus cosas y apresuró el paso para no distanciarse de sor Martina.

El tintineo del metal de unas llaves resonó cuando la monja introdujo una de ellas en la cerradura que abría la puerta de la habitación de Nené.

Se parecía más a una celda que a un dormitorio, sin embargo, agradeció entrar allí.

—¿Va a cerrar con llave? —preguntó asustada.

—Son las normas.

—¿Y si necesito ir al baño?

—Debajo de la cama tienes un recipiente. Mañana te explicaré todo con más detalle. Ahora descansa, el viaje ha sido largo y estarás cansada.

Sor Martina sacó algo del bolsillo.

—Toma, este es el bocadillo que no te has querido comer, por si tienes hambre.

—Gracias —murmuró Nené.

Al escuchar cómo la monja cerraba la puerta, se sentó sobre la cama y, a través de la ventana enrejada, divisó cómo la luna se iba encogiendo a la par que su estómago vacío. Seguía sin tener hambre.

LA ESTANCIA EN LA RESIDENCIA

16 de Diciembre de 1958

Mi querida Manuela:

He esperado prudentemente para escribirte, quería cerciorarme de lo que podía o no podía hacer. Poco a poco me voy dando cuenta de que aquí las cosas no son lo que parecen.

Para empezar, te diré que a todas las chicas no se les permite enviar y recibir correspondencia, entre otras cosas. Parece ser que de dónde procedas marca la diferencia. A mí me lo han permitido con alguna reserva (luego te lo explico mejor) y no entiendo por qué, ya que mi situación fuera de aquí no es muy distinta a la de otras.

Esto te va a gustar; no solo traen a chicas que, como yo, han trabajado de criadas. Hay varias chicas que son hijas de gente muy pudiente y están aquí para esconder su gestación. Si la señora las viera..., bien podrían ser hijas de algunas de sus amistades.

Ya han pasado tres meses desde que llegué. Este lugar está a las afueras de una ciudad pequeña, de nombre Pamplona. No nos dejan salir, excepto para tomar el aire y dar paseos en el patio interior, cuando el tiempo lo permite. Hace mucho frío y ya ha nevado bastante. En cuanto a nuestra actividad, cada día es igual al anterior. Nos levantamos muy temprano y antes de tomar un frugal desayuno, tenemos que rezar. Después de desayunar acudimos a los talleres de trabajo, donde estamos horas y horas sin apenas descanso. Al principio no fue así, nos separaron en dos

grupos y a mí me incluyeron en el de las privilegia-
das, las que reciben clases de secretariado. Hay una
monja, sor Martina, que me trata bien desde el primer
momento. Es una de las que viste en la casona. Fue a
ella a la que acudí para pedirle que me trasladaran al
taller de las bordadoras. ¿Para qué quiero yo aprender secretariado? Ya sabes que lo mío es coser y todo
lo que tiene que ver con ese oficio. Reconozco que es
duro, bordamos casi todo el día, pero hacemos unas
cosas muy bonitas. Las monjas se aprovechan y sacan
un buen dinero vendiendo nuestro trabajo. Los domingos es obligatorio acudir a la liturgia, pero al
menos, por la tarde, descansamos.

Hay algo que sí ha cambiado y soy yo, estoy ya de cinco meses y mi cuerpo no lo esconde.

Manuela, aquí pasan cosas desagradables. Muchos
días escucho a internas llorar desconsoladamente, estos muros amortiguan sus llantos. Hay un lugar al
que todas temen, lo llaman «el botiquín». Al parecer, a
niños que están en perfecto estado de salud los con-
ducen hasta ese cuarto con cualquier pretexto y ya no
regresan. Ayer mismo, una de las internas provocó
un pequeño incendio, gritaba que le habían quitado a
su hijo.

Aunque no nos dejan hablar entre nosotras, hemos
buscado la manera de hacerlo a hurtadillas, es la única forma de conocer lo que realmente sucede aquí
dentro. Si nos descubren habrá un castigo severo. Las
internas que llevan más tiempo dicen que leen nuestras cartas antes de enviarlas, por eso lo de «escribir
con reservas». En mi caso he tenido mucha suerte, sor
Martina me va a ayudar. He escrito dos cartas, una es
la que ellas van a leer y otra, la que estoy redactando
ahora a escondidas. Por favor, sigue las instrucciones

que ella te va a dar, se está arriesgando por mí y no quiero que le pase nada. Aunque no me lo ha dicho, creo que no está conforme con la manera con la que se hacen aquí las cosas, pero se debe a su congregación y a su superiora.

No quiero preocuparte, estoy bien, pero te echo mucho de menos. Dentro de nada, las luces se apagarán como todos los días a la misma hora, lo que me impedirá seguir escribiendo. Te prometo que, en cuanto pueda, te vuelvo a escribir.

Tu amiga que tanto te aprecia.

Nené.

P.D.: Recuerda seguir las instrucciones de sor Martina.

Un mes más tarde, con las internas retiradas para dormir, sor Martina estaba haciendo la correspondiente ronda para cerrar con llave cada una de las habitaciones. Al llegar a la de Nené, le entregó un sobre que llevaba oculto bajo su túnica.

—Es para ti —se limitó a decir.

Con el sobre en la mano, Nené se quedó paralizada sin poder reaccionar a tiempo, la monja se dio la vuelta y cerró la puerta.

Nada más verlo, reconoció su letra.

Dejándose llevar por la emoción, rasgó de manera brusca el sobre de color crema y lo leyó con entusiasmo.

10 de enero de 1959

Mi queridísima Nené:

Antes de nada, he seguido las indicaciones de sor Martina al pie de la letra, por lo que no debes preocuparte. No soy muy dada a escribir y me cuesta, pero no podía dejar de hacerlo tratándose de ti. Aquí las cosas siguen igual, bueno, igual que cuando tú estabas es imposible. Nené, fui a la aldea y estuve con tus padres, tal y como te prometí. No voy a entrar en detalles, pero sí tengo que decir que tu madre, en todo momento, se refirió a ti con mucho cariño. Tu padre, bueno, ya sabes cómo son los hombres... A pesar de todo, no dudan de que eres una buena hija. Tus hermanos no estaban presentes, aunque me encargué de que supieran la verdad, suelo ir a visitarlos y están bien, con muchas ganas de volver a verte.

Tú te tienes que cuidar y no trabajar tanto, que trabajen las monjas.

Nené, a la señora en más de una ocasión la he pillado en el cuarto de la costura mirando tus vestidos. ¿Sabes que todos siguen allí y que no ha dejado que nadie los toque?

Ya falta poco para que todo acabe. ¿Has pensado qué vas a hacer cuando nazca el bebé?

Sobre todo, ándate con cuidado.

Espero que me vuelvas a escribir.

Tu amiga que tanto te aprecia,

Manuela.

Lloró desconsoladamente, como no lloraba hacía tiempo, y lo hizo por amor, pero no por ese que invade de mariposas el estómago, ese todavía no lo conocía. Lloró por amor a su adorada madre, por amor a su atormentado padre y por el amor incondicional hacia sus hermanos. Lloró en silencio hasta que el sueño la venció.

La carta de Manuela no contenía información explícita pero sí la suficiente como para provocar los días apáticos que la sucedieron. Cuando ya empezaba a remontar, sor Martina se presentó en su puesto de trabajo.

—Nené, deja lo que estás haciendo —dijo en voz baja—. La superiora quiere que te presentes cuanto antes en su despacho.

—Sí, madre —contestó diligente.

Nené recelaba de casi todas las religiosas del centro, pero si había una que se llevaba la palma era la superiora. Altiva y distante, apenas hablaba con las internas, salvo cuando había un castigo que infligir.

Cada vez que se escuchaba el ruido de motores aparcando en la entrada a la residencia, generalmente en domingo, reinaba entre las propias internas un nerviosismo que iba creciendo conforme avanzaba la liturgia. Al finalizar, la superiora nombraba a varias chicas y las obligaba a quedarse. Variaba según los días, pero siempre con el mismo modo de proceder: uno o más hombres las observaban minuciosamente hasta tomar una decisión, la elegida ya no salía de la capilla para volver a su habitación, salía del centro para no volver más. Todas sospechaban que la superiora mercadeaba con ellas, como si de ganado se tratase. Sabían que por dinero era capaz de vender su alma al diablo.

Su paso era cada vez más lento debido a su avanzado estado, así que, de camino al despacho, a Nené le dio tiempo a decidir cómo iba a actuar. Se paró delante de la puerta y cogió aire. Con los nudillos golpeó tres veces.

—Adelante —dijo una voz conocida.

—Buenos días, madre superiora.

—Siéntate —le ordenó.

Nené intentó acomodarse lo mejor que pudo.

—Te he observado y no eres como las chicas que yo, como responsable de este centro, acostumbro a acoger con agrado —dijo con retintín—. Unas son unas desgraciadas que no tienen donde caerse muertas —y puntualizó—, además de ser unas viciosas. Otras son niñas de papá y mamá a las que un desliz les ha costado caro. Pero tú, algo me dice que tú eres diferente. No sé cómo has acabado así y tampoco me importa —dijo con desdén—. Tengo entendido que se te da muy bien bordar y que antes de venir aquí servías en casa de unos señores muy influyentes. Por lo visto, tu pericia para coser dejó impresionada a la señora de la casa. Gracias a ella tu vida aquí, digamos que, es más llevadera.

Hizo un prolongado silencio como si estuviera calculando las consecuencias de lo que iba a decir a continuación, unas palabras ya preparadas que pronunció con astucia.

—No falta mucho para que salgas de cuentas. ¿Has pensado qué vas a hacer cuando nazca la criatura? ¿Cómo te las vas a arreglar para sacarla adelante tú sola? Te recuerdo que ser madre soltera no es una buena referencia para nada, ni para nadie.

De todo lo que acababa de escuchar, lo que más le sorprendió a Nené es saber que la señora se había preocupado por ella. El resto, como si no lo hubiera oído. A las preguntas de la superiora se limitó a responder:

—Trabajando, es lo que siempre he hecho y lo que mis padres me enseñaron.

—¿Trabajando dices? —preguntó con ironía—. ¿Quién te va a dar un trabajo digno si llevas contigo el fruto de tu pecado? Eres una ingenua.

—Yo no he cometido ningún pecado —se defendió con firmeza, pero sin elevar la voz.

—Has transgredido los preceptos divinos y te atreves a negar que has cometido pecado. Eres una insolente y te recuerdo que la insolencia se paga con su adecuado castigo.

—Me puede castigar si quiere, pero no me voy a retractar. Yo no he pecado —replicó con seguridad—. Me violaron.

—Todas dicen lo mismo —afirmó con indiferencia—. Pero me lo pones más fácil.

Nené no sabía a qué se refería.

—¿Más fácil para qué?

La superiora cruzó sus manos y se apoyó sobre su escritorio.

—Mira, Nené, si ese bebé es fruto de una violación, como tú dices, cada vez que lo mires recordarás aquel momento. —La superiora se recreaba con sus palabras—. Pero hay una solución. Hay otras personas, matrimonios respetables a los que Dios ha puesto a prueba impidiéndoles que conciban. Dios permite tribulaciones en nuestras vidas, ya que tienen un propósito divino, son parte de todas las cosas que nos ayudan a bien. Esos matrimonios respetables —continuó— están deseando querer a esa criatura como si fuera propia. ¿Por qué vas a impedir a ese bebé que goce de ese privilegio? Las dos sabemos que tú acabarás repudiándolo.

Nené se alarmó.

—¿Qué me está queriendo decir?

—Algo muy sencillo. Tienes la posibilidad de dar el bebé en adopción. De esa manera, todos podéis salir ganando: tú empezarás una nueva vida sin cargas, el bebé entrará a formar parte de una buena familia y los nuevos padres verán cumplido su deseo.

—Y usted, ¿usted qué se lleva con todo esto? Supongo que un buen dinero.

Nené no pudo reprimirse, lo que acababa de escuchar le había enfurecido.

—De nuevo estás siendo insolente y esta vez no lo voy a pasar por alto. Creo que te vendrá bien estar unos días aislada, tendrás la oportunidad de reflexionar —dijo sin inmutarse.

La superiora se levantó y avanzó hacia la puerta. Al abrirla, sor Martina apareció ante ella como si hubiera estado escuchando furtivamente.

—Sor Martina, lleve a esta descarada al cuarto de aislamiento. Una semana será suficiente para que recapacite. ¡Haz lo que te pido inmediatamente! Tengo que solucionar otros problemas.

Nené ya se había levantado de la silla y con decisión pasó junto a la superiora.

—No me va a hacer cambiar de opinión —espetó.

Durante la semana de aislamiento solo vio a la hermana que se encargaba del avituallamiento; tres veces al día dejaba y recogía un plato de comida sin mediar palabra. El segundo día ocurrió algo totalmente nuevo e inesperado, Nené notó por primera vez cómo el bebé se movía en su interior. La sensación fue extraña al principio, incluso se llegó a asustar, hasta que comprobó que las caricias que aplicaba a su barriga lograban calmarlo. «Tienes ganas de salir, ¿eh?», susurró.

De repente, cayó en la cuenta de que no sabía cómo dirigirse a él, no sabía si era niña o niño, así que empezó a barajar posibles nombres para un caso o para otro. «Si eres niño, te llamarás como tu abuelo, Pedro», aunque enseguida cambió de opinión. «Bueno, no. No quiero que vivas atormentado como él. Te llamarás Daniel, como mi hermano. Ojalá te hubiera llegado a conocer y tú a él. Daniel es un nombre precioso. Y si eres niña, sin ninguna duda te llamarás como tu abuela, María. Ella es fuerte y buena. Estoy segura de que os llevaréis muy bien». Sonrió con ternura.

Esa semana no fue tan mala como esperaba. Agradeció el descanso y la calma.

Mi queridísima Nené:

Ya ha pasado más de un mes desde la última carta que te envié y todavía no he recibido tu respuesta. Sé que eres una chica muy fuerte, siempre lo has demostrado, pero la ausencia de noticias me tiene muy preocupada. Ese sitio no me gusta nada. Por favor, escríbeme cuanto antes. Lo espero con impaciencia.

Tu amiga que tanto te aprecia.

Manuela.

P.D.: Ayer la señora llevaba puesto uno de los vestidos que estaban en el cuarto de la costura, el azul marino. Estaba muy guapa.

Aunque la carta era escueta, Nené percibió enseguida la preocupación de su amiga y se lamentó por haber contribuido a ese estado de desasosiego. Había dejado pasar demasiados días con el propósito de apaciguar la desazón provocada por la proposición de la superiora y lo único que había conseguido era alarmar a la persona que tanto quería y que tanto se interesaba por ella. En realidad, a la única persona que se interesaba de corazón por ella.

Sin embargo, esa impresión cambió al día siguiente. Sentada en su mesa de trabajo y absorta en el mantel que estaba bordando, no vio llegar a sor Martina, quien, con amabilidad, le entregó un nuevo sobre, esta vez sin complicidad ni encubrimiento.

—Nené, una carta de la casona.

—¿De la casona? —preguntó con extrañeza—. No puede ser, ayer recibí la de Manuela —dijo en voz muy baja.

Cogió el sobre que sor Martina le tendía y leyó su nombre escrito con una impecable caligrafía.

—Te dejo tranquila. Seguro que son buenas noticias.

—Gracias, sor Martina.

En lugar de abrir rápidamente el sobre, mantuvo la vista fija en él, por un lado y por otro solo veía su nombre. Al tacto, parecía contener varias hojas, o eso es lo que pensó, no se le ocurría nada más. En cuanto a quién lo enviaba, tuvo la corazonada de que podía tratarse de alguien que, desde la distancia, se estaba preocupando por ella. Pero, al mismo tiempo, desechó la idea: «Es imposible. ¿Por qué me iba a escribir a mí?».

24 de marzo de 1959

Estimada Nené:
La madre superiora me mantiene informada y me congratula saber que estás siendo correctamente atendida, me he ocupado de que así sea.
Me he tomado la libertad de hacer míos los diseños que ya habías terminado. En compensación, acepta este dinero. Considéralo un pago a tu impecable trabajo, te vendrá bien para los primeros gastos del bebé.
Te lo has ganado.
Atentamente,
La señora.

Examinó con detenimiento el interior del sobre sin atreverse a sacar su contenido; sus compañeras del taller no le quitaban ojo. Se lo metió al bolsillo y siguió bordando sin prestar mucha atención a lo que estaba haciendo, su cabeza no dejaba de dar vueltas a lo que acababa de ocurrir. A la hora de acostarse, sacó el sobre y examinó lo que había dentro. A su juicio, una pequeña fortuna.

10 de abril de 1959

Mi querida Manuela:

Gracias por visitar a mi familia, estoy segura de que eres ese soplo de aire fresco que toda casa necesita y la mía, con más motivos. Me alegra saber que están bien y con ganas de verme. Quería creer que mi padre entendería mi situación y probablemente sea así, sin embargo, su carácter atormentado no le deja avanzar, no es fácil hablar con él. No se lo reprocho, su vida no ha sido cómoda. Afortunadamente, mi madre suple sus carencias, es comprensiva y cariñosa, la mejor madre del mundo. En cuanto a mis hermanos, yo también tengo ganas de verlos y de abrazarlos.

Tienes razón, he tardado mucho en escribirte y, aunque te parezca una excusa, no he podido. Este último mes está siendo especialmente difícil para mí. La superiora es una mujer malvada, solo piensa en su propio beneficio, me recuerda a... ya sabes, no hace falta que la nombre. Como imaginarás, tenemos nuestras diferencias, y me han traído algún problema que otro. Tú me conoces y sabes que siempre he procurado no meterme en líos, pero con ella no he podido y, como tiene autoridad sobre mí, me he llevado la peor parte. Pero, amiga mía, no voy a perder este valioso momento en contar de qué manera me lo ha hecho pagar, lo quiero aprovechar para transmitir cosas buenas, que también las ha habido.

Ha sucedido algo maravilloso. Mi bebé ha empezado a moverse, tanto que intuyo que tiene muchas ganas de salir, y ha despertado en mí un instinto maternal hasta ahora desconocido. Manuela, estoy deseando ver su carita, sus manitas, sus piernitas, quiero ver su cuerpecito, ver cómo se mueve. Ya he decidido cómo se va a llamar. Si es chica, llevará el nombre de mi madre, María. Y si es chico, se llamará como mi hermano pequeño, Daniel.

En todo este tiempo, me avergüenza confesarlo, no me había parado a pensar en él, quizá porque mi prioridad no ha sido otra que intentar sobrevivir a esta descarnada experiencia. Incluso formando parte de «las afortunadas» de este sitio. Y tener el privilegio de pertenecer a ese grupo se lo debo a ella, a la señora.

Manuela, me ha escrito. La señora de la casona me ha escrito. ¿Te lo puedes creer? Recibí una breve carta hace unos días y en pocas palabras me transmitió su preocupación por mí. También me ha enviado dinero, según me decía, como pago por mi trabajo.

¿Te das cuenta? ¡Es el primer dinero que me pagan por coser!

Aunque estoy cansada porque mi enorme barriga impide que pueda ver mis pies, también estoy animada. He pensado que, cuando nazca el bebé, me marcharé. Con lo que tengo podré alquilar alguna habitación y buscar trabajo, aunque quedarme aquí tal vez no sea una buena idea, Pamplona es una ciudad pequeña y no va a ser fácil.

No sé, estoy pensando marcharme a Madrid, allí tendré más oportunidades.

No tengo miedo, cualquier cosa será mucho mejor que estar aquí encerrada. En cuanto tome una decisión, te escribiré.

No olvides lo mucho que te aprecio. Gracias, amiga mía, por estar siempre ahí.

Tu incondicional amiga.

Nené.

P.D.: Ah, diles a mis hermanos que todos los días me acuerdo de ellos, que los quiero mucho.

Insistió en la cuestión de sus hermanos porque para ella era muy importante que ellos lo supieran. Después de tantos meses sin verlos, temía que la intensidad del afecto que los unía fuera mermando. Aunque confiaba en ellos, no estaba de más repetirles cuánto los quería.

Después del aislamiento, la superiora no había vuelto a pronunciarse, pero Nené temía que algo pudiera ocurrir. Por el momento, la recta final de su embarazo transcurría dentro de la normalidad, anhelando que llegara el parto y se desarrollara sin complicaciones para marcharse de allí cuanto antes y llevarse lo que más le importaba, a su bebé.

Según las previsiones del doctor Méndez, al que solo había visto en dos ocasiones, el alumbramiento estaba previsto para finales de abril. En contra de sus pronósticos, mayo había comenzado y avanzaba lentamente rumbo a su décima jornada.

Después de unos preciosos días primaverales, el día diez de mayo de mil novecientos cincuenta y nueve amaneció con un celaje de nubes grises oscuras que ponían en evidencia la proximidad de una intensa lluvia; según sor Martina, señal de un mal presagio.

Nené se despertó antes de su hora completamente empapada. Un cerco de humedad cubría gran parte de las sábanas y la mitad de su camisón. El dolor que sentía era indescriptible, su intensidad iba y venía en intervalos cortos, lo que le impedía controlar su respiración. No podía ponerse en pie, no sabía qué hora era, ni cuánto faltaba para que sor Martina abriera la puerta de su dormitorio. Se sentó sobre la cama con una mano apoyada en la pared y la otra presionando el bajo vientre como si intentase suavizar cada espasmo. «Por favor, sor Martina, ven pronto», dijo entre dientes. Al escuchar el sonido de la cerradura, soltó un grito desgarrador.

—¡Criatura de Dios! —exclamó la monja asustada—. ¿Cuánto tiempo llevas así?

Nené, que apenas podía hablar, volvió a gritar.

—No lo sé —acertó a decir—, pero esto duele mucho.

Sor Martina alertó a las monjas y Nené fue conducida a la enfermería mientras avisaban al doctor Méndez.

Tardaba en llegar y ella seguía soportando fuertes contracciones.

—¡No te quejes tanto! ¡Tú te lo has buscado! —oyó decir a la monja que hacía de matrona.

La hubiera insultado, incluso la hubiera golpeado con ganas por ser tan desagradable, al igual que al doctor, por no haber llegado antes, pero tenía bastante con intentar sobrellevar el terrible dolor.

Con una parsimonia exasperante, el médico se dispuso a tomar el pulso del feto.

—Hay que preparar la incubadora y llevarla enseguida al paritorio. No oigo su pulso.

En pleno parto, esa misma monja alentó a gritos a la futura madre para que empujase con todas sus fuerzas. Cuando el bebé salió, Nené escuchó lo más mezquino que jamás había escuchado:

—Esta cosa no se mueve.

—¿Es niña o niño? —preguntó Nené jadeante.

—Era una niña —contestó la monja con desprecio.

Se alejó con el bebé en sus manos.

Asustada, Nené miró hacia la báscula en donde habían colocado a su hija sin darle tiempo a comprobar si era cierto que no se movía. Se la llevaron sin mediar más explicaciones.

—¿Adónde la llevan? —preguntó extenuada—. Quiero verla.

—¿No has visto que no se movía? No hay nada que hacer —le espetó—. Estate quieta, que te voy a vendar los pechos.

Nené no podía moverse, no le quedaban fuerzas.

Tras unos días de descanso, fue decidida a hablar con la superiora.

—Quiero ver el certificado de defunción de mi hija o algún papel que demuestre que nació muerta —le exigió con firmeza.

—¡Eres una desvergonzada! ¿Quién te has creído que eres para poner en duda lo que tú misma has visto?

—Yo no he visto nada, no me dejaron.

—¡Te ordeno que salgas ahora mismo de aquí, si no, tendrás de nuevo un castigo por tu reiterada insolencia!

—Usted no me va a castigar más, hoy mismo me marcho de aquí, con o sin su permiso. Mis padres son gente humilde, pero me quieren a pesar de lo que usted pueda pensar o de lo que siempre nos han hecho creer. Si no me equivoco, nunca le han otorgado mi patria potestad —y continuó—. ¿Acaso creía que no estaba al corriente de cómo funciona este sistema?

—¡Tú no sabes nada! ¡Eres una desagradecida! —dijo un tanto alterada.

—Igual prefiere que llame a mi señora a la casona para explicarle el trato que he recibido a pesar de lo generosa que ha sido con este centro.

Nené se arriesgó con su amenaza, desconocía la cuantía con la que la señora había contribuido para aliviar su estancia. Al escuchar la respuesta, supo que había acertado.

—Inténtalo si quieres —dijo con una sonrisa maliciosa —, no puedes probar nada.

—Tal vez ahora no pueda probar que a muchas de nosotras nos han quitado a nuestros hijos, que mi hija no ha nacido muerta como me han hecho creer, pero le aseguro que no pararé hasta descubrir qué ha sido de ella. Y destaparé lo que usted hace.

—Mi trabajo consiste en hacer entrar en vereda a todas estas rameras, mujeres viciosas que necesitan mano dura. No cejaré en mi empeño de lograrlo, de la manera que sea, siempre con la ayuda de Dios —se defendió con ímpetu.

Nené no quería seguir escuchando unas explicaciones propias de una mente perversa y demente que además se amparaba en el nombre de Dios. Dio media vuelta y antes de traspasar la puerta, se volvió y la miró por última vez.

—Puede decir lo que quiera, no me interesan sus argumentos. Pero no olvide algo, no olvide este nombre: Irene Balaga.

No podía marcharse sin despedirse de sor Martina. Sabía que a esas horas estaría en la capilla, sin duda, el mejor lugar para hablar a solas, como en un acto de confesión. Al entrar la vio arrodillada en el último banco abstraída en sus rezos.

—Sor Martina —le susurró sentándose a su lado.

No la esperaba así que, al escuchar su voz, se sobresaltó.

—¡Bendito sea el Señor! ¡Me has asustado, Nené!

—Lo siento, no era mi intención.

—¿Qué haces aquí a estas horas? Tenías que estar en el taller.

Con cara de preocupación le hizo un gesto.

—Será mejor que no te vea nadie.

Nené no la dejó continuar.

—Sor Martina, no se preocupe tanto por mí. He venido a despedirme.

—¿Despedirte? ¿A dónde vas, criatura de Dios?

—Me voy de aquí, no soporto más este lugar.

—La superiora no te dejará marchar.

—No me lo va a impedir.

—¿Qué has hecho, Nené?

—Da igual lo que haya hecho, ahora es lo de menos.

—Ten mucho cuidado, tiene mucho poder —le previno.

—No, sor Martina, no es una persona poderosa. Utiliza su puesto de autoridad dentro de estos muros y se sirve del nombre de Dios para cometer abuso de poder sobre unas pobres desgraciadas en situación de vulnerabilidad, que es bien distinto. El verdadero poder está fuera, el que sustenta sus actos indignos con dinero y mira hacia otro lado. Si su fuente se agota, ella no será nada. Y se agotará cuando se sepa lo que en realidad ocurre aquí dentro con su beneplácito. Solo es cuestión de tiempo. Cuando eso ocurra, todas las monjas de esta congregación se verán salpicadas.

Nené asió con suavidad sus manos.

—Pero usted no es como ella, usted es una buena persona y una buena monja.

—Nené—le interrumpió—, rezo todos los días por todas estas chicas, algunas de ellas son solo unas niñas que llegan muy asustadas, niñas a las que sus familias han abandonado por vergüenza y que no tienen a nadie. Mientras pueda, intentaré que esas vidas sin ilusiones, sin afecto, sin futuro, esas vidas truncadas sin piedad sean más soportables. Mi sitio está aquí con ellas. La misericordia de Dios hará el resto.

—No me hable de la misericordia de Dios.

—Ten fe, mi querida Nené. Sé que estás sufriendo, pero llegará tu recompensa.

—Yo no estoy tan segura, pero voy a hacer lo imposible por salir adelante y por cumplir mis sueños, a pesar del dolor que ahora siento.

—Lo conseguirás.

Sor Martina se llevó las manos al cuello y se quitó un pequeño crucifijo que llevaba escondido bajo su hábito.

—Toma, llévalo siempre contigo —dijo colocándolo en el cuello de Nené.

—No puedo aceptarlo.

—Sí puedes, y debes.

—Muchas gracias, sor Martina, no la olvidaré nunca.

—No lo hagas, yo tampoco me olvidaré de ti. Los caminos de Dios son inescrutables, él tiene un plan para cada uno de sus hijos, y por supuesto, lo tiene para ti. Mi querida Nené, estoy segura de que nos volveremos a encontrar en circunstancias distintas. Hasta entonces, rezaré por ti y por tu hija.

CLARAS INTENCIONES

Se retiraron a descansar bien entrada la noche, pero Mara era incapaz de dormir. Recostada en la cama, comenzó a leer con calma la constatación de unos hechos dramáticos ocurridos hacía treinta y ocho años. Absorbió cada palabra, reconstruyó cada frase y, con las pausas necesarias, se imbuyó de lleno en la piel de las dos personas que, de puño y letra, reprodujeron sus inquietudes. Ni el color amarillento, ni la textura manida del papel lograron disipar los sentimientos plasmados con tinta. Después de más de tres décadas, las cartas que Nené y Manuela se enviaron conservaban intactos el dolor, la preocupación y el afecto que se transmitieron, además del calvario que Nené padeció.

Irene había insistido para que Mara se las quedara esa noche.

—Puedes leerlas con tranquilidad, mañana me las devuelves. Las he leído tantas veces que soy capaz de reproducirlas con cada punto y cada coma.

—No es necesario que las lea, son privadas y personales.

—Quiero que lo hagas. Estas cartas no son solo papeles escritos. Son nuestras voces hablando en la distancia...

Resultaba extraño la forma en que Irene hablaba de Nené, como si ambas no fueran la misma persona, como si ella, Irene, estuviera repudiando la joven que fue. Mara se atrevió a comentarlo.

—Irene, hablas de Nené como si fuera otra persona, una persona a la que en un momento de tu vida pasada llegaste a conocer tan bien que te atreves a contar su historia.

—Intuyo lo que estás pensando, pero no te equivoques. No renuncio a mi pasado, te lo dije. Sin embargo, hablar en tercera persona me ha ayudado a ver las cosas con perspectiva y a que el dolor persistente sea más llevadero, yo diría que soportable. Haber aceptado lo que me pasó fue un gran paso, pero no fue suficiente. Es imposible olvidar.

—Entiendo lo que quieres decir.

—Nené dejó de existir en cuanto salió de aquel centro. Irene Balaga la reemplazó, al menos en apariencia. No fue sencillo. Hacer un chasquido con los dedos no consigue que todo cambie de repente, como por arte de magia. Sin embargo, fue el primer paso de un largo camino que ha llegado hasta el día de hoy.

Como había ocurrido el día anterior, las preguntas que Mara quería formular se solapaban unas con otras, necesitaba obtener las respuestas adecuadas. Había muchas, pero una destacaba entre las demás y hacía referencia a ella misma, a su presencia en esa casa.

Muy a su pesar, no tuvo tiempo para formularlas, Irene había decidido continuar al día siguiente, estaba muy cansada.

En la soledad de su habitación, en medio del silencio reinante, terminó de leer las cartas. Necesitaba reposar aquello... ¿Habría sido ella capaz de soportar una situación como esa? Cerró los ojos y permaneció pensativa un largo rato.

Desde el principio lo supo.

Supo que no.

Ni era como ella, ni lo había sido nunca.

De su infancia, infinitamente distinta a la de Irene, los momentos más extraordinarios que recordaba estaban ligados a la misma persona, a Claudia. Desde que se conocieron en el colegio, se hicieron inseparables. Sin embargo, para encontrar algo relacionado con sus padres que le produjera esa misma sensación de felicidad, o que se acercase algo, tenía que recurrir a su álbum de fotos. Solo en momentos puntuales aparecía junto a ellos.

Nunca estaban.

Cuando ya tuvo edad para no tener niñera, la presencia de su madre siguió siendo tan escasa como su atención; por no hablar de su padre, que nunca dejó de ser un fantasma, algo así como una presencia que de vez en cuando aparecía por casa. Ambos se encargaron de planificar su vida para que estuviera ocupada cada día de la semana: clases de piano, lunes y miércoles; clases de inglés, martes y jueves. De las clases de tenis reservadas para el viernes en el club se ocupó el señor Berría por una sencilla razón, adoraba ese deporte. Al menos ese día lo veía.

A la mañana siguiente, Mara bajó decidida a aclarar el motivo por el cual Irene había contactado con ella. Antes de volver a su casa, tenía que saberlo. Al entrar en la cocina, Irene le sonrío.

—Buenos días. ¿Has dormido bien?

—Buenos días. No tan bien como hubiera querido —contestó a la vez que dejaba las cartas sobre la mesa.

Mara, sin quitarle ojo, prosiguió.

—Irene, ¿qué hago yo aquí? Llevo dos días escuchando una historia terrible sin saber qué tiene que ver conmigo. Ya es hora de que vuelva a casa, entiende que no puedo marcharme así.

Ángela acompañaba a Irene en la cocina. Aunque estaba inmersa en sus tareas no pudo evitar escuchar las palabras de Mara y comprendió que lo que estaba a punto de oír, además de ser de naturaleza delicada, no le concernía. Miró con disimulo a Irene, quien, con un gesto casi imperceptible, le pidió que las dejara, y abandonó la cocina discretamente.

Irene continuó.

—No es lo que tiene que ver contigo, es lo que quiero que hagas.

—¿Hacer? ¿Qué quieres que haga? Como abogada no puedo hacer nada, ya te lo dije.

—Quiero hacer público todo el infierno por el que pasé, el infierno que pasamos tantas chicas. Pero antes de hacerlo, tienes que conocer de primera mano los entresijos de aquellos delitos. Quiero demandar a los responsables y quiero que tú seas mi abogada.

—Irene.

—Mara.

—¿Por qué yo? ¿Porque sabes de antemano que ya lo tienes perdido? Porque, aunque se pudiera hacer algo —se detuvo y repitió—, ¿por qué yo?

—Ya sé que esos delitos han prescrito, pero no busco justicia, ya es tarde para eso. Quiero remover conciencias, quiero que se sepa todo, que se haga público, y, sobre todo, quiero encontrar a aquella niña.

—Así que se trata de tu hija.

—Hace unos meses volví a escuchar el nombre del doctor Méndez y quise saber si se trataba del mismo doctor que atendió mi parto. No fue difícil dar con él, es un prestigioso ginecólogo que ha desarrollado su carrera en una clínica privada de Pamplona. Fui a verlo, pero llegué tarde, se acababa de jubilar. En la misma clínica me recomendaron a Pablo Saras, su carrera había estado muy ligada a la de Méndez y por lo visto, profesionalmente hablando, es tan bueno o incluso mejor que él.

—Eso no significa que Pablo esté involucrado en este asunto —observó Mara.

—Cierto. No obstante, una vez allí, no quise perder la oportunidad de conocerlo. No me costó concertar una cita con él, desde la propia clínica lo gestionaron. Le extrañó que acudiese a él, pero su buena reputación ayudó como pretexto; pedir una segunda opinión sobre mi estado de salud, pasando desapercibida en una ciudad como Pamplona... también ayudó.

—¿Estás bien? —preguntó Mara alarmada.

—Perfectamente, no te preocupes. —Y continuó—. Cuando terminó, le pedí que me recomendara algún abogado porque necesitaba solucionar unos problemas en la ciudad, era mi primera vez en Pamplona y no conocía a nadie. Enseguida me habló de ti, todo fueron elogios. Tras ganarme su confianza, le saqué el tema de la jubilación del doctor Méndez, de su reputación y de la labor que había desempeñado en la Residencia. Al escuchar mis últimas palabras, no me dejó continuar, me cortó en seco. De repente recordó que tenía otra paciente esperando.

Irene tomó aire y prosiguió.

—Tú te encargarás de averiguar por qué se puso tan nervioso.

—Irene, ¿me estás utilizando?

—No te estoy utilizando —contestó —. Las dos nos podemos ayudar —argumentó—. Yo obtengo la información que busco y tú, tú puedes relanzar la actividad de tu despacho. No busco un abogado de prestigio, busco alguien como tú, alguien que sea capaz de empatizar conmigo, que tenga ganas de trabajar y crea en esta causa. Estos dos días que hemos pasado juntas me han confirmado que eres la persona perfecta y la abogada que necesito.

—No entiendo nada —dijo Mara un tanto incrédula—. Hay muchos abogados que estarían encantados de llevar este caso, por su magnitud, por lo mediático, por tratarse de una persona tan importante como tú. No lo entiendo —repitió—, ¿por qué te empeñas en que sea yo?

—Te estoy poniendo en bandeja la oportunidad de convertirte en una letrada conocida y reconocida. Ser la hija «de» te puede abrir puertas y también te las puede cerrar. Tienes que demostrar que eres buena, sobre todo, a él.

—Entonces, conocías la discrepancia con mi padre y deduzco que no es lo único que conocías de mí. ¿No es así?

—Te dije que me había informado sobre ti. En ningún momento te he mentido, solo te he ocultado lo que sabía. Mara, te he traído aquí para que conocieras la historia de Nené de primera mano.

—¿Por qué ahora? Han pasado demasiados años...

—Nunca es tarde para remover conciencias, aunque tienes razón, han pasado demasiados años. He utilizado mi trabajo como pretexto para no enfrentarme al miedo que me causaba conocer la verdad. Cuando salí del centro, me juré a mí misma que lucharía para destapar lo que allí ocurría, pero tan solo era una pobre muchacha sin recursos, sin amistades, ni tan siquiera tenía un lugar para dormir. Decidí que trasladarme aquí, a Madrid, me ofrecería más posibilidades y, por qué no reconocerlo, me ayudaría a dejar atrás mi pasado.

—A la vista está que acertaste —apostilló Mara.

La puerta de la cocina se abrió.

—Lo siento —se disculpó Ángela—, tengo que seguir con mi trabajo o no me dará tiempo.

—No se preocupe —corrigió Mara—, yo ya me marcho.

Irene se irguió y se dirigió a Mara en actitud firme.

—Por favor, piénsalo.

—Lo haré, pero sospecho que no solo cuentas conmigo porque Pablo te habló de mí.

En un último intento, Mara preguntó:

—¿Hay algo más que deba saber?

—En absoluto, créeme. Si Pablo tuvo algo que ver directa o indirectamente con aquel centro es lo que tenemos que averiguar. Que lo conozcas facilita que tengamos acceso a él —y puntualizó—, que tú tengas acceso a él.

—Has pensado en todo, pero puede que tu estrategia no obtenga los frutos que deseas. Mi amistad con Pablo no garantiza nada. Además, desde lo de Claudia, perdí el contacto con él.

Irene no quiso evitarlo.

—Te lo tengo que preguntar. ¿Qué le pasó a Claudia?

Mara, que no había apartado su atenta mirada de ella, se giró a un lado, llevó su mirada a algún punto perdido, respiró varias veces y contestó.

—Fuimos a la montaña, la misma que veo desde la ventana de mi despacho cada día. Había hecho mucho frío esos días, pero subimos sin problema, íbamos preparadas. Fue a la bajada.

Se calló al recordar aquel momento. Tras unos segundos y varias respiraciones continuó.

—Resbaló. Sería en una fina capa de hielo, pero resbaló y perdió el equilibrio. Cayó por la ladera sin que yo pudiera hacer nada por ayudarla. Simplemente, desapareció delante de mí.

Comenzó a caminar nerviosa; trató de aguantar las lágrimas dentro mientras respiraba largo y entrecortado, pero no lo consiguió... Desde aquellos días nunca lo había dicho en voz alta. Nunca lo había expresado de esa manera. Y ahora, ese mismo hielo parecía derretirse dentro y desbordarse.

Se sentó. Se secó las lágrimas. Volvió a respirar, levantó la vista hacia Irene, también emocionada, cogió su mano tendida y se miraron. Sus ojos y sus manos hablaron sin palabras de liberación, de comprensión y de tristeza...

Tras aquel silencio, que Mara cerró con una sonrisa agradecida de alivio, Irene se acercó un poco más a ella y le habló con delicadeza para cerrar la conversación.

—Mara, tengo la corazonada de que, tirando de ese hilo, puedo desenrollar la madeja. Es un comienzo. Por favor —insistió—, piénsalo.

—Una corazonada no es suficiente —le recordó—. Voy a recoger mi bolso y vuelvo a casa, tendrás noticias mías.

Por primera vez desde que llegó a esa casa Mara se sintió como una extraña. Irene no supo interpretar el suspiro que dejó escapar antes de abandonar la cocina, pero quiso creer que al final aceptaría.

Volver a casa no evitó que Mara diera vueltas a lo vivido esos últimos días. Después de muchas idas y venidas, admitió que en la balanza pesaba lo positivo del encuentro por varios motivos. Había conseguido dejar de lado sus cuestiones personales, había logrado restablecer su atribulado estado de ánimo y había conocido a una persona admirable en todos los sentidos.

Sin embargo, existía un «pero», una simple palabra que dejaba de ser una mera conjunción para convertirse en un quebradero de cabeza; y provocaba cierta contrariedad en sus sentimientos. En el fondo estaba enfadada consigo misma por dar más importancia a la última media hora de su estancia con Irene que a todo lo anterior.

No quería reconocer que estaba siendo injusta.

Al llegar al despacho el lunes, Mara trasladó a su secretaria, sin entrar en detalles, el propósito de Irene Balaga. Una vez más Maite fue enérgica en su reacción.

—¡Qué pero, ni pero! ¿Te das cuenta de lo que tienes entre manos? ¡Es la oportunidad de tu vida! ¡De ninguna manera la puedes dejar pasar!

—Ignoras los pormenores de todo este asunto, Maite.

—No necesito conocerlos para saber que no debes rechazar un caso que te puede hacer despegar. Mara, no te reconozco.

—Maite, es posible que Pablo Saras esté implicado en este asunto. Y me temo que, de ser así, y después de conocer todo lo que Nené sufrió, no ocurrirá nada bueno. Ni te lo imaginas.

—¿Tienes miedo? Irene Balaga te lo ha pedido, es su deseo y es ella la que ha acudido a ti. ¿Por qué lo ha hecho? ¡Qué más dará! Solo debes hacer tu trabajo. Y empieza por hablar con Pablo.

—No se trata de miedo. Va a ser complicado, si lo que dice es cierto, hay muchas personas implicadas. Pablo solo es el primer hilo de la madeja, tal y como lo expresó Irene.

—Ya tienes por dónde empezar. Así que, llámale —sentenció Maite ofreciéndole el aparato telefónico.

Mara la miró pausadamente y acabó accediendo.

—Aquella niña nació el mismo día que yo. Tal vez sea una señal —dijo Mara.

Cuando se disponía a marcar, Maite cortó la comunicación.

—¿Qué haces, Maite?

—Antes de llamar a Pablo, debes hacer otra llamada más importante.

—¿A qué te refieres? —preguntó extrañada.

—Llama a Irene Balaga para confirmarle que aceptas el caso. No saldré de este despacho hasta que lo hagas —afirmó con rotundidad.

Mara sabía que las palabras de Maite no eran un farol y que, si no llamaba a Irene, se plantaría como una esfinge delante de la mesa del despacho decidida a cumplir su amenaza todo el tiempo que fuera necesario.

—Tú verás qué prefieres —dijo Maite acomodándose en la silla y golpeando con cada dedo de su mano la superficie de la mesa en actitud de espera.

—¿Es que no te cansas nunca? —espetó Mara—. ¡Eres una pesadilla de mujer!

—Soy lo que tú quieras que sea, pero llámala —contraatacó con una sonrisa triunfante.

—Si no te apreciara tanto, ya estabas de patitas en la calle —le aseguró.

Mientras volvía a marcar tuvo el presentimiento de que ese pequeño gesto iba a cambiar el rumbo de las cosas.

Al tercer tono, Irene contestó, la estaba esperando.

Ya no había vuelta atrás.

Después de hablar con ella, llamó a Pablo y quedaron en verse el jueves de esa misma semana en el club, el mismo al que pertenecían sus padres. Aunque para ella no era el mejor sitio, decidió aceptar para no tensar demasiado la cuerda antes de empezar.

—No te arrepentirás —dijo Maite—. Aquí te dejo las llamadas de estos días.

—¿Qué te dijo mi padre? —preguntó Mara intrigada—. No me has hablado de él.

—Quería saber dónde estabas. Su único objetivo es que entres en razón y que vuelvas con quien tú sabes.

—No sigas —dijo con desgana—. No quiero saber más. —Se recompuso nada más terminar la frase—. Ahora, tenemos mucho trabajo por delante —expresó con energía—, quiero centrarme en este caso sin distracciones de ningún tipo, y menos aún de ese. Si vuelve a llamar, él o mi madre, no me los pases, por favor.

—¡A la orden, jefa! —exclamó la secretaria—. Pero tarde o temprano tendrás que hacerles frente.

—Lo sé —dijo sin titubear.

—¿Por dónde empezamos? —preguntó Maite animada.

—Tú encárgate de obtener toda la información posible sobre el centro: si sigue abierto, en qué condiciones y quién se encarga de gestionarlo. Si las monjas ya no están, estaría bien saber a dónde han ido a parar. Cuanto más sepamos, mejor. Yo me meto de lleno con las adopciones.

Alguien hizo sonar insistentemente el timbre como si tuviera mucha prisa en entrar.

—¿Qué maneras son esas de llamar? —se quejó Maite—. ¿Esperas a alguien?

Sin dejar que Mara contestase, se dirigió a la puerta dispuesta a increpar a la persona que estuviera al otro lado. Al abrirla, solo vio una caja rectangular tan alta como ella con el nombre de Mara Berría en letras grandes.

—¡Será posible!

—Lo siento —dijo una voz que provenía de detrás—. Es para Mara Berría.

—Sí, es aquí, gracias.

Aunque era un paquete voluminoso, pesaba poco y Maite lo arrastró con facilidad hacia dentro. Mara había salido de su despacho movida por la curiosidad al oír la exclamación de Maite.

—¡Madre mía! —exclamó.

—Es para ti…

—¿Quién lo envía?

—Nada menos que Irene Balaga —respondió Maite con el albarán de entrega en la mano.

—¿Irene?

Confusa, permaneció inmóvil entre el paquete y Maite.

—¿No lo vas a abrir?

Maite tomó la iniciativa y se acercó a su escritorio. Cogió las tijeras y, sin esperar aprobación, comenzó a quitar las enormes grapas que cerraban herméticamente el paquete.

—Mira que está complicado —se quejó—. Espero que lo que contenga merezca la pena.

—Viniendo de ella, no te quepa duda.

—¡No te quedes ahí parada! —se volvió a quejar—, una ayuda me vendría bien —dijo con ironía.

Entre las dos, con una buena dosis de paciencia, lograron retirar las múltiples piezas de metal. Al terminar, la caja se desarmó como un castillo de naipes. Solo quedaron en pie los dos estrechos laterales sujetos entre sí por una barra de plástico de la que colgaban en perchas unas prendas de vestir protegidas por una funda con las iniciales I.B.

—¡No puede ser! —volvió a exclamar Mara nada más verla.

—¿Sabes qué es?

—Creo que sí.

Al bajar la cremallera de la funda, lo confirmó.

—Me ha enviado el conjunto que me prestó el día que me presenté a sus hermanos.

—Aquí hay una nota —dijo Maite mostrando un sobre.

Sin ningún pudor, sustrajo una tarjeta de su interior y la leyó en voz alta: «Mi querida amiga, te lo dejaste en la habitación. Este conjunto es tuyo por derecho propio, te encajaba a la perfección. Por favor, acéptalo».

—Se ha dado prisa en enviarlo, casi llega antes que tú —bromeó—. Lo que hace el dinero —puntualizó con ironía.

—Esta mujer es increíble, no tenía por qué hacerlo.

—Lo ha hecho antes de conocer tu decisión.

—Ella sabía de sobra que iba a aceptar. Esto no tiene nada que ver con mi decisión.

—Lo que no se puede negar es que tiene buen gusto.

—Tenías que ver lo que hay en su casa, un auténtico museo.

La conversación sobre alta costura se interrumpió con el sonido del teléfono. Maite se apresuró a contestar.

—Buenos días, señor Berría. Lo siento, pero Mara no está, ha salido. Desde luego, le doy su recado en cuanto regrese.

La cara de agotamiento de Mara dejó traslucir su hartazgo.

—¡Qué pesadilla! —dijo en voz baja.

—Ya no sé qué excusa sacar. Tienes que solucionar esto cuanto antes.

Tanto Mara como Maite estuvieron inmersas en la búsqueda de información los días previos a la reunión con Pablo Saras. El mismo jueves, a las nueve de la mañana, puntuales y con un café, intercambiaron sus averiguaciones.

—Esto no va a ser nada fácil —comenzó Mara—. En el Registro Civil no me han solucionado nada, me han pedido un nombre y no tenía ninguno. He insistido para que mirasen por la fecha de nacimiento, pero ni se han molestado.

—Yo sí he conseguido uno —dijo animada Maite—. Es el nombre de una madre que buscaba a su hijo.

—¡Eso está muy bien!

—Verás —dijo Maite animada—, recordé que había visto en televisión un programa en el que se buscaban a personas desaparecidas, todavía lo emiten. Hubo un caso que consiguió crear una gran sensibilización social; una madre denunció públicamente que había sido víctima del robo de su hijo. El caso se resolvió a través del propio programa.

—¿Sabes cómo se llama esa madre?

—Espera, no te precipites —dijo Maite—. No solo sé su nombre, he hablado personalmente con ella por teléfono.

—Me tienes impresionada —dijo Mara a modo de felicitación.

—Hemos tenido una conversación muy interesante y he llegado a la conclusión, como era esperable, de que no se trata de un hecho aislado. Existen más casos y me temo que hay una relación entre muchos de ellos. Me ha hablado de monjas y de personas de buena posición social en la época, varias de ellas vinculadas al Opus Dei.

—¡Con la Iglesia hemos topado! —exclamó Mara.

—No solo la Iglesia; hay médicos, funcionarios del registro, personal sanitario de hospitales y maternidades, una larga lista difícil de rastrear.

—Espera. ¿Has dicho médicos?

—Sí, señorita, médicos.

—Ahora empiezo a entender la relación que puede tener Pablo Saras con este asunto, aunque él en aquellos tiempos, sería muy joven.

—No sé qué años tendrá, pero calcula como tu padre, más o menos.

—Vamos a ver —dijo Mara—. Si ahora está rondando los sesenta, hace treinta y ocho años, tendría veintidós. Estoy casi segura de que tiene algo más, hoy se lo preguntaré con sutileza. A esa edad, estaría a punto de terminar la carrera o recién terminada, en cualquier caso, estaría haciendo sus primeros pinitos como médico.

—Hay algo más —dijo Maite con ganas de continuar—. Esta persona, además de animarnos a seguir con la investigación, me ha puesto sobre aviso. Ella no vivía aquí cuando ocurrieron los hechos, es de Bilbao, pero su caso está vinculado a una monja que supuestamente estaba de superiora en el sitio que estamos investigando.

—En la Residencia —sentenció Mara.

—Exacto. Cuando le expliqué el motivo de mi llamada, comenzó a contarme su caso. Al principio su voz se entrecortaba por la emoción, pero luego consiguió serenarse. El día que dio a luz, una superiora de un centro de Pamplona estaba presente en el parto. Atendía al nombre de sor Mercedes y, por cómo trataba a todo el personal, parecía la mandamás. Cuando esta mujer entró en el paritorio, la monja ordenó, sin motivo aparente, que utilizaran anestesia. Al despertar, le dijeron que había habido complicaciones en el parto y que su bebe había muerto.

—Voy a llamar a Irene para que me confirme el nombre de la superiora. No creo que hubiera muchos centros aquí que se ocuparan de acoger a chicas en situación de desamparo.

—Había pensado acercarme hoy a la Residencia o al centro, no sé cómo se llama ahora —aclaró Maite.

—Has hecho un buen trabajo, Maite —le dijo con ternura Mara—. Iré yo. Tengo toda la mañana desocupada y quiero verlo de cerca.

—¿A qué hora has quedado con Pablo?

—A las ocho.

—Yo seguiré indagando, si te parece.

—Muy bien. Voy a llamar a Irene ahora mismo.

Cuando Maite abandonó el despacho, Mara seguía sin poder borrar de su pensamiento a una persona con nombre y apellido, Pablo Saras. «Pablo, Pablo. ¿Qué tendrás que ver en todo esto?».

La última vez que había ido por esa parte de la ciudad todavía era una joven adolescente que incumplía las órdenes de sus progenitores. La prohibición de acercarse a esa barriada obedecía al estigma de las clases bajas, tal y como su madre calificaba a sus habitantes, muchos de ellos, provenientes de otras provincias. La mayoría eran trabajadores de fábricas y amas de casa que se ganaban la vida dignamente y cuyos hijos iban a escuelas públicas. Para su madre era lo peor de lo peor. «Vienen aquí muertos de hambre y quieren hacer lo que les viene en gana, protestan por todo», solía repetir con inquina. Ni a ella, ni a su amiga Claudia les importaba lo que sus padres pudieran decir, lo que les atraía eran los chicos que habían conocido, tan guapos y diferentes, a los que, en más de una ocasión, visitaban sin que sus padres lo supieran.

«¡Qué tiempos!», se dijo sin bajarse del coche.

Lo que no podía negar era el cambio que se había producido.

No quedaba nada de aquellos bloques de pisos de ventanas pequeñas llenas de tendederos de alambre que decoraban las fachadas con sus prendas. Habían sido reformados casi en su totalidad. Además, el barrio había ido creciendo por el extremo sur con amplias avenidas y torres de pisos modernos. Un pabellón de estructura asimétrica hacía las veces de polideportivo y su perímetro albergaba las piscinas para los residentes. Comercios, entidades bancarias, hasta un centro comercial hacían la vida más cómoda en un barrio joven y lleno de vida.

Por un momento se sintió desubicada, sin saber a dónde dirigirse. Aparcó el coche frente a una cafetería de estilo francés, el Café París, y decidió entrar.

—Por favor, un café con leche, caliente.

En aquel acogedor lugar todos se conocían, saltaba a la vista. La camarera sirvió la consumición a Mara.

—Aquí tienes, un café calentito —dijo con simpatía.

—Gracias. ¿Qué te debo?

—Marga, cóbrame a mí.

A Mara le dio un vuelco el corazón al escuchar una voz que reconoció al instante. Se giró.

—¿Fran?

Pronunció interrogante su nombre, temerosa a partes iguales de estar equivocándose y acertando...

—Hola, Mara —respondió Fran sonriente.

Era la misma sonrisa. Esa sonrisa que la había cautivado tiempo atrás; la misma que solía provocar que su corriente sanguínea se disparara.

—Vaya, esto sí que no me lo esperaba —dijo intentando disimular su nerviosismo.

—Me alegra volver a verte —afirmó él. Sonaba sincero.

—Lo mismo digo.

—Nunca te había visto por aquí.

—He venido por motivos de trabajo. ¿Y tú?

—Yo crecí en este barrio y, aunque ya no me queda familia, conservo mis amistades, a las que visito de vez en cuando. He quedado con un amigo.

Fran se giró como si buscase algo.

A Mara le temblaban las piernas.

—¿Nos sentamos en esa mesa? —preguntó Fran señalando el rincón—. Bueno, si tienes tiempo.

—Sí, claro, lo que tengo que hacer puede esperar.

Nada más acomodarse, a Mara le asaltó el recuerdo de sus anteriores encuentros.

—Cuéntame en qué estás metida.

—Busco un centro que había por aquí hace unos años, supuestamente un lugar de acogida para mujeres jóvenes, pero de actividad dudosa o sospechosa. Igual tú me puedes ayudar.

—Creo que hablas de la Residencia —dijo.

—Eso es, la Residencia. ¿Sabes si todavía sigue abierto o si están las mismas monjas que lo llevaban?

—Se cerró hace más de diez años y fue un gran alivio para el barrio. Estuvo un tiempo dejado de la mano de Dios, hasta que acondicionaron una parte para usarlo como residencia de ancianos. Las monjas se marcharon. El personal que trabaja allí ahora está contratado por el ayuntamiento. El resto del edificio está abandonado y en muy mal estado. Una pena.

—¿Me puedes indicar cómo llegar? Esta zona está muy cambiada y, la verdad, estoy perdida.

—Es muy fácil. Toma como referencia el centro comercial. Está justo detrás. Si sigues esta avenida recta, encontrarás una rotonda. Tienes que rodearla y tomar la segunda salida. Está perfectamente indicado. La residencia de ancianos actual se llama San Jerónimo, el patrón de este barrio.

Mara explicó por encima su interés por aquel lugar, mientras él la escuchaba atentamente. Al terminar, y tras un corto silencio, las palabras de Fran la cogieron por sorpresa.

—Mara, te debo una explicación —dijo clavando la mirada en ella, que desvió la suya hacia la taza de café.

—No te la estoy pidiendo —se limitó a decir.

—Lo sé, pero igualmente quiero hacerlo. Por favor, mírame.

No le dio tiempo ni a empezar. Una voz cantarina los interrumpió.

—¡Serás cabronazo! ¡No puedes estar solo ni un segundo, no pierdes el tiempo! ¿No me la presentas?

Hay personas que no cambian con los años y Felipe era una de ellas.

—Como siempre, llegas tarde —le increpó Fran—. Te presento a Mara, una buena amiga.

—Un nombre muy bonito. Encantado —dijo plantándole dos besos.

—Igualmente —correspondió un poco abrumada por tanto entusiasmo—. Yo, yo... me tengo que marchar —acertó a decir.

—¿Ya? ¿No te habré asustado? —preguntó Felipe.

—Déjalo, Felipe —le avisó Fran a la vez que echaba un capote a Mara—. Eres incorregible.

—No me has asustado, no. Pero tendréis cosas que contaros. Ha sido un placer, Felipe.

—Nos vemos en otro momento —se adelantó Fran.

—Cuando quieras —decidió Mara, esta vez sí, mirándolo directamente a los ojos mientras se levantaba.

Al salir, no quiso girarse hacia atrás a pesar de que notaba la mirada escrutadora de los dos amigos clavada en su nuca. Se metió en el coche, expulsó el aire de sus pulmones y arrancó. De nuevo sin mirar, torció el volante para salir y, soltando poco a poco el embrague, se puso en marcha sin percatarse de que un coche se acercaba. Un merecido bocinazo la hizo frenar en seco y maldecir su temeraria imprudencia.

—¡Lo siento! —se disculpó a través de la ventanilla mientras el conductor hacía aspavientos con los brazos.

—¡Joder, Mara! ¿En qué estás pensando? —se recriminó en alto.

De sobra sabía en qué pensaba, mejor dicho, en quién pensaba.

No tardó en dar con la residencia San Jerónimo, las indicaciones de Fran y, por qué no admitirlo, la señalización, facilitaron su búsqueda.

La visita fue tan fugaz como infructuosa, considerando la insuficiente información que obtuvo. Las monjas pusieron fin a su actividad de manera forzosa y abandonaron el centro trasladándose a otra provincia. Del paradero de los posibles archivos, nadie sabía responder nada. Mara quiso adentrarse en la parte que seguía tal y como estaba hace diez años y que conservaba la huella de un triste pasado, pero los accesos estaban tapiados con ladrillos, sellados para que nadie pudiera acceder a su interior.

A las ocho de la tarde se presentó puntual en el bar del club de golf. Pablo Saras la esperaba con un aperitivo sentado en una de las cómodas butacas individuales desde la que podía contemplar, a través del cerramiento de cristal, el verde de la pradera. Sin prestar demasiada atención a quienes, a pesar de la hora, seguían practicando golf, parecía pensativo. Su reacción al escuchar su nombre corroboró que así era. Y también algo inquieto.

—Hola, Mara —dijo a la vez que se levantaba para recibirla.

—Lo siento, te he asustado.

—No, no, estaba distraído mirando cómo juegan —mintió.

Pablo se había ganado a pulso el respeto y la admiración de muchos colegas y muchas pacientes. Su energía, su optimismo, la pasión por su trabajo, su porte y el amor hacia su única hija habían conformado su esencia y su manera de ser.

Pero ya no era él mismo, hacía cinco años que su aura no brillaba igual.

Mara no lo recordaba tal y como se presentó ante ella. Estaba algo encorvado, más delgado, encanecido. Saltaba a la vista que había envejecido más rápido que cualquier persona de su edad.

—Siéntate, por favor.

—Gracias por estar aquí, Pablo.

—He retrasado este momento demasiado tiempo, lo tenía que haber hecho antes —dijo sinceramente.

—Sé que no es fácil para ti.

—¿Quieres tomar algo? —la interrumpió.

—Un tinto estaría bien.

Pablo hizo una seña al camarero, que se presentó ante ellos al instante. Tras pedir la consumición, prosiguieron.

—¿Cuándo fue la última vez que nos vimos, que mantuvimos una conversación como cuando estaba Claudia? —preguntó él.

—Sabes de sobra que no hemos charlado como entonces y, aunque sí nos hemos visto en alguna ocasión, diría que me has esquivado descaradamente.

Nunca se había andado con rodeos con el padre de su amiga y ahora tampoco lo iba a hacer. Pablo sabía que tenía razón e intentó justificarse.

—Mara, sabes que te aprecio, pero tienes que entender que fue muy doloroso perderla. Era la niña de mis ojos, mi razón de ser. Ahora…, ahora no me queda nada —confesó cabizbajo.

—No digas eso —dijo Mara con ternura.

El camarero sirvió la copa y se retiró.

—Perdona. Perdona, porque durante un tiempo te hice responsable de lo que ocurrió —le confesó.

—Me lo temía, por eso no insistí en forzar un encuentro y opté por dejar que las aguas volvieran a su cauce. Lo que no pensé es que esta situación se fuera a alargar tanto.

Y continuó, tenía que aprovechar la ocasión que tanto había esperado.

—Tú perdiste a tu hija, Pablo. A tu única hija. No sé cómo se puede llegar a querer a una hermana, no la tengo. Pero sé cuánto quise a Claudia. Era mi alma gemela, nos comprendíamos, nos apoyábamos, llorábamos y reíamos juntas. Pero… ¡si hasta cumplíamos los años el mismo día! —exclamó—. Incluso eso teníamos en común. Y yo también la perdí.

Él seguía con la cabeza baja, con una expresión que jamás le había visto.

—Yo estaba allí cuando resbaló y no te recrimino que me echases la culpa. Ojalá hubiera sido yo la que…

Pablo no le dejó terminar.

—No, por favor, ¡ni se te ocurra decirlo! —dijo rozando su brazo.

Se miraron, en silencio, durante un tiempo indeterminado... Dejaron que las lágrimas se deslizaran, con comprensión y alivio, como si ambos se hubieran despojado de una enorme carga.

Tras cerrar aquel momento con una sonrisa y un cómplice y delicado contacto de manos, Mara supo que podía destensar la conversación.

—Me consta que vas hablando muy bien de mí, incluso mejor que mis propios padres —dijo en tono más distendido.

Pablo apuró su vaso y se dejó caer sobre el respaldo, poco a poco se fue relajando.

—Has propiciado un buen escándalo en tu familia —dijo sonriendo—. No se habla de otra cosa en los círculos del club, según mi mujer.

—No me cabe la menor duda de que tu mujer no exagera —dijo bajando su tono de voz—. Y perdona mi franqueza, pero seguro que ella algo alimenta las habladurías.

—Ya la conoces, estos chismorreos la ayudan a evadirse de su propia realidad.

—No es la única —dijo señalando con la mirada a un grupo de mujeres que los observaban con descaro—. Ahí las tienes, ni siquiera intentan disimular.

—Si te interesa mi opinión, no les hagas caso. Si no quieres casarte, no tienes por qué hacerlo; ni por tus padres, ni por nadie.

—Siempre has sido distinto a todos los padres, comprensivo, cómplice, por eso Claudia te quería tanto.

No estaba diciendo algo que Pablo no supiera, aun así, su expresión cambió.

—Nuestra relación era especial y la echo tanto de menos... —dijo con resignación y emoción.

—Yo también la echo de menos. Cada día.

Inesperadamente, Pablo recuperó su entereza y le interrogó.

—Pero dime, ¿me has llamado para recuperar nuestro contacto o hay otro motivo?

—Mira, no te voy a engañar. Necesitaba una razón para dar este paso, para recuperar lo que nunca dejó de existir por mi parte, mi cariño hacia ti. Y esa razón ha llegado, ha sido el trampolín para forzar esta reunión.

—Tú dirás —se interesó.

Mara apoyó los brazos sobre sus rodillas fijando sus ojos en los de Pablo.

—¿Te suena el nombre de Irene Balaga?

—Vaya, últimamente ese nombre me persigue —dijo revolviéndose en la butaca—. Esa mujer se presentó en mi consulta, imagino que ya lo sabrás.

—Desde luego, ha contactado conmigo gracias a ti.

—Me pidió un consejo y yo se lo di.

—¿Tienes idea de quién es?

—En lo que a mí respecta, una paciente más —contestó.

No quería continuar hablando de esa mujer, su respuesta no dejaba lugar a dudas. Lo que Mara desconocía era que aquel hombre al que apreciaba de verdad acababa de mentir. Hacía tiempo que había indagado sobre ella.

Mara siguió.

—Irene Balaga es una prestigiosa diseñadora que está intentando obtener respuestas sobre asuntos de su pasado que tienen que ver con la Residencia.

Hizo una breve pausa, muy pendiente de cada movimiento y cada gesto de Pablo.

—¿Te suena de algo ese lugar?

Pablo volvió a agitarse en su butaca, cada vez más incómodo, era un ir y venir de gestos y movimientos que no podía esconder. Antes de responder, volvió a llamar al camarero y pidió otra consumición con el fin de ganar tiempo para encontrar una respuesta que sonara convincente.

—Todos en esta ciudad oímos hablar de aquel centro.

—No me has contestado, Pablo.

—¿Qué te hace pensar que yo sé más que otros?

—Ginecología y Obstetricia, es a lo que te dedicas y tiene mucho que ver con las prácticas de aquel centro, al menos hasta donde he podido averiguar.

Mara no detectó la imperceptible inspiración de Pablo ni la igual de imperceptible espiración que la siguió, a través de la cual vació sigilosamente de aire sus pulmones. Lo que sí percibió fue un cambio repentino de humor.

—Mi querida Mara —dijo Pablo—, cada ginecólogo de esta ciudad, por el mero hecho de ser lo que es, no tiene por qué estar relacionado con la Residencia. Además, todo lo que se habló de aquel lugar eran solo rumores.

—No, Pablo, no te confundas. Es lo que siempre nos han hecho creer.

Cuando se disponía a entrar en materia, la voz inconfundible de su madre la interrumpió por detrás sin compasión.

—¿Aquí estás? ¿Es que no te da vergüenza presentarte delante de todos después del escándalo que has originado? ¿No tienes suficiente con las habladurías y vienes aquí a exhibirte delante de mis amigas?

—Hola, mamá, yo también me alegro de verte —dijo Mara con ironía—. Y no, no me da vergüenza que me vean. ¿Por qué iba a tenerla según tú?

Sin dejarla contestar, prosiguió.

—La que siente vergüenza eres tú y realmente no lo entiendo, tú sola te estás poniendo en evidencia. Están todas locas de contentas con el espectáculo que estás dando. Míralas. —Señaló otra vez hacia la mesa donde se congregaban varias de sus amigas, que no les quitaban ojo.

—He sido yo quien la ha citado aquí —salió Pablo en su defensa.

—Déjalo, no te molestes —dijo Mara. Se levantó y, sin mirar a su madre, se dirigió a él—. Te volveré a llamar, esta conversación no ha terminado. Si no te importa, quedaremos en otro lugar.

Cogió su bolso y se dispuso a salir, momento en el que se cruzó con su padre.

—Mara.

—¿Tú también me vas a recriminar estar aquí? —preguntó díscola—. Por favor, dejadme en paz.

Siguió en dirección a la salida sin responder a las repetidas llamadas de su padre. Su madre, con la cara roja de ira y los ojos inyectados de rabia, no la perdía de vista.

A pocos metros, las murmuraciones se sucedían entre risitas de satisfacción.

A HURTADILLAS

Mayo, 1959

—Es una niña sana —observó el doctor Méndez—. ¿Están ya avisados los futuros padres?

—Sí, doctor, esta misma noche estarán aquí. Nuestra prioridad es salvaguardar sus intereses e identidad, por eso preferimos la discreción, la oscuridad de esas horas —contestó la superiora—. No se preocupe, tal y como convinimos, este bebé es para ellos. Su pupilo quedará satisfecho.

—Si no recuerdo mal, otra de las internas ha salido de cuentas —siguió el doctor—. Me gustaría examinarla, tal vez sea posible provocar el parto. Tengo mucho trabajo en la clínica y no puedo estar desplazándome hasta aquí tantas veces —dijo traspasando la puerta hacia el interior de su consulta.

—Ahora mismo mando a buscarla —dijo la superiora con el rostro ceñudo.

—No olvide para quién va a ser. Sería perfecto poder llamarles hoy mismo. Con este último encargo, habré resuelto mis compromisos.

—Sus compromisos quedarán despachados —aseguró la superiora— y su trabajo, bien remunerado —apostilló.

El doctor no pasó por alto la observación de la superiora y retrocedió para tenerla en su ángulo de visión.

—Le recuerdo que usted también saca una buena tajada de todo esto —dijo a modo de aclaración.

La superiora hizo como si no lo hubiera oído y abandonó la habitación.

La nueva parturienta no tardó en presentarse en compañía de sor Martina. La joven, todavía menor de edad, estaba asustada y se agarraba con fuerza a la monja.

—¿Qué haces tú aquí? —preguntó la superiora al verla entrar.

—Me ha pedido que la acompañe, como verá, está muy asustada. De paso quería preguntar por Nené, Madre —respondió sumisa sor Martina—. Y por el bebé.

—¡No me digas que te has encariñado con esa zorrita!

—Nené es…

—¡Es como todas! —exclamó la superiora con mirada hosca—. Ahora la llevarán a su habitación.

—¿Y el bebé? —insistió sor Martina.

—¿A qué viene tanta pregunta? A ti no te importa lo que pase con el bebé.

Cogió a la chica del brazo y la empujó hacia la consulta.

—Pasa de una vez, el doctor te está esperando. No le hagas perder el tiempo, es un hombre muy ocupado —protestó.

Sor Martina no quería provocar un enfrentamiento con su superiora, de igual modo que no quería marcharse sin ver al bebé de Nené. Preparó una excusa intentando ganar tiempo, mientras ella guardaba unos papeles bajo llave en la única mesa que ocupaba el pequeño espacio. Al girarse y comprobar que sor Martina seguía allí, se enfureció.

—¿Aún sigues aquí? El bebé no ha sobrevivido —afirmó la superiora dándole la espalda—. Así que ya te puedes marchar.

—Perdone, Madre, ya me voy.

Sor Martina no se creyó lo que acababa de escuchar. Mientras pronunciaba esas palabras, reculó con pequeños pasos intentando grabar en su cabeza cada movimiento de la superiora.

Después de cenar, no se retiró a rezar como todos los días. Se encaminó decidida hacia la pequeña sala que había visitado a la mañana. Los bebés tenían que estar tras una de las puertas cerradas y su intención era comprobarlo con sus propios ojos. Si además pudiera hacerse con los papeles que la superiora había guardado, el riesgo merecería la pena. Se la estaba jugando, pero no podía permanecer como si nada estuviera pasando.

Nunca había sentido tanto miedo, sin embargo, avanzó decidida. Con cada ruido que escuchaba, por pequeño que fuera, se detenía. Cuando ya había desaparecido, reanudaba su camino con pasos suaves para no alterar el silencio de una noche esclarecida por una testigo de excepción, la luna. Al llegar a la puerta del botiquín, puso su mano en el postigo y la abrió con cuidado para evitar que las bisagras crujieran. Aunque todas las puertas que tenía ante sí seguían cerradas, distinguió luz tras una de ellas a través de una rendija. Alertada por la posible presencia de alguien, se escondió bajo el escritorio que tenía a su derecha a la espera de que la persona que allí se encontraba saliera lo antes posible y no reparara en ella. Su baja estatura y su complexión delgada permitieron que encajara sin mayor problema en el escaso hueco, no podía echarse atrás.

Esperó sin perder la calma, rezando a Dios como nunca lo había hecho, y antes de lo esperado comprobó que sus rezos habían sido escuchados. Unos pasos se detuvieron junto al escritorio mientras ella, hecha un ovillo y con los ojos cerrados de angustia, contenía la respiración poniendo a prueba sus pulmones. Cuando ya empezaba a notar que le iban a estallar, incapaz de seguir conteniendo el aire, escuchó el sonido de la puerta al cerrarse, justo a tiempo para buscar aire, como un pez boqueando fuera del agua. Necesitó unos minutos para recomponerse. Cuando lo logró, salió de su escondite con la misma agilidad con la que había entrado. Trató de abrir la puerta de la habitación antes ocupada, pero estaba cerrada. El nuevo contratiempo la hizo vacilar un instante, quizás no había sido buena idea estar ahí. Enseguida despachó su pensamiento y se puso a buscar las llaves en medio de la oscuridad.

La falta de luz ralentizó la búsqueda. Gracias a que recordaba cada gesto de la superiora, pudo dar con la pequeña llave que abrió el cajón blindado del escritorio, salvando antes un obstáculo inesperado. De lo nerviosa que estaba, la llave se le escurrió de la mano y fue a parar al suelo, no le quedó otra que arrodillarse para buscarla. Con las dos manos palpó el terrazo, no podía estar muy lejos. «Dios bendito, ayúdame», dijo con voz queda. Nada más pronunciar las palabras, sus dedos de la mano izquierda notaron el metal del pequeño objeto. Lo agarró fuerte y se apresuró a tocar el escritorio para dar con el hueco de la cerradura. Al introducir la llave, suspiró aliviada cuando la giró y el cajón se abrió. Estaba a tan solo una puerta de comprobar si había dos bebés y si ambos se encontraban bien.

La desilusión no tardó en aparecer, allí no había nada con lo que poder abrir aquella habitación, solo una carpeta que parecía contener papeles en su interior. En poco rato se había encomendado dos veces al Todopoderoso, seguro que una tercera no iba a surtir el mismo efecto, así que, sin pensarlo demasiado, dio el siguiente paso con el mismo arrojo. Como seguía sin ver nada, encendió la raquítica lámpara de la mesa, aun sabiendo que se estaba exponiendo más de la cuenta. El silencio era tal que solo oía su propia respiración y el latido de su corazón acelerado, lo suficiente como para mantenerla en alerta.

Abrió la carpeta decidida. A simple vista eran impresos, unos estaban en blanco y otros a medio rellenar. El que más información contenía, el primero de todos, llevaba una anotación en la parte superior. Se podía leer con claridad unas iniciales «D.S.». Por la fecha y la hora, comprendió que se trataba de datos correspondientes a uno de los nacimientos de ese día. Estaba segura de que se trataba del bebé de Nené, una niña. En otra hoja, faltaba anotar la fecha y la hora, solo se habían tomado la molestia de anotar el nombre del lugar y el sexo de otro bebé. De nuevo, una niña.

Su hallazgo marcaba un punto de inflexión en su vida religiosa, una vida que había elegido para servir a los demás, una vida que había ligado por decisión propia a votos solemnes, al igual que su superiora. Apretó con rabia los puños sobre la mesa y, por primera vez desde que estaba en ese centro, la maldijo.

Apagó rápidamente la luz alertada por el ruido de unos motores. A oscuras volvió a meter los papeles en la carpeta y la colocó tal y como la había encontrado. Aunque no podía aventurar nada, sospechó que aquella visita intempestiva tenía algo que ver con lo que acababa de descubrir y cayó en la cuenta de que no era la primera vez que se producía.

Cuando estaba a punto de abandonar la sala, supo de repente lo que debía hacer, se dio la vuelta y rebobinó cada paso que había dado, rezando al Señor para que la perdonase. Volvió a coger las llaves, abrió el cajón y sustrajo la primera hoja con rapidez.

Antes de abandonar aquel lugar, fijó su mirada en la tenue luz que salía de la rendija e inconscientemente palpó el documento que había escondido bajo su hábito.

Sor Martina escuchó las campanadas de la iglesia de San Jerónimo, las doce en punto. Un nuevo día comenzaba en medio de la oscuridad de la noche, y de la suya propia. Para la joven novicia aquel habitáculo dejó de ser el dispensario de las internas. Se había convertido en un lugar oscuro y peligroso donde en lugar de atenderlas, las despojaban de su dignidad, arrebatándoles a sus pequeños...

Era una cloaca nauseabunda donde se orquestaban actos crueles e inhumanos, delitos horribles, realizados —y esto era lo que se le había agarrado al alma— con el consentimiento de una religiosa como ella. De su superiora.

NAVIDAD 1997

A solo una semana de la Nochebuena, ante la posibilidad de quedarse sola en su casa, viajar igualmente sola a una playa paradisíaca o pasar acompañada unas fechas catalogadas socialmente como entrañables, Mara se inclinó por esto último y aceptó la amable invitación de Irene Balaga, movida también por el interés de conocer cómo una familia de esa condición celebraba esas fiestas.

Lejos de sentirse defraudada, los días con la familia Balaga acabaron convirtiéndose en toda una experiencia. Desde que tenía uso de razón, no recordaba haber pasado unos días tan agradables. Mientras estuvo con ellos, tuvo la sensación de estar en un verdadero hogar.

La casa, decorada con la elegancia que caracterizaba a la anfitriona, supuso el primer contacto con esa impresión. Nada más acceder a la entrada de la vivienda, se quedó boquiabierta con el belén extragrande de estilo clásico, tipo hebreo, elaborado de forma artesanal y compuesto por once figuras que representaban el nacimiento y la ofrenda de los Reyes Magos y que para nada empequeñecía el enorme recibidor. A pesar de su tamaño, quedaba sitio suficiente para contemplarlo a cierta distancia, de manera que se podía apreciar en su conjunto y, a medida que una se iba aproximando, los detalles que de lejos no se apreciaban iban descubriendo la esencia de la Navidad. Una obra de arte.

A esta bienvenida le siguió el grato y caluroso recibimiento de Irene, de Manuel —acompañado por sus hijas— y de Miguel, que en un primer momento se mostró prudente con ella. Incluso

Ángela, la cocinera, le brindó un cordial saludo. Pero Mara echaba a alguien en falta.

—¿Enrique no va a cenar con nosotros?

—Por supuesto que sí —respondió Irene—. No tardará en llegar, ha ido a recoger a una persona que no puede faltar hoy en nuestra mesa.

Tras el revuelo de su llegada, pasaron al salón.

En el lugar donde había compartido horas de charla con Irene durante su anterior estancia, dos acebos ramosos desde la base, de tronco recto y porte piramidal, con copas densas, lucían sus hermosos frutos de un rojo tan brillante que parecían estar iluminados. Como dos soldados, permanecían vigilantes a cada lado de la chimenea, pendientes del resplandor cálido que desprendía el fuego encendido.

Destacaban cuatro frondosas flores de pascua equidistantes, negándose a ceder protagonismo a otros elementos decorativos y completando los adornos navideños, escasos pero suficientes para convertir aquel salón en un lugar casi íntimo a pesar de sus dimensiones. Había algo más que resaltaba nada más entrar, una mesa preparada para varios comensales. No le dio tiempo a contar el número de cubiertos, que no eran ni pocos ni muchos. Le parecieron los justos.

Enrique no tardó en aparecer junto a una mujer algo mayor que Irene. Y a Mara le costó treinta segundos, los que necesitó la desconocida para mostrar su regocijo por haber llegado, sentirla cercana.

Vestida apropiadamente, entró agarrada del brazo de Enrique con una sonrisa triunfante y a su lado parecía más pequeña de lo que en realidad era. A medida que se acercaba, Mara observó que el tiempo no había estropeado sus bonitas facciones; su expresión era alegre y desenfadada.

Aunque no tenía la certeza de que así fuera, por el modo en que estaba siendo recibida, esa mujer parecía una integrante más de la familia. Las evidentes muestras de cariño acrecentaron su curiosidad.

No tardó en descubrirlo.

Cuando esta llegó a la altura de Irene, se fundieron en un emotivo y largo abrazo.

—¡Cómo me alegro de verte, Manuela!

Manuela.

¿Su querida Manuela?

Las cartas.

Inevitable no pensar en ellas.

En medio de la algarabía de abrazos y comentarios jocosos que se fueron sucediendo con cada uno de los presentes, Mara permanecía en la retaguardia esperando a que llegase su turno para las presentaciones, contagiada del entusiasmo que se respiraba. Sin percatarse de que Irene se había pegado a ella, notó que una mano agarraba su cintura y miró de refilón. En silencio, Mara se dejó guiar y avanzó dos pasos bajo la atenta mirada de Manuela, que la esperaba de frente.

Los ojos que la escudriñaban con mirada serena eran de un verde intenso. Su pelo corto ondulado, gris ceniza, dejaba al descubierto la pequeña frente y algún signo de envejecimiento. Pero lo que más atrajo a Mara fue su sonrisa tierna y cariñosa.

—Mara, te presento a Manuela —dijo Irene ante la atenta mirada del resto.

Manuela extendió sus manos solicitando las de Mara y al agarrarlas, aunque su tacto era frío, sintió un agradable calor.

—Es un placer conocerte en persona —dijo Mara.

—Para mí también lo es —y repitió—, para mí también lo es.

No hizo falta más, las dos se dieron cuenta de que, tal y como había presentido nada más verla, ya se conocían.

Mara notó con fuerza el efecto hipnótico del fuego de la chimenea, el calor que generaba, al igual que notó la calidez que desprendían todas esas personas con las que iba a tener la gran suerte de compartir cena y compañía. En contraste con la oscuridad que se había adueñado de aquel día de frío y niebla, sin duda estaba en el lugar donde quería estar.

Ninguno fue consciente de que había llegado la hora de cenar hasta que vieron entrar a Ángela. Estaba irreconocible, había sustituido su uniforme de cocinera por un bonito traje de falda y americana en color azul marino.

—¿Dónde te habías metido? —le preguntó Irene a modo de regañina.

—Estaba dando los últimos toques a la cena —respondió un poco cohibida.

—Te lo he dicho mil veces —prosiguió Irene—, hoy no debes trabajar, para eso preparamos la cena con tiempo. Ven con nosotros a disfrutar.

El zalamero de Manuel la condujo hacia la chimenea, donde se acomodó en el lugar que él ocupaba y, con un aperitivo que él mismo se encargó de servir, departió con todos, como una más.

La cena de Nochebuena se preparó con sencillos platos, como cuando vivían en la aldea, una tradición implantada para evocar sus años de infancia a través de unas costumbres culinarias cuyo aroma les trasladaba a un tiempo feliz a pesar de la escasez.

El plato estrella de la noche, para Mara tan delicioso como novedoso, fue calificado por acuerdo entre hermanos como un «deleite para el paladar». La gallina guisada con arroz los llevó a revivir las numerosas veces que reñían para ver quién se quedaba con el arroz pegado en la cazuela de barro. La discusión no pasaba a mayores gracias a la tajante decisión de su madre, se lo quedaba ella. La carcajada de Manuel al recordarlo era el fiel reflejo de una imagen que conservaba en su mente con nitidez, aunque entonces no le hiciera tanta gracia, ya que la última palabra de su madre «iba a misa». Del padre no hablaron mucho, apenas una mención a su hosquedad habitual, que en esa noche tan especial se suavizaba, algo que disfrutaban, al no estar acostumbrados a verlo así.

Las felicitaciones para Ángela fueron unánimes y contundentes.

Avanzada la noche, se fueron retirando a dormir uno a uno, hasta que solo quedaron Irene, Manuela y Mara, como si hubieran propiciado que así fuera.

—He guardado para la ocasión este orujo de finas hierbas —dijo Irene con la botella en la mano—. Es muy digestivo —remató con una sonrisa.

—Ha sido una cena fantástica —afirmó Manuela—. Estaba deseando que llegara esta noche.

—No recuerdo una Nochebuena tan agradable desde hace demasiado tiempo... —se sinceró Mara.

Era totalmente cierto, pero hasta ese momento no lo había pensado. Las navidades en casa de sus padres siempre le habían resultado un soberano rollazo debido a la excitación exagerada de su madre, todo tenía que salir exactamente como ella lo planeaba... El objetivo: escuchar las alabanzas de sus invitados. Un horror.

—¡Por este encuentro! —brindó Irene.

Aquel amaro italiano elaborado en un monasterio con su receta original se deslizó por sus gargantas hasta depositarse en sus agradecidos estómagos. Mara carraspeó con los ojos cerrados, intentando suavizar la sensación intensa de calor que invadió su aparato digestivo, mientras que a Irene y a Manuela parecía no afectarles ni lo más mínimo.

—¡Guau! —exclamó para expresar su asombro.

Con el diminuto vaso en su mano y sin preguntar, Irene volvió a servirle otro.

—El segundo no te resultará tan fuerte.

—El que hacíamos en la casona era pura dinamita —recordó Manuela ofreciéndole su pequeño recipiente—. Te hacía llorar de verdad.

Irene terminó de verter el líquido ambarino en sus respectivos vasos y volvió a brindar.

—¡Para que estos encuentros se sucedan en el tiempo!

A partir de los dos chupitos las condiciones de la improvisada reunión a tres pasaron de ser distendidas a ser casi íntimas. Ese chispazo de valentía o desinhibición que da el alcohol desató sus recuerdos y sus palabras.

La que comenzó a hablar fue Manuela, y recordó la casona.

—Cuando pienso en aquella bruja, todavía hoy me hierve la sangre.

—Manuela, no sigas. Por favor.

—Déjame, Irene, aunque lleve años sin hablar de ella, no la he olvidado. No he olvidado lo que hizo.

Dirigiéndose a Mara, continuó.

—Sé por qué estás aquí Mara y me alegro. Me alegro de que Irene haya dado este paso, aunque eso signifique desenterrar el pasado.

—Irene me ha contado su historia —intervino—, pero desconocía que siguierais siendo tan buenas amigas.

—Nuestras vivencias nos marcaron y nos unieron de una manera muy especial —explicó Manuela—. Cuando me fui de allí, me instalé con Irene en la habitación que alquiló.

—Demoraste tu salida de la casona —replicó Irene.

—No pude, ya te lo dije.

—Sigo sin entenderlo, nada te retenía allí.

Manuela se sirvió otro licor y lo apuró de un trago, como si lo necesitase para continuar.

—Ya tenías bastante como para preocuparte de mí —dijo para escurrir el bulto.

—¿Cuánto tiempo vivisteis juntas? —preguntó Mara.

—En aquella habitación estuvimos casi dos años, hasta que pudimos alquilar un pisito en el centro de la ciudad. Era muy pequeño, pero para las dos, suficiente. ¿Te acuerdas, Irene? Había una habitación que siempre estaba llena de telas, hilos, con la Singer en medio. Ese ruido me seguirá toda mi vida.

—¿La Singer? —preguntó Mara.

Las dos mujeres se miraron y rompieron en una risa impetuosa, posiblemente provocada por la magia del licor...

—La Singer —comenzó a explicar Irene— es una máquina de coser muy antigua, la primera máquina de coser eléctrica que se accionaba mediante un pedal. Era y sigue siendo la número uno en el mercado.

—¡No nos aburras con tus clases de costura!

—¡Solo le estoy contestando! —protestó.

—Bueno…, el caso es que mientras vivíamos en ese pisito tan mono, Irene trabajaba en la tienda de telas y yo en una zapatería. Ella empezó a coser por su cuenta para las buenas clientas de la tienda y empezó a tener tanto trabajo que le superó en todo. El piso se quedó pequeño, alquiló un local y dejó de trabajar para otros.

—Fue el inicio de mi negocio. Trabajaba de sol a sol, sin descanso, y eso me pasó factura. Así que llamé a mis hermanos para que me ayudasen. ¿Dónde iban a estar mejor que conmigo?

Las cosas mejoraban por encima de mis expectativas, conocí a un modisto que se interesó por mi trabajo, él me introdujo en la alta costura.

Mara escuchaba atenta, estaba encantada.

—Yo también empecé a trabajar con ellos —prosiguió Manuela—. Formábamos un buen equipo, ya lo creo.

Mara intrigada, formuló la pregunta obligada.

—¿Formabais? ¿Qué quieres decir?

Manuela miró de soslayo a Irene.

—Perdí la cabeza —aclaró Manuela.

—¿No me digas que Irene te despidió?

—¿Despedir? No, no. Mucho peor. ¡Se marchó! —exclamó Irene—. ¡Todavía no se lo he perdonado!

—¿Por qué una mujer puede perder la cabeza? —preguntó Manuela como si se tratase de una adivinanza—. Yo te lo digo, por el hombre más guapo y maravilloso del planeta —se explicó.

Había algo que no le cuadraba. Si Manuela dejó a su mejor amiga por el hombre más maravilloso del planeta y ahora estaba pasando esas fechas tan familiares con ella, ¿qué había sido de él? Como no quería meter la pata, dejó que continuara.

—Paco estudiaba en la facultad para ser abogado. Como la gran mayoría de estudiantes universitarios en aquella época, luchó contra la represión de la dictadura. Me tenía fascinada con sus convicciones y me contagió su entusiasmo.

—No hacía falta mucho para contagiarte, tú ya tenías tus propias ideas.

—Desde muy jovencita soñaba con poder tomar mis propias decisiones, odiaba ver cómo otros las tomaban por mí.

—Ya sé por dónde vas, Manuela. Éramos muy jóvenes, tan solo unas crías que no tenían voz. Nos limitamos a hacer lo que nuestros padres decidían por nosotras —justificó Irene.

—La sociedad machista decidía por nosotras, no lo olvides, y aunque hemos avanzado, nos queda mucho camino por recorrer —replicó con vehemencia.

—¿Y Paco, dónde está? —preguntó Mara tímidamente.

Manuela moderó el mal humor que le sobrevenía al recordar aquella época tan difícil para ella y para todas las mujeres.

—Cuando terminó la carrera, creó su propio despacho con otros compañeros. Como abogados laboralistas se granjearon muchos enemigos entre los seguidores de la dictadura.

A ese paso y sin enterarse, Manuela iba a acabar con la botella de licor. Se sirvió otro trago bajo la atenta mirada de Irene, que, con sutileza, apartó la botella para que la velada no terminara mal.

—Ten cuidado, Manuela. Creo que te estás excediendo con el licor.

Hizo como si no le hubiera escuchado y se lo bebió.

—¡Malditos bastardos! —exclamó con brusquedad ante la atónita mirada de Mara con el vaso aún en la mano—. Llevábamos casados cuatro años, habíamos decidido no tener hijos, de momento. Él estaba centrado en el trabajo y yo decidí ponerme a estudiar, quería seguir sus pasos. Un día, a la salida del despacho y de camino a casa, unos encapuchados le dieron una paliza salvaje. No pudieron hacer nada para salvarlo.

Al grito ahogado que salió de la garganta de Mara le siguió un resoplido de indignación.

—Nunca los detuvieron, solo supimos que se trataba de integrantes de un grupo de extrema derecha, fanáticos radicales que no tuvieron piedad. No se conformaron con darle un escarmiento, quisieron acabar con él. Y lo consiguieron —terminó con una entereza sorprendente.

Dos amigas unidas por sus desgracias.

Víctimas del odio. Víctimas de unas creencias. Víctimas de actos ajenos.

Dos amigas unidas por el dolor y la injusticia.

Mara se quedó pensativa... Creía que ya lo había escuchado todo. Ignoraba que estaba a punto de conocer un pequeño detalle, una sorpresa que la dejó todavía más admirada.

—Lo que pasó me dio fuerzas para continuar estudiando. Me licencié en la universidad y quise continuar la labor de Paco —concluyó.

—Manuela Soto, toda una eminencia en Derecho Laboral —puntualizó Irene.

—¿Tú? ¿Tú eres Manuela Soto Ponferrada? ¡Te estudiamos en la carrera!

—Muy merecidamente, es la primera Decana de la facultad.

—En parte, te lo debo a ti —confesó Manuela—. Si no llegas a ayudarme económicamente, hubiera tenido que abandonar los estudios.

—No me debes nada, te lo he dicho siempre. Aunque bien pensado, sí me debes algo. Me debes una explicación.

—¿Una explicación? —preguntó Manuela intrigada.

—¿Qué te retuvo en la casona más tiempo del necesario?

—¿Todavía sigues con eso? ¡Mira que eres pesada!

—Estabas obsesionada por marcharte y cuando pudiste hacerlo, cuando te llamé para que vinieras conmigo, lo retrasaste. ¿Tú lo entiendes, Mara? —preguntó Irene.

Manuela se levantó de la butaca, con cierta dificultad pero sin tambalearse, y se inclinó para que Irene pudiera escucharla bien.

—Mi querida amiga, fui una joven muy impulsiva, lo admito, pero lo que me retuvo no fue un impulso. Lo que me retuvo fue meditado y planeado y justificó con creces que alargara mi presencia en esa casa.

Para no prolongar más el interrogatorio al que iba a ser sometida, no solo por parte de Irene, también por parte de Mara, que no perdía detalle de lo que estaba presenciando y se moría de ganas por intervenir, Manuela decidió retirarse a dormir sabiendo que aquello se quedaba pendiente. Mientras recorría la distancia hasta el final del salón, pudo sentir cómo las dos mujeres que se quedaban sentadas clavaban los ojos en su espalda.

—¡Ya no eres aquella muchacha impetuosa! —dijo Irene alzando la voz para que la oyera—. ¡Aquella muchacha me hubiera contestado!

Sin girarse, Manuela levantó su brazo a modo de despedida.

—¿Podrás encontrar tu habitación? —preguntó Irene con sorna.

Volvió a levantar el brazo agitando los dedos de su mano hasta que desapareció.

—¡Manuela Soto Ponferrada es Manuela! —soltó Mara—. ¡La misma Manuela de las cartas! ¡Es increíble!

—Para mí es y seguirá siendo mi Manuela. Y ahora —dijo poniéndose en pie—, será mejor que nosotras también nos acostemos. Aquí ya hace frío, el fuego de la chimenea se ha apagado.

Al levantarse, Irene se sintió mareada y volvió a sentarse. Cogió la botella de licor y se la mostró a Mara.

—Parece ser que estaba bueno.

—Yo pensaba que estaba en buenas manos —bromeó Mara—. «Dos famosas personalidades del mundo de la cultura y la moda emborrachan a una joven desvalida», ya veo los titulares en los periódicos —dijo con guasa.

—No eres tan joven —contraatacó Irene—. Y de desvalida no tienes nada —sentenció—. Vamos, ayúdame a levantarme.

Se agarraron del brazo con complicidad y con alguna dificultad que otra recorrieron el salón para apagar las lámparas que lo mantenían iluminado.

Antes de apagar la última, Mara se desasió de Irene y se plantó frente al ventanal, como si esperase ver algo. Aguzó la vista en su empeño por distinguir qué había al otro lado de los cristales y sintió un escalofrío que recorrió todo su cuerpo.

Solo vio la negrura de la noche mezclada con una densa niebla.

La sensación de frío fue intensa.

La niebla persistía el día de Navidad. Al abrir la ventana de la habitación, la humedad se dio prisa en entrar e inundó el aire del interior, con la única intención de calar los huesos a quien se interpusiera en su camino. Lo hizo bruscamente y sin piedad, lo que provocó que Mara diera un respingo y se apresurara a cerrar el ventanal que la comunicaba con el exterior. Sin pensarlo dos veces, se volvió a meter entre las sábanas que todavía conservaban el calor de su cuerpo y la marca de su peso. Decididamente, el desayuno podía esperar. Y se quedó dormida. Cuando volvió a despertarse, era casi la hora de comer.

Unas risitas la recibieron en la cocina. Con el cárdigan de cuello vuelto, pantalón ajustado, calzado plano y cara de haber dormido poco, Mara echó mano de la caja de aspirinas que vio en una esquina de la encimera.

—¿Puedo? —imploró sin saber muy bien a quién dirigirse.

Una de las hijas de Manuel, tarareaba un villancico mientras preparaba algo para comer.

—¡Hola, Mara! No eres la única que las necesita hoy —dijo mirando de reojo hacia Irene—. Hemos ido al centro, la ciudad está preciosa —continuó sin que nadie le hubiera pedido explicaciones.

—No te hemos querido despertar —intervino Manuela.

—Después de lo de anoche, ¿habéis madrugado?

—¿Te has fijado qué hora es? —preguntó Irene—. Hemos llevado a Ángela a casa de unos primos y hemos aprovechado para dar un paseo. En media hora estará todo listo para comer.

Miguel entró a la cocina.

—¿Podemos hablar, Mara? ¿A solas?

—Me temo que no estoy en condiciones —contestó agitando la caja de pastillas buscando complicidad.

—Solo será un minuto, te lo prometo. Te espero fuera.

Mara no tardó en salir. Miguel contemplaba de cerca el belén y ella avanzó a su encuentro.

—No me canso de mirarlo, es una obra de arte.

—Estoy de acuerdo contigo, pero supongo que no es eso lo que me querías decir.

—Eres muy directa —concedió—. Verás, he pensado que como vas a estar con nosotros hasta Año Nuevo, podíamos ir un día a comer al centro. La última vez que charlamos quizá no fui amistoso contigo...

—La verdad es que me vendrá bien salir de aquí. Tengo la sensación de que cada vez que vengo a esta casa todo lo que queda en el exterior no cuenta. Es como si entrara en una burbuja.

—Si te parece, mañana mismo reservo mesa en un pequeño restaurante de comida casera.

Mara le expresó su conformidad al mismo tiempo que las bandejas fueron saliendo de la cocina en dirección a la mesa. El aviso de Irene de que todo estaba listo impidió que continuaran hablando.

Nada más pisar la calle, Mara expresó su sorpresa. «¡Madre mía!», se le escapó al comprobar que habían aparcado en el mismo corazón de la ciudad. A esas horas, con el sol en su plenitud, la calle bullía de gente a pesar de las bajas temperaturas. Por uno y otro lado se veían personas cargadas con bolsas, tanto locales como turistas que, aprovechando los días festivos, se habían acercado a la capital para disfrutar de lo que una ciudad como Madrid ofrecía. Llevados por el bullicio, Miguel y Mara entraron en la plaza Mayor, también atestada de curiosos. Unos se agolpaban en los puestos del mercadillo navideño, mientras otros, muchos de ellos niños, se concentraban en el centro y se entretenían atravesando por debajo una estructura metálica que simulaba un enorme y colorido árbol de navidad.

—Luego lo veremos iluminado —adelantó Miguel—. Es espectacular.

—Esta plaza es maravillosa, ¡es tan grande! —exclamó—. La vista desde esos balcones tiene que ser magnífica —dijo Mara mirando hacia arriba.

Miguel se detuvo entre el gentío y señaló hacia la cara norte.

—Allí tengo una buhardilla. Esa es mi casa, no es muy grande, pero para mí es suficiente. Tuve que hacer una reforma integral y mereció la pena.

—Me encantaría verla, soy muy fan de la decoración.

—Luego te la enseño. Ahora vamos, este lugar se está poniendo imposible.

Miguel la condujo por unas calles estrechas menos congestionadas y, sin detenerse, llegaron hasta una puerta acristalada en forma de bóveda. Nada más entrar, fueron recibidos con familiaridad, aquel espacio pequeño prometía discreción y el delicioso aroma a comida auguraba sabores exquisitos.

—Tenías razón —dijo Mara al terminar—, la comida es estupenda, admito que tienes buen gusto. Me temo que voy a ganar algo más que amigos estos días.

—No es el momento de preocuparse por eso. Las mejores conversaciones se dan en torno a una mesa —comentó Miguel—. Además, recuerda dónde hablamos la última vez y cómo acabamos.

—¡Cómo olvidarlo!

—No quiero que tengas una impresión equivocada de mí.

—¿Por eso me has invitado a comer?

—Lo he hecho para poder hablar tranquilamente.

—¿A qué tienes miedo, Miguel?

—Otra vez tan directa, ya te voy conociendo.

—Es obvio que hay algo que te inquieta. Tu reacción fue desproporcionada, permíteme que te lo diga.

Miguel mantuvo la calma ante el comentario de Mara, no le sorprendió su franqueza, empezaba a acostumbrarse a ella, incluso le gustaba. Mirándola de frente, preguntó:

—¿De qué sirve desenterrar el pasado? ¿Por qué no se pueden quedar las cosas tal y como están?

—Tienes que entender a tu hermana, necesita respuestas, las necesita para pasar página. Y necesita saber qué fue de esa niña. ¡Es su hija! —exclamó en voz baja.

Con la seguridad propia de alguien que defiende a ultranza sus pensamientos, Miguel formuló con serenidad una serie de preguntas.

—¿Qué pasará si no es como ella espera? ¿Qué pasará si esa niña, ahora una mujer adulta, no quiere conocerla? —Hizo una pausa antes de enunciar la cuestión más crucial—: ¿Qué pasará al saber que su verdadera madre es una famosa diseñadora con mucho dinero?

Por fin Miguel hablaba claro. ¿De verdad se trataba de dinero? Mara no podía creer lo que acababa de escuchar.

—¿Me estás intentando decir que tu mayor preocupación se basa en un tema económico? —preguntó desconcertada.

—Mi mayor preocupación es defender los intereses de mi hermana.

—Si es así, deberías saber cuáles son sus intereses más profundos. Me da la impresión de que quizá lo que intentas hacer es defender tus propios intereses.

—Me estás juzgando —afirmó Miguel impertérrito—, pero contaba con ello. Para tu información —comenzó a explicar—, yo no necesito más de lo que ya tengo. Soy un hombre libre con las necesidades más que cubiertas.

—Dices que eres libre, te lo compro, pero también eres sumamente desconfiado, ya me lo demostraste una vez y lo estás volviendo a hacer. Y esa misma desconfianza te limita. No eres tan libre como piensas.

—Tú lo llamas desconfianza, yo lo llamo prudencia. Ser prudente es una cualidad que se adquiere con la edad. Voy camino de convertirme en un viejo y quiero evitar riesgos innecesarios.

—Un riesgo es solo una posibilidad de que algo ocurra. En un riesgo la certeza no existe. Algunas personas están dispuestas a correr los riesgos necesarios porque lo que obtienen a cambio merece la pena. Lo de innecesario, déjame que lo ponga en duda. Irene es la única persona que lo debe decidir.

—Tú le puedes abrir los ojos. Ahora eres la persona que más puede influir en sus decisiones —y puntualizó—, en las decisiones sobre este asunto.

—¿Pretendes que le haga renunciar a su derecho a saber, a tener respuestas? No me conoces bien. Jamás lo haría como persona. Y como abogada, como abogada, además, debo cumplir nuestro código deontológico. La relación con mi cliente, en este caso con Irene, se basa en la confianza, la lealtad y la honradez. Mi conducta profesional exige integridad.

A la sonrisa socarrona de Miguel le siguió un comentario que no agradó a Mara.

—No me malinterpretes, pero creo que eres un poco inocente. Que yo sepa, los abogados no gozan de buena fama. ¿No has escuchado los chistes que los comparan con tiburones?

—Los abogados no estamos para hacer justicia, sino para pedirla. El juez es el que aplica la ley y el legislador quien debe hacer leyes justas. Y tú y todos los que piensan como tú, como ciudadanos, tenéis que exigirlas —Mara continuó sin alterarse lo más mínimo—. Si conoces algún abogado que actúe en contra de sus deberes, lo demandas, existen los procesos por responsabilidad disciplinaria. Si no lo haces, te podrás reír de esos chistes, pero también serás en parte responsable de fomentarlos.

Ante su vehemente respuesta, a Miguel no le quedó más remedio que disculparse.

—Lo siento, no pretendía herirte. Siempre he pensado que una buena persona suele tener una pizca de inocencia. Creo sinceramente que tú eres una buena persona. —Se decantó por un comentario jocoso para destensar—. No sé cómo lo hago, pero siempre acabo metiendo la pata contigo.

—Te precipitas, Miguel, y te preocupas antes de tiempo. Si me permites un consejo, no te adelantes a los acontecimientos.

UN PASO IMPORTANTE

Enero, 1998

Después de la corta charla con Pablo en el club, los sucesivos intentos por hablar con él resultaron fallidos. Las excusas se sucedían, las ausencias en su consulta se habían convertido en algo habitual y sin pruebas de su implicación en el asunto a tratar, Mara no sabía qué rumbo tomar.

La propuesta que Manuela le planteó la víspera de regresar a la cotidianidad de su trabajo no le resultó descabellada.

—Como dijo Francis Bacon muy acertadamente, «si la montaña no viene a Mahoma, Mahoma irá a la montaña».

—¿Qué quieres decir? —preguntó Mara.

—Las monjas son el punto de partida, podrías empezar por ahí.

—Se marcharon hace más de diez años, desconozco a dónde.

Nada más terminar la frase le asaltó una ocurrencia.

—Espera... Tal vez alguien que conozco lo sepa. Creció en San Jerónimo —pensó en voz alta.

—Una persona puede desaparecer sin dejar rastro, pero un grupo de monjas... Tiene que haber alguien que sepa de ellas —recalcó Manuela—. No creo que sea tan difícil averiguarlo.

Mara sintió un cosquilleo en el estómago al pensar en llamar a Fran, pero tenía ante sí una buena excusa para hacerlo.

Dejó que pasara la festividad de Reyes para retomar en serio su trabajo y para hacer esa llamada que tanto deseaba.

Enero había arrancado con la crudeza del invierno. A medianoche había comenzado a caer la nieve a intervalos y a esas horas de la mañana, la hora en la que todos salen de casa a la vez, circular por la ciudad era misión complicada. Maite llamó al despacho para advertir que llegaría tarde, circunstancia que Mara iba a aprovechar para hacer la llamada con tranquilidad, sin las interrupciones habituales de su colaboradora.

Con una taza de café bien caliente, rastreó su lista de contactos en busca de la F, que, casualmente, contenía un solo nombre. Sabía que si lo tecleaba directamente en búsquedas, sería más rápido, pero lo estaba retrasando a propósito, no quería que los nervios le jugasen una mala pasada.

Se sentó, marcó y esperó.

Un tono, dos tonos, tres tonos.

—¡Hola, Mara! ¡Qué sorpresa!

Al escuchar su voz, sintió que no se había equivocado.

—Hola, Fran, perdona que te moleste.

—Tú nunca molestas. Estoy en un atasco monumental, llevo ya un rato parado y me temo que va para largo. Parece que ha habido un accidente, la nieve está haciendo de las suyas —dijo—. Y encima está empezando a nevar de nuevo con ganas.

Mara, que estaba de espaldas a los cristales, se volvió.

—Si sigue nevando así, me temo que no saldrás de ese atasco en todo el día. Eso te pasa por coger el coche.

—¡Eres buena dando ánimos! —exclamó con una pizca de ironía—. Que sepas que lo he hecho por obligación, he tenido que llevar a mi mujer al aeropuerto, tenía que coger un vuelo. Espero que el avión despegue, tengo toda la semana para mí.

Fran le estaba dando una información que ella no había pedido y por su tono, Mara dedujo que no estaba afectado ante la idea de enfrentarse a una semana de soledad conyugal.

—¿A qué debo esta agradable sorpresa?

—Necesito encontrar a las monjas de San Jerónimo. Tú eres del barrio, se me ha ocurrido que tal vez sepas de alguien que conozca su paradero.

—Déjame pensar, tal vez el cura de la parroquia sepa algo. Todavía recuerdo cuando llegó al barrio, éramos los dos unos chavales.

—¿Me harías ese favor?

—Bueno, no creas que te va a salir gratis.

Aunque él no lo podía ver, Mara levantó el dedo pulgar mientras cerraba el puño, «¡BIEN!», gesticuló con los labios sin emitir ningún sonido. Las palabras de Fran eran el pistoletazo de salida de un juego dialéctico que solía acabar sin ganador ni perdedor y que había echado de menos.

—Toda información tiene un precio —continuó Fran.

—¿Quién pone el precio? ¿Tú o yo?

—Depende de lo importante que sea para ti esa información.

—O de la cantidad y calidad de dicha información.

—Eres una buena negociadora, llegaremos a un arreglo beneficioso para los dos, estoy convencido.

—Tú no te quedas atrás.

—Esto se pone interesante —carraspeó—. Te llamo en cuanto sepa algo.

—Esperaré impaciente tu llamada. Y gracias, Fran.

—No me las des todavía —dijo—. Espera, parece que se han dado prisa en restablecer el tráfico —un corto silencio—. Un policía viene hacia aquí, tengo que dejarte.

Fue la mejor manera de no prolongar una despedida que, como otras veces en el pasado, podría alargarse mucho más de lo necesario, en ocasiones hasta lo ridículo.

Mara se acodó sobre la mesa e hizo descansar la barbilla sobre sus manos sin perder la sonrisilla que se había instalado en su boca nada más empezar la conversación. Ese hombre tenía la virtud de conseguirlo con cualquier nimiedad.

El sonido del teléfono la despertó de su estado de embobamiento y al ir a cogerlo, se le escurrió de la mano y propició un ejercicio de malabarismo que acabó en incidente: con la mano golpeó la taza y el contenido que todavía se conservaba caliente acabó esparcido por la mesa del despacho. La rapidez con la que reaccionó evitó una buena mancha de café en su pantalón. De un salto se levantó de la silla lamentando su torpeza, sin responder la llamada.

—¡Joder, Mara! ¡No se puede ser más patosa! —dijo volviendo a la realidad.

Para entonces, el teléfono había dejado de sonar.

Cuando llamó a Fran, Mara no podía imaginar que solo dos días después estaría conduciendo su propio coche en dirección a Burgos. Y menos aún que iba a realizar el viaje con su compañía.

Los últimos coletazos del potente temporal de frío y nieve habían dejado a varios pueblos de la mitad norte del país aislados, pero puso en marcha el automóvil después de haberse informado a conciencia del estado de las carreteras. Que Fran estuviera sentado en el asiento del copiloto le daba una gran tranquilidad, además de producirle un estado de emoción y nervios que intentaba controlar para que él no lo notara. Emprender ese viaje en tales circunstancias entrañaba un riesgo que asumía con gusto, intuía que lo que iba a obtener a cambio compensaba su atrevimiento.

Eran las nueve de la mañana del diez de enero y el plan era muy sencillo. Gracias al párroco de San Jerónimo, en dos horas o dos horas y media como mucho se reuniría con la religiosa de mayor rango de la casa provincial de las Hermanas de la Caridad. El resto del día, ya se vería.

El *«Don't cry for me Argentina»* de Madonna sonó nada más accionar el botón de la radio.

—No puedo soportar esta canción, la ponen a todas horas —se quejó Mara.

Fran cambió de dial.

«Ayer se celebraron los funerales por el concejal asesinado por la banda terrorista ETA en Zarautz».

—Pobre familia. ¡Cuánto sufrimiento! —volvió a quejarse Mara.

Fran seguía intentando sintonizar otro canal en el que pudiera obtener la información que buscaba.

—¿No hay ninguna emisora que hable del estado de las carreteras? Lo digo para no llevarnos sorpresas desagradables.

—No te preocupes, me he encargado de eso —dijo ella—. Dentro de mi bolso hay un papel de la DGT.

—¡Estás en todo! —dijo Fran con admiración.

—Yo lo llamo «previsión». En mi plan de viaje tú no aparecías y viajar sola en estas condiciones me ponía nerviosa, así que llamé a la Dirección General de Tráfico, ahí tienes toda la información detallada que me han pasado por fax.

—Creo que te hubieras defendido perfectamente sin mí, lo creo de verdad. Pero insisto, mi implicación en este asunto te va a salir más cara de lo que seguramente te esperas.

—Estoy encantada de que me acompañes, pero veo necesario puntualizar que tal implicación es voluntaria —dijo Mara como alegato y con cierta ironía sin apartar sus ojos de la carretera—. No obstante, te sabré recompensar. Soy una persona agradecida.

—No esperaba menos.

—¿Qué te parece una reserva en uno de los mejores restaurantes para comer? —Lo miró de reojo.

—Mmm, suena muy bien.

—Tengo curiosidad, Fran —prosiguió, ahora más seria—. ¿Por qué te has animado a acompañarme?

—Vamos de parte de Benito, el párroco de San Jerónimo, y soy yo quien lo conoce. Según me explicó, la persona que nos espera, además de estar muy ocupada, se niega a hablar de todo este asunto. Va a hacer una excepción con nosotros gracias a él —precisó aposta—. Lo que presuntamente ocurrió en aquel centro ha supuesto un tremendo lastre para esa congregación.

La respuesta de Fran no dejaba lugar a dudas y Mara se revolvió con cierta decepción. «¿Por qué si no iba a estar montado en tu coche dispuesto a recorrer doscientos kilómetros de ida y doscientos de vuelta con un tiempo de perros?», inquirió una vocecilla en su cabeza, como si su otro yo le estuviera hablando. «¿Qué esperabas que dijera? ¿Que lo hacía por ti?». Como no quería seguir escuchando su diálogo interno, dijo con sinceridad:

—No sabes cuánto te lo agradezco.

El color de la nieve los acompañó durante todo el trayecto. El buen estado de la carretera facilitó que llegasen a la hora prevista. Con las indicaciones del cura de la parroquia no tuvieron dificultad para encontrar la casa provincial.

—¿Cuál es la relación de Benito con la monja que vamos a ver? Se trata de la superiora. ¿Me equivoco? —preguntó Mara mientras admiraba la enorme fachada del edificio que se erigía ante ellos—. Lo digo porque si ha accedido a recibirnos, tratándose de este tema, tiene que haber una relación estrecha entre ellos.

—Sí, es la superiora. No fue nada explícito a la hora de contestar a mi pregunta sobre su relación con ella, así que lo dejé pasar. En realidad, no es de mi incumbencia, ni de la tuya.

—Totalmente de acuerdo. ¿Cómo dijiste que se llama? Es simple curiosidad.

—No lo he dicho. Espera, tengo aquí el papel donde me anotó la dirección y el nombre.

La respuesta se hizo esperar. Para cuando sacó las gafas, se las puso y desdobló un trozo de papel blanco, ya se habían apeado del coche.

—Vamos a ver, aquí está. Sor Martina.

Nada más escuchar el nombre, a Mara le invadió la esperanza de que se tratara de ella, de la misma monja que ayudó y cuidó de Nené.

¿Martina había llegado a superiora? ¿Qué probabilidad existía de que en la misma congregación hubiera dos monjas con el mismo nombre? ¿Era casualidad o era cosa del destino que se topara con la persona adecuada?

Decidió no expresar sus especulaciones en voz alta.

Cruzaron la verja que separaba el pórtico de entrada del exterior. La enorme puerta de madera maciza, franqueada por dos imponentes columnas de piedra, detuvo a los dos visitantes, que escrudiñaron el conjunto arquitectónico con admiración.

—Cuando veo estas cosas, me pregunto cómo fueron capaces de construirlas —observó Mara—. Es imponente.

—Ya lo creo, pero no hemos venido a hacer turismo cultural —ironizó Fran—. Vamos a llamar, no hagamos esperar a la máxima autoridad de este «imponente» lugar, como dices tú.

Mara, con el puño, le golpeó suavemente el antebrazo en señal de protesta.

—¿Te estás riendo de mí?

Fran hizo cómicamente un gesto de dolor.

—Llama de una vez. Luego hablaremos de este ataque gratuito a mi integridad física.

Mara se estiró el plumífero, carraspeó su voz preparándose para hablar y pulsó el timbre a la vez que miraba a Fran con expresión retadora.

—Hablaremos de lo que tú quieras.

El dispositivo sonó atronador y la respuesta no tardó en llegar.

—Me presentaré yo primero —dijo Fran al reconocer el ruido de la cerradura al girar.

Los recibió una monja con los años suficientes como para haber rezado por todos los fieles de su ciudad. Sin hábito, de estatura baja, cuerpo redondo y expresión afable, aguardaba imperturbable el primer saludo.

—Buenos días, hermana. Me llamo Fran.

—Buenos días —dijo—. La superiora les está esperando —continuó sin miedo a equivocarse—. Pasen, gracias a Dios que son ustedes muy puntuales.

—Perdone, hermana. ¿Tan segura está de que somos las personas que ella espera? —preguntó Fran.

—Una tiene ya muchos años como para reconocer que ese acento no es de por aquí. Si a eso le añadimos que está esperando a una pareja justo a esta hora, es fácil llegar a esa conclusión. ¿No le parece, joven?

Lo de «joven» a Fran le llegó al alma y miró a Mara con cierto regocijo.

—Es usted muy perspicaz.

—Lo que soy es muy mayor. Síganme.

Si a Mara el exterior le pareció imponente, lo que tuvo ocasión de ver hasta llegar al despacho de la superiora la trasladó varios siglos atrás. Tal y como pudo observar en el corto trayecto, cada puerta que se abría y cerraba era sólida y pesada.

A través del zaguán, fueron conducidos a un claustro gótico, y la magnífica obra arquitectónica los dejó deslumbrados. Aunque era digna de ser admirada, estaba oculta entre aquella estructura de piedra, madera y hormigón, sin duda el motivo por el cual se conservaba intacta.

—¡Hermana, es impresionante! —exclamó mientras recorrían uno de los laterales.

—Esa es la palabra más acertada. La primera vez que lo ves impresiona. Incluso después de verlo tanto, me sigue produciendo la misma paz que cuando llegué aquí con tan solo diecisiete años. He paseado mucho por esta galería cuando mi fe flaqueaba, lo que quiere decir que en mi larga vida ha flaqueado en más de una ocasión —puntualizó. Se detuvo y miró a Mara—. Pero la fe mueve montañas. Hay que creer en lo que haces y seguro que lo harás bien. Aunque cometamos errores, podemos aprender de ellos.

Sin saber por qué se dirigió expresamente a ella; y Mara pensó en Irene.

—Sus palabras me han recordado a alguien que conozco. Es de su misma opinión y, ciertamente, le ha ido muy bien en la vida, profesionalmente hablando.

—Seguro que es alguien inteligente, como lo parece usted.

La monja dio media vuelta y continuó su camino. Contrariada por sus palabras, Mara miró a Fran que, con un leve movimiento de hombros hacia arriba, compartió su extrañeza. Los dos, inmóviles, examinaron cada pausado movimiento de la religiosa.

—Sigo pensando que es muy perspicaz —dijo Fran al oído de Mara.

—¿Te has fijado en cómo me ha mirado?

—Se ha dado cuenta de que eres impresionable.

—Últimamente me encuentro con gente que intenta darme buenos consejos, como si yo los estuviera pidiendo a gritos.

—Igual lo estás haciendo. Igual estas pidiendo a gritos que te orienten y tú no te escuchas.

Mara lo examinó mientras él avanzaba unos pasos.

—¿Qué estás queriendo decir?

—No quiero decir nada. Es una manera de hablar —dijo volviéndose hacia ella—. Vamos, no te quedes ahí parada. La monja ha desaparecido tras la puerta y si no vamos, no tardará en venir a buscarnos.

Fran acertó de lleno en su pronóstico. Al agarrar la manilla, alguien empujó del otro lado y la puerta se abrió siguiendo la orden de ambas fuerzas.

—Por favor, sor Martina les espera.

La religiosa que se presentó ante ellos, sentada tras una mesa tan austera como la habitación que la alojaba, sonrió débilmente. Los años no habían logrado borrar su cara angelical, tal y como la había descrito Irene.

—Tomen asiento, por favor —les invitó.

—Muchas gracias —se adelantó Mara.

—Benito me ha dicho que tienen mucho interés en hablar conmigo.

—Perdone, no sé si usted es la persona que nos puede ayudar.

—¿Cuál es el motivo de su visita? Tal vez pueda hacerlo.

Fran permanecía callado al darse cuenta de que ese momento correspondía solo a Mara.

—Estoy buscando a las monjas que hace casi cuarenta años gestionaban la actual residencia San Jerónimo, esa especie de institución-sanatorio que albergaba a chicas en situación de desamparo en un barrio de Pamplona.

—Entiendo —dijo Sor Martina sin un ápice de agitación.

—Su congregación era…

—Mi congregación se encargó de llevar aquella institución de la mejor forma que pudo —dijo interrumpiendo a Mara—, teniendo en cuenta los escasos recursos con los que contaba. Por allí pasaron muchas chicas en situación de vulnerabilidad.

Mara hubiera preferido comenzar de otra manera, pero no pudo contenerse al advertir una actitud de desconfianza en la monja, se estaba poniendo a la defensiva nada más empezar.

—Lo siento, pero debo corregirle, sor Martina. La información de la que dispongo me dice que su congregación estaba apoyada por el régimen y que, además, recibía obsequios de particulares en forma de dinero. Y lo más grave de todo —Mara contuvo la respiración e hizo una pausa—, mercadeaba con personas. Algunas de ellas eran solo unas niñas —aclaró.

Sor Martina, sin mostrar nerviosismo, inyectó su mirada serena y penetrante en los ojos de Mara y, sin quebrar su voz, replicó.

—Está haciendo acusaciones muy graves, joven. Debe saber que lo que una persona hace de forma individual no puede ni debe ensombrecer el trabajo de una comunidad, en este caso, la nuestra. Hicimos una gran labor con muchas de esas chicas, incluso con niñas, como usted bien dice. Las acogimos y les dimos esperanza.

Para granjearse el favor de la monja, Mara intentó suavizar el tono de su argumento.

—No lo pongo en duda. No he venido aquí para descalificar su trabajo, ni el de su comunidad —dijo en tono conciliador—. Sin embargo, sabe tan bien como yo que lo que acabo de afirmar es rigurosamente cierto. Es más, lo sabe mucho mejor que yo. Usted, sor Martina, estuvo allí, ¿no es cierto?

185

—¿Cómo está tan segura?

—Conozco a una persona que tuvo la desgracia de entrar en aquel centro. Le ha costado tiempo y mucho sufrimiento poder hablar de lo que vivió entre aquellas paredes, horas y horas, jornadas enteras de duro trabajo sin remunerar, desprecios, castigos. Pero lo peor no fue eso, lo peor llegó cuando dio a luz. Usted sabe de lo que hablo. En medio de tanto dolor, encontró a su ángel de la guarda, alguien que la ayudó desde el silencio, con buenas acciones, pequeños gestos y con mucha complicidad.

—Sigue sin contestar a mi pregunta —insistió sor Martina.

—Ese alguien era una monja y se llamaba igual que usted. Ahora dígame, ¿cree en las casualidades?

Con suma tranquilidad la monja cruzó las manos como si fuera a rezar y las acercó a su boca. Sin dejar de escuchar a Mara, que continuó hablando sin vacilar.

—Esa persona es más joven que usted —continuó Mara—, aunque creo que no se llevan tantos años. Por aquel entonces, usted sería una joven monja a la que su vocación impedía desobedecer a su superiora. Aun así, lo hizo. Lo hizo con el único fin de ayudar a esas pobres chicas, en especial a una de ellas, una joven llamada Nené.

Solo al escuchar ese nombre, su espalda se tensó y apoyó las manos sobre su mesa.

—Nené —dijo al fin—. Cómo olvidarla.

—Ella tampoco la ha olvidado.

—¿Qué buscan exactamente? —preguntó la monja.

—Irene Balaga quiere denunciar públicamente lo que le ocurrió en aquel infame lugar. Quiere remover conciencias y, lo más importante, quiere encontrar a su hija. Sigue convencida de que aquel bebé no murió en el parto.

—No va a poder hacer nada contra la superiora que estaba en ese momento, si es eso lo que pretende. Sor Mercedes murió hace años.

—Sor Mercedes no actuó sola, hubo más personas implicadas. Yo represento legalmente a Irene y antes de comenzar a investigar lo que sucedió, ya le advertí que los supuestos delitos habían prescrito. Hoy en día, Irene se encuentra en una situación privilegiada, lo que le permite dar un paso muy importante para ella y para muchas chicas que, por desgracia, pasaron por lo mismo. Quizá sirva para que otras puedan encontrar respuestas.

Ayudada por ambas manos, la monja desplazó con suavidad su silla hacia atrás y se levantó para acercarse en tan solo dos pasos a la única estantería de la pared lateral de su austero despacho. Con un movimiento lento, levantó su mano y cogió un libro de tapas negras en cuyo lomo aparecía rotulado un título en letras doradas, lo acercó al pecho con un sentimiento de profundo respeto y volvió a tomar posición en su escritorio. Abrió el texto sagrado por la hoja exacta que quería mostrar, como si lo tuviera calculado de antemano. Tres pares de ojos vieron lo mismo, un papel amarillento. A simple vista, un viejo papel doblado con esmero. Mara intuyó que podía tener importancia al ver cómo sor Martina se lo ofreció para que ella lo cogiera.

—Lo guardo desde aquellos días —dijo—. Aunque no consta el nombre de la recién nacida ni se puede identificar a los padres adoptantes, estoy casi segura de que este documento pertenece a la hija de Nené.

Mara desdobló la hoja con cuidado por miedo a que pudiera romperse y la examinó atentamente.

—Aquí apenas hay tres datos. ¿Cómo puede tener alguna certeza de lo que afirma?

—Ese día hubo dos nacimientos en la Residencia. Por la mañana, temprano, al entrar en la habitación de Nené, di la voz de alarma. Había roto aguas y estaba con contracciones muy fuertes. Más tarde acompañé a otra parturienta al botiquín. Todavía la recuerdo, era tan solo una niña —dijo con tristeza—. Cuando llegamos, Nené ya había dado a luz, pregunté por ella y me informaron del fallecimiento del bebé.

—¿Y usted se lo creyó?

—No, no me lo creí. Por eso regresé esa misma noche.

—¿Qué significa esta anotación de la parte superior? Pone «D.S.» —pronunció.

—Nunca lo supe y sigo sin saberlo. Pero la hora de nacimiento sí correspondía con el parto de Nené.

—Sor Martina, ¿por qué nunca denunció lo que hizo su superiora? Teniendo esta prueba, ¿por qué no lo hizo?

—Porque solo era una novicia asustada. Porque decidí que sería más valiosa quedándome allí para ayudar a esas chicas. Porque nadie me hubiera creído, ni me hubiera escuchado. Y porque esa prueba no era suficiente, reconózcalo —dijo—. Al hermano de Irene, a Miguel, tampoco le pareció suficiente para encontrar a esa niña.

Fran, que había permanecido atento a la conversación, miró a Mara al percibir el respingo de alerta que le produjeron las últimas palabras de la monja.

—¿Miguel? ¿Miguel ha estado aquí? ¿Cuándo? ¿Qué quería? —preguntó Mara sin dejar que sor Martina pudiera responder.

—Espera, Mara —dijo Fran—. No te aceleres.

—Hace un par de años, tal vez algo menos. Se presentó como Miguel Balaga, el hermano de Irene Balaga, la diseñadora de moda. Buscaba los nacimientos de todos los niños de un año en concreto, el año que Nené dio a luz.

—¿Se los dio? —preguntó Mara.

—Ese hombre estaba dispuesto a dar a la congregación un buen donativo, un donativo realmente importante, a cambio de los expedientes. Pero no, no se los entregué. Todos los expedientes desaparecieron, no hay rastro de ellos. Y aunque los hubiera tenido, no se los habría entregado. Créame, ese dinero nos hubiera venido muy bien, pero no, no lo habría hecho.

—¿Le enseñó este papel?

—No solo se lo enseñé, le hice una copia. Aunque no le pareció suficiente para aclarar lo que venía buscando. Sin los nombres de los padres adoptivos, no había mucho que hacer. Es lo que vino a decir.

Mara volvió a mirar la hoja que tenía delante y sin levantar la cabeza murmuró.

—Miguel no tiene ningún interés en encontrar a esa niña.

—Parece muy segura de lo que dice, pero a mí me pareció muy interesado —añadió sor Martina.

—Tuve una pequeña charla con él sobre este asunto —dijo Mara mirándola a los ojos— y en ningún momento me desveló que había estado aquí.

—Quiere proteger a su hermana, una actitud muy loable —matizó la monja.

—No se confunda, hermana. Lo que está intentando proteger es otra cosa.

Mara estuvo a punto de desvelar cuáles eran las verdaderas intenciones de Miguel, pero ese no era su cometido. Sin más dilación, se puso en pie y formuló su última petición antes de abandonar el despacho de la superiora.

—Sor Martina, ¿podemos fotocopiar este documento?

—Por supuesto, somos austeras, pero nos valemos de los adelantos imprescindibles para nuestro trabajo diario. Ahora mismo pediré que lo hagan.

—Es usted muy amable. Siento haber venido a molestarla.

—No, no me ha molestado en absoluto. Me hubiera gustado ser más útil —confesó.

—Ha sido muy útil —dijo Mara agradecida—, más de lo que imagina.

Había llegado la hora de poner fin a la entrevista, sor Martina no disponía de más información. Para Mara muchas preguntas quedaban sin respuestas. No dudaba de la buena disposición ni de las buenas intenciones de la monja, pero entendió que para sor Martina la congregación estaba por encima de todo, incluso, por encima del cariño que había mostrado por la joven que fue Irene Balaga.

La monja cerró el asunto interesándose por Benito. El tono distendido a la vez que correcto que empleó al referirse a su viejo amigo contrastó con la tensa calma con la que había transcurrido el encuentro hasta entonces. La intervención de Fran también ayudó. Lo hizo comentando con ella el buen estado de salud de su amigo e informándole de su atareada vida. No olvidó transmitirle, literalmente, el deseo de Benito de volver a verla pronto.

—No voy a tener en cuenta sus palabras —dijo sor Martina—, sus intenciones de venir a vernos no llegan nunca a buen puerto. Pero se lo perdonamos.

Mara se quedó abstraída, sin prestar atención a la conversación que tenía lugar entre Fran y sor Martina. No paraba de darle vueltas a qué implicaciones tendría la información referente a Miguel, temía que la tregua pactada entre ellos tras compartir mesa se fuera al traste.

Sor Martina acompañó a los visitantes hasta la salida. Sin pronunciar palabra, desanduvieron el mismo camino que una hora antes habían recorrido, esta vez sin reparar en las mismas joyas arquitectónicas que habían admirado entonces. Era evidente que algo había cambiado, al menos para Mara. Cuando estaban cruzando la puerta de salida, se aventuró a exponer una última duda.

—Sor Martina, ¿le suena de algo el nombre de Pablo Saras? ¿Llegó a escuchar ese nombre en la Residencia?

—Han pasado treinta años desde entonces y mi memoria no es la que era. El doctor Méndez solía llevar alumnos para que le ayudasen, el nombre de Pablo podía estar entre ellos, no lo descarto. Los veía entrar y salir, pero, como comprenderá, nunca hablé con ninguno. Tampoco se nos permitía entrar en la enfermería, salvo por alguna urgencia. Ese papel lo obtuve de forma clandestina, ya me entiende —dijo con un atisbo de rubor.

Por supuesto que la entendió, pero no fue suficiente.

Como Mara se quedó con las ganas de conocer de qué manera se las había arreglado, intentó representarla con treinta años menos. Se la imaginó con el hábito, tan delgada como ahora, escurridiza y rápida para, llegado el caso, escapar sin ser descubierta. Se la imaginó también muerta de miedo entrando sin ser vista en un lugar donde no podía estar, contraviniendo una de las normas impuestas por su superiora y jugándosela por Nené, por saber qué estaba pasando en aquel lugar.

—Por favor —dijo sor Martina antes de retirarse—, a Nené, a Irene Balaga, dígale que el Señor también tenía pensadas cosas buenas para ella. Tal y como le prometí, no he dejado de rezar por ella y por su hija.

Fran se había aventurado a acompañar a Mara sin pedir explicaciones, le bastó con conocer su intención de visitar a las monjas que durante años habían ocupado aquel lúgubre edifico de su barrio. Él y sus amigos, desde que tuvieron uso de razón, conocieron las historias que circulaban como leyendas urbanas. Eran historias de mujeres locas que gritaban para que les dejasen salir, mujeres que se habían convertido en espectros que salían por la noche a recorrer los largos y fríos pasillos reclamando venganza. Lo que entonces Fran no podía imaginar era que años más tarde conocería la verdad sobre unas mujeres con un futuro más que incierto, mujeres que, por supuesto, no estaban locas, eran de carne y hueso y gritaban al mundo para que las ayudasen a salir de allí.

Una vez en el coche, solo hizo un comentario.

—Lo tuvimos al lado y nadie hizo nada —dijo Fran.

Aunque se encontraban en las horas centrales del día y la temperatura había ascendido unos grados, para Mara seguía haciendo un frío horrible. A pesar de estar dentro del coche, lo siguió notando, no paraba de tiritar. No podía hablar. Era como si necesitase abrigarse más y más...

Sabía que ese frío era en realidad otra cosa.

Se trataba de un sentimiento que no podía reconocer, una intuición que había brotado tras escuchar a sor Martina, que le helaba el pensamiento y el alma, como cuando te dan una mala noticia y no sabes cómo reaccionar.

Intentó calmarlo poniendo el coche en marcha y activando la calefacción. Solo al rato, cuando ya notó el aire caliente, empezó a sentirse mejor.

—¿Tienes hambre? —preguntó.

POR EL CAMINO CORRECTO

Con el último sorbo de café, Mara desveló a Fran su preocupación por lo que sor Martina les había contado, no había sido gran cosa, pero saber que Miguel había estado allí no le gustó lo más mínimo.

—¿A qué viene esa mirada perdida? —preguntó Fran.

—Me ha venido a la cabeza la conversación con sor Martina.

—Ya lo entiendo, te estoy aburriendo. ¿Es eso?

—Espero que ni por un minuto lo pienses —dijo Mara con cara de susto.

—¡Mara, es una broma! A ver, dime qué es lo que te inquieta.

—Estaba pensando llamar a Miguel nada más llegar a casa. Necesito saber por qué me ocultó que había visitado a sor Martina. Estoy casi segura de que Irene no lo sabe, y no me gusta.

—¿Qué es lo que te preocupa, saber por qué te lo ocultó?

—Quiero saber hasta dónde ha llegado con este asunto, qué ha averiguado y si lo ha compartido con su hermana.

—Se lo tendrás que preguntar —dijo Fran de la forma más espontánea—. No tienes otra opción.

Llevada por el impulso y por las palabras que este acababa de pronunciar, lanzó una precipitada propuesta.

—Escucha, si salimos ahora, a media tarde estamos en casa de Irene —soltó a bocajarro.

—Espera, espera. ¿Quieres que vaya contigo a casa de una famosa diseñadora? ¿Nada menos que a casa de Irene Balaga?

Mara comenzó a reír, a reír con ganas, algo que agradeció. ¿Por qué Irene Balaga causaba la misma reacción en todos? Recordó la primera vez que Irene llamó al despacho, no lo había pensado pero seguro que tanto ella como Maite pusieron la misma cara de Fran ahora. Para quitar hierro al asunto, le explicó la clase de persona que era Irene. Sí, era famosa, era rica, incluso era influyente, pero en la cercanía también era una persona de carne y hueso, normal.

—Lo más destacable de ella es que no se come a nadie.

—Seguro que es como tú dices.

Había estado demasiadas horas pensativa, tensa y un poco seria, pero las preguntas de Fran hicieron que eso cambiase. Por fin Mara se estaba divirtiendo, era la primera vez desde que conocía a Fran que lo veía inseguro y un poco asustado. Mara se excusó para ir al servicio. Aquella proposición bien merecía unos minutos para que pudiera decidirse sin sentirse presionado al mirarlo de frente. Mara se entretuvo más de la cuenta a propósito y a su regreso planteó de la forma más natural lo que buscaba.

—Quiero hablar con Miguel, quiero ver su cara. Si vuelvo a Pamplona, tendría otras cuatro horas y media de viaje hasta Madrid. Ahora estamos a medio camino. —De pronto se calló, no había caído en lo más importante—. Perdona —se disculpó—, no he debido proponértelo. Tú tendrás planes, mañana es sábado y tendrás que estar con tu mujer.

—No vuelve hasta el lunes —le aclaró.

—Aun así, no puedo pedirte que vengas conmigo, sería ponerte en un aprieto. No pretendo crearte problemas, ya has hecho bastante por mí.

—Me encantará acompañarte —dijo Fran de repente.

—¿Y eso qué significa?

—Quiero decir que sí, que voy contigo.

—¿Estás seguro? ¿Qué le vas a decir a tu mujer cuando te pregunte qué has hecho este fin de semana?

—Eso es asunto mío.

Mara se estaba mordiendo la lengua, pero al final lo dijo.

—¿Sabes? Lo que pase entre tu mujer y tú no es asunto mío, tienes razón —dijo levantándose de la mesa—. Así que, si te parece bien, pago la cuenta y partimos cuanto antes.

Antes de arrancar el coche, Fran escuchó cómo Mara comunicaba a Irene en tono alegre que, en apenas dos horas, se verían.

—No le has advertido.

—¿Advertir? ¿De qué le tenía que advertir?

—No le has dicho que llevas compañía.

—¡Ah!, no hace falta. En cuanto Irene te vea, se alegrará de que vaya acompañada.

—¿Estás segura?

—Si no lo estuviera, no te lo habría propuesto.

Mara estaba contenta, no le había costado convencer a Fran. Todo lo contrario, se lo había puesto demasiado fácil, teniendo en cuenta el montón de explicaciones que tendría que dar de vuelta a casa. O no, tal vez no hicieran falta tantas, no iba a pasar nada entre ellos, nada que no pudiera contar.

Acomodados en sus asientos, Mara le rogó que sacara el mapa de carreteras, no tenía ni idea de qué dirección tomar. Con decisión y prudencia, no tardó en ponerse en marcha siguiendo las indicaciones que el copiloto le iba dando. Giró a la izquierda y, tras recorrer unos metros, volvió a girar a la derecha por la nacional ciento veinte, tenía que llegar a la calle Ventosa y salir de Burgos en dirección a la A-1 Madrid. Fue fácil, nada comparable a lo que les esperaba a la entrada a la capital.

—¡No sé cómo podéis vivir aquí!¡Es un horror conducir en esta ciudad! —se quejó al ver a Irene.

—Tienes toda la razón. Si hubieras avisado antes de que venías, lo podíamos haber arreglado.

—Que esté aquí es fruto de la improvisación. Te lo contaré más tarde.

—Vaya, las casualidades existen. Yo no debería estar hoy aquí, he llegado de Milán un día antes de lo programado.

—¡Milán! —repitió Mara.

Irene se fijó en el hombre que las observaba a corta distancia, como si no se atreviese a acercarse. Fuese quien fuese, le gustó a primera vista.

—¿No me vas a presentar a este caballero que te acompaña?

Fran se alegró de que reparara en él, se había quedado rezagado de forma deliberada con cierta tensión que disimulaba a la perfección.

—Acércate, Fran —le pidió—. Te presento a Irene Balaga.

—Es un enorme placer, Irene —dijo complacido—. He oído muchas cosas sobre usted, me refiero a la prensa —aclaró por miedo a meter la pata—. Bueno, en todo el camino Mara no ha parado de decir lo excepcional que es.

Mara mostró una sonrisa de admiración sin saber exactamente hacia quién de ellos dos iba dirigida.

—Encantada, Fran —respondió Irene—, espero que no se deje influenciar por todo lo que la prensa dice de mí. En cuanto a esta encantadora criatura, seguro que ha exagerado.

—Mi mujer es una gran admiradora de su trabajo —añadió.

Irene miró de reojo a Mara y percibió el cambio en su expresión al escuchar las palabras de su amigo. Enseguida supo quién era, su instinto no le solía fallar.

—¿Queréis tomar algo caliente? Hace un frío espantoso —preguntó para romper el hielo.

—Un café no estaría mal —contestó Mara—. Voy a la cocina y saludo a Ángela ¿Quieres otro, Fran?

—Sí, por favor.

Irene pasó su brazo por el de Fran. Solo una mujer como ella podía permitirse esa familiaridad nada más conocerse. Si Mara lo había llevado a su casa, debía tratarlo como alguien muy especial para ella, y no le cupo duda de que ese joven lo era. Lo condujo a su lugar de siempre.

—Estaremos mejor sentados junto al fuego.

—Será un placer —dijo Fran disimulando sus nervios.

Entraron en calor enseguida gracias al café, al fuego de la chimenea y, por supuesto, a la cálida acogida de Irene. La charla se prolongó un buen rato y a través de ella Fran conoció los detalles de la amistad que había surgido entre ambas mujeres. Mara se moría de ganas por contar a Irene su visita a sor Martina, pero esperó a encontrarse a solas con ella. La ocasión se presentó con la llegada de Enrique que, tras un intercambio de palabras, se ofreció de guía para que Fran conociera el lugar y sus alrededores.

—Se acuerda de ti —dijo de repente Mara—. De Nené.

—¿Quién se acuerda de Nené? —preguntó Irene desconcertada.

—Sor Martina —contestó—. Me he reunido con ella esta mañana.

—Sor Martina —repitió Irene pensativa y sin mostrar entusiasmo—. Solo podía ser ella. ¿Qué tal está?

—Es la superiora de la Casa Provincial en Burgos.

—Me alegro por ella, se lo merece.

Un corto silencio se instaló entre las dos, como una barrera que solo podía ser derribada por una de ellas.

—¿No te interesa lo que hemos hablado?

—¿No me lo vas a contar?

—Solo si tú lo deseas.

—Imagino que no has venido hasta aquí para preguntarme si deseo que me lo cuentes.

Mara se acomodó en la butaca y la miró fijamente.

—Me ha pedido que te dijera que el Señor también tenía cosas buenas preparadas para ti. Durante todos estos años ha rezado por ti y por tu hija, como te prometió.

Irene no se conmovió, siguió sentada en la misma posición.

—Nunca he dudado de su palabra, pero, sinceramente, de poco me han servido sus rezos. No voy a entrar en lo que el Señor tenía preparado para mí, hace muchos años que dejé de creer en él.

—Me sorprende tu indiferencia, pensé que te alegraría saber de ella.

—Sigo pensando lo mismo, gracias a ella sobreviví en aquel lugar.

Por alguna razón la respuesta de Irene no fue la esperada, algo en lo que Mara no quiso ahondar.

—Irene, he ido hasta allí porque quería revisar los expedientes de aquellos años, pero ya no están. Desaparecieron —dijo atenta a su reacción.

—No me extraña, era muy arriesgado conservar una documentación tan comprometedora. Los responsables se habrían encargado de destruir todas las pruebas.

—No te voy a engañar, no va a ser fácil demostrar esos horrores. Sor Mercedes, la superiora, murió hace unos años. Tampoco recuerda con exactitud si Pablo Saras estuvo allí. Recuerda ver al doctor acompañado por alumnos, tal vez alguno de ellos podía ser Pablo.

—No es mucho, yo diría que no es nada, pero por algo tenemos que empezar —dijo Irene.

—¿Alguna vez has visto un papel como este, Irene? —Mara le enseñó la fotocopia para saber si Miguel lo había hecho antes.

Unas voces interrumpieron la conversación.

—Es magnífica —sonaba la voz de Fran—. A pesar de su tamaño, resulta realmente acogedora.

Irene no puso demasiado interés en lo que Mara le acababa de mostrar, volcó toda su atención en los dos hombres que se acercaban a ellas. Mara lo guardó.

—Me alegro de que piense así —dijo Irene sonriente—. Os quedáis aquí la noche, supongo —dijo dirigiéndose a su amiga.

—Si no es mucha molestia —dijo Mara.

—¿Cuántas veces te lo voy a tener que repetir? —protestó poniéndose en pie.

—Vale, vale,

Mara aprovechó y preguntó.

—¿Qué tal está Miguel?

—Muy bien. Mañana, si os quedáis a comer, podrás saludarlo.

—Perfecto, tengo ganas de verlo —dijo Mara.

—Ahora le diré a Ángela que os prepare algo para cenar. Nosotros estamos invitados a casa de unos amigos y no podemos faltar.

Fran se apresuró a intervenir, le atrajo la idea de quedarse a solas con Mara.

—Irene, no es necesario que moleste a Ángela, yo me encargo si no le parece mal que invada su cocina —dijo—. Me gusta cocinar.

—En absoluto. Insisto, estáis en vuestra casa.

Antes de despedirse, Irene se acercó a Mara, besó su mejilla y le susurró al oído:

—No te marcharás sin hablarme de esta joya que ha venido contigo.

Mara no pudo contener su risa y le correspondió con un abrazo.

—No hay mucho más que contar —musitó.

Ni por asomo hubiera imaginado estar en una casa capaz de despertar la envidia de cualquiera y cocinando para una mujer que no era la suya; para una mujer que, sin atreverse a confesarlo, casi ni a sí mismo, todavía despertaba su deseo, un deseo que ocultaba y reprimía por lealtad. Con todo, Fran no sentía remordimiento, es más, estaba convencido de que ambos se lo merecían, se merecían disfrutar de esa compañía mutua, sin prisas y lejos de miradas indiscretas y malintencionadas.

Preparó algo ligero, una ensalada templada con gambas y una tortilla de boquerones, acompañado por un magnífico vino blanco, un Chardonnay de Borgoña. Ángela había insistido en preparar la cena, pero desistió ante la persistente negativa del simpático caballero que acompañaba a Mara. Se conformó con dejar sobre la encimera los productos que el cocinero iba a necesitar y se marchó. Mientras Mara ponía la mesa en el *office*, observaba de reojo al chef.

—Por fin estamos a solas —dijo Fran a la vez que llenaba dos copas.

—No sé si lo recuerdas, pero hoy también hemos comido juntos —puntualizó ella.

Tapando con la mano la abertura del recipiente de cristal para que Fran no se pasara con el vino, Mara se sentó la primera.

—¡Esto huele muy bien, me está abriendo el apetito! —dijo.

—Hemos comido juntos, pero no hemos estado a solas —corrigió él—. Y te debo una explicación. Desde que nos encontramos en San Jerónimo he querido hablar contigo.

—Fran, no sigas. No tienes ninguna obligación conmigo, te lo dije en su día y te lo vuelvo a decir. Estás casado, con eso es suficiente.

—Tú también estabas comprometida, si no recuerdo mal.

—Lo recuerdas muy bien, estaba comprometida —dijo con énfasis en el «estaba» a la vez que se llevaba la copa a los labios.

Intuyendo lo que Mara estaba a punto de desvelar, Fran se sentó frente a ella.

—Cuéntame, algo ha ocurrido. ¿No es así? —preguntó—. No llevas anillo de casada por lo que deduzco que todavía no has pasado por el altar.

—Eres muy observador, pero tú tampoco llevas anillo y sí has pasado por el altar.

—No me gusta llevarlo.

—Fíjate que a mí me pasa lo mismo. No me gusta llevarlo.

—Una mujer recién casada no deja de ponerse el anillo por nada del mundo. Y todavía hay más, te has desprendido del pedrusco de pedida que te regaló tu prometido —dijo señalando su mano.

—¿También te has fijado en eso? Eres más cotilla de lo que yo creía —afirmó dejando la copa y escondiendo sus manos bajo la mesa.

—No soy cotilla. Tú lo has dicho, soy observador. De repente te has puesto nerviosa, si te molesta mi interés por lo que te pasa, cambiamos de tema.

—¿De verdad te interesa lo que me pasa, Fran? —preguntó dolida.

—Por supuesto. ¿Lo pones en duda?

—No solo lo pongo en duda, sino que además me atrevo a asegurar sin miedo a equivocarme que, de existir ese interés, solo es ocasional o circunstancial. Sabes tan bien como yo que, si no te hubiera llamado, no estaríamos aquí.

—Aparte de hablar como una abogada, me conoces poco.

—Mira, en eso te doy la razón. No te conozco porque eres hermético —zanjó—. ¿Puedes servirme un poco de ensalada, por favor?

—Soy hermético con la mayoría, pero no lo he sido contigo. Tú formas parte de un reducido número de amistades a quienes he hablado de cosas muy personales.

Extendió su brazo y continuó.

—Si acercas tu plato, por favor.

Mara le hizo caso. Los dos se escrutaron sin parpadear.

—A ver. ¿Qué quieres saber de mí? —preguntó mientras le servía—. Yo te cuento lo que quieras.

—Ahora que lo preguntas, me gustaría conocer el motivo de tu «espantada» y, que quede claro, que no te estoy pidiendo ningún tipo de explicación, solo quiero entender qué pasó.

—¿Cómo dices? ¿Espantada? —repitió desconcertado.

—Desapareciste de un día para otro sin mediar palabra —dijo poniéndose seria—. ¿Cómo le llamo a eso? ¿Huida? ¿Desaparición? Ah no, perdón, ¿acojono?

Con suavidad, Fran depositó los utensilios de servir sobre la fuente, cruzó los brazos y se dirigió a ella con la tranquilidad que le caracterizaba.

—Mara, me asusté, lo reconozco. Soy una persona a la que le gusta tener su vida controlada y contigo, de repente, estaba perdiendo ese control. Lo que ocurrió me sobrepasó. No sabía cómo asumirlo. No me sentí bien. Era demasiado importante para dejarlo pasar.

Mara, recostada en la silla, lo imitó y cruzó sus brazos.

—Me hiciste daño, Fran. Lo que hiciste…

—Lo siento, lo siento de veras. Jamás te haría daño intencionadamente.

—Tuviste miedo y me aparcaste como si fuera un utilitario —dijo volviendo a coger la copa.

Fran se acodó sobre la mesa.

—Tuve miedo y no respondí como lo exigía nuestra amistad. No estuve a la altura, tampoco en mi matrimonio, y no supe demostrar el afecto que sentía por ti —se expresó con calma—. Reencontrarnos me dio la posibilidad de darte una explicación, pero antes tenía que volver a ganarme tu confianza.

—Un matiz, si no te importa. ¿Por qué crees que has vuelto a ganarte mi confianza?

—Porque nadie te va a hacer una tortilla de boquerones como esta.

Lo estaba haciendo de nuevo, Fran estaba restando importancia a algo que para ella era importante.

—No lo hagas, por favor —sugirió—. No te rías de mí, Fran.

—No lo estoy haciendo, perdón —contestó paciente—. Estoy intentando demostrar que sigo sintiendo afecto por ti, nunca lo he perdido. Me alegró tanto tropezarme contigo en el Café París.

—Mira, Fran, han pasado ya unos cuantos meses y ese dolor del que te he hablado ha desaparecido. De no ser así, esta conversación no se estaría produciendo. Pero existen sentimientos profundos que no se evaporan así como así. Es evidente que no sabes de lo que hablo.

—Lo pasé muy bien contigo.

Ahora fue Mara la que se acodó sobre la mesa.

—Yo no he dejado de ser tu amiga, tú aparcaste nuestra amistad, actuaste según tu interés. Yo jamás lo hubiera hecho, jamás.

Mara no se expresaba con acritud, solo quería sacar lo que llevaba dentro. No tenía intención de parar, pero necesitó unos segundos para coger aire.

—Dices que lo pasaste bien conmigo, genial. ¿De eso se trataba? Pudiste hacer algo más. Pudiste sincerarte como lo estás haciendo ahora. Eso sí que me hubiera demostrado tu afecto, además de tu amistad. Te pedí que fueras claro y pactamos que no existieran obligaciones entre nosotros.

Un acto de confesión, eso es lo que acababa de hacer, tras lo cual, dejó de hablar.

—Te voy a dar la razón en algo —dijo Fran—, pude hacer algo más, lo admito. No sabía cómo actuar. No sabía qué sentir, Pero no puedo volver atrás para remediarlo. —Paró. Deslizó su mano derecha por encima de la mesa y miró a Mara, esperando que descruzara los brazos y le concediera la suya. Tras unos segundos mirándose y después de que ella cediera y la colocara encima, Fran continuó—: Ahora quiero recuperar tu amistad. Depende de ti. Sea cual sea tu decisión, la respetaré. Pero estaré ahí para lo que necesites.

Aunque sabía que era cierto lo que decía, tenía todo el derecho a ser cautelosa.

—De momento, voy a probar los boquerones. Si están tan buenos como dices, empezarás a ganar puntos.

Sin darse cuenta, Mara estaba haciendo lo mismo que Fran minutos antes, quitaba hierro con humor a aquello a lo que tanta importancia había dado unos segundos antes.

—Mmm, no está mal —opinó al probarla—. Vamos por buen camino.

Fran mostró su aprobación levantando su copa.

—¿Puedo hacerte una pregunta?

—Depende.

—No te has casado, ¿verdad?

Ella respondió sin melancolía y sin atreverse a mirarle a los ojos.

—No era la persona adecuada.

Habían quedado en salir de Madrid después de comer. Pero antes Mara se las tenía que ingeniar para quedarse a solas con Miguel sin levantar las sospechas de Irene, que siempre estaba pendiente de lo que ocurría a su alrededor. A Miguel le gustaba hacer las cosas con tiempo, Irene le había puesto al corriente de su llegada, así que se presentó a media mañana para saludarla.

Aprovechando la soleada mañana y abrigados hasta los dientes para combatir el frío, Irene y Fran salieron a pasear al jardín. Mara se había despertado tarde y al bajar a desayunar se topó con el recién llegado.

—¡Hola! —le saludó al verla descender por las escaleras.

—¡Miguel! ¡Qué bien que hayas llegado ya! ¿Me acompañas? Me apetece un café. Tenemos que hablar.

—Si tú y yo fuéramos pareja, me hubiera echado a temblar al escuchar esa frase —dijo.

Mara estuvo a punto de decirlo, de decir que ella nunca tendría una pareja como él, pero no lo hizo.

—No tiembles, eso nunca va a pasar. Lo que tengo que decir es más importante que cualquier discusión sentimental.

—Eso no suena muy bien. ¿Sabes dónde está mi hermana?

—No lo sé, me acabo de levantar —contestó—. Si te soy sincera, preferiría que no apareciera, por el momento.

Se instalaron junto a la chimenea, el lugar más frecuentado de la casa. Sin perder tiempo, fue al grano.

—¿Por qué no me dijiste que habías visitado a sor Martina?

Miguel no parecía sorprendido y respondió con arrogancia.

—Porque no le di importancia. Tampoco me lo preguntaste.

—No utilices ese tono conmigo, solo quiero respuestas, te estás poniendo a la defensiva y no te estoy atacando.

—Yo también buscaba respuestas cuando acudí a ella.

—¿Por qué fuiste a verla? —preguntó como si no hubiera escuchado lo que acababa de decir.

—Te lo repito, buscaba respuestas. En ese momento vi a mi hermana planteándose emprender una cruzada con este asunto. Hasta entonces habíamos vivido muy bien sin destapar unos sucesos que, por lejanos y duros, bien podían mantenerse en el silencio y el olvido. No estaba, ni estoy dispuesto a que la verdad destruya lo que ha construido a lo largo de su vida.

—La verdad no va a destruir nada, todo lo contrario.

Miguel no parecía escucharla.

—Quiere remover conciencias, pero lo único que va a remover es un pasado que traerá dolor. ¿Acaso creéis que a la gente le interesa lo que ocurrió en aquel centro? Solo les interesa a unos pocos, al resto les atrae el morbo. Cuando se sepa por qué acabó en aquel centro, se ensañarán con ella. No me puedo creer que no hayáis pensado en las consecuencias de hacer público algo así; muchos querrán sacar tajada.

—Otra vez el dinero —dijo desesperada—. ¿No piensas en otra cosa?

—Sí, otra vez el dinero —repitió—. Cuando naces en una familia como la mía, una familia que no puede alimentar a sus propios hijos, que los viste con un pantalón para el invierno y otro roto para el verano y una alpargata de cada color —se detuvo para tomar aire—, una familia que hace trabajar a sus hijos desde muy niños para que el padre pueda salir a buscar algo mejor, solo entonces, aprendes a valorar lo que has conseguido. Y lo proteges.

—Miguel —le interrumpió Mara en tono conciliador—, no te corresponde a ti tomar esa decisión.

Sacó de su bolsillo un papel tamaño octavilla, lo desdobló con cuidado y se lo entregó.

—Quiero que veas algo.

Esperó a que lo ojeara.

—¿Te suena?

Miguel no tardó en responder.

—Tengo uno igual.

—¿También olvidaste enseñármelo?

—Pues sí, lo olvidé. Este papel no vale nada.

—Miguel, este papel es el origen, es una prueba.

—¿Me quieres decir qué prueba un papel que no contiene nombres, que solo tiene una fecha y algún detalle sobre un bebé? —preguntó agitándolo con fuerza.

—¿Y la anotación?

—¡Vete tú a saber qué significan estos garabatos! —exclamó.

—Nunca se lo has enseñado, ¿verdad? A tu hermana, no se lo has enseñado —repitió.

Miguel parecía cada vez más nervioso. Se levantó y tiró el papel sobre el regazo de Mara.

—No, no lo he hecho.

Mara fingió no estar enfadada, pero lo estaba. Se levantó y se acercó a él con el papel en la mano.

—¿Tu hermana sabe que has dado estos pasos?

—Ya la oíste aquella primera vez que viniste a esta casa. Este asunto solo le pertenece a ella.

—En cuanto entre por esa puerta, vas a hablar con ella.

—¿Y qué quieres que le diga?

—Lo poco o lo mucho que has descubierto. Se lo debes.

La voz de Irene sonó cercana y cálida. Su aspecto radiante, a pesar de ir camuflada bajo un anorak abultado y un gorro de lana, era la prueba evidente de que el paseo había sido una gran idea.

—¡Estáis aquí! —exclamó quitándose los guantes—. Este aire polar corta la respiración, pero el paseo ha merecido la pena —dijo mirando a Fran.

Mara y Miguel, temerosos de que hubiera podido escucharlos, permanecieron atentos a lo que vino después, los dos se miraron con disimulo.

—Me ha dicho Fran que os volvéis a casa después de comer. ¿Qué prisa tenéis? Me gustaría disfrutar de vuestra compañía.

—Verás, Irene, por mí no hay inconveniente, pero Fran tiene obligaciones.

—Por mí, tampoco —la interrumpió—. Ya lo hemos hablado —dijo buscando la complicidad con Irene.

—¿Es cosa mía o vosotros dos habéis hecho muy buenas migas? —preguntó Mara.

Fran se disculpó para ausentarse un momento y atender una llamada de su móvil. Irene se desprendió de la ropa de abrigo aparentando no escuchar.

Nada más quedarse los tres solos, Mara se dio cuenta de cómo estaba Miguel. Era un manojo de nervios. En un acto de valentía, comenzó a hablar dirigiéndose a su hermana. A trompicones, intentó explicarse sin éxito.

—¿Qué estás tratando de decir? —le preguntó su hermana.

—Irene, lo que quiere decir Miguel es que él también ha intentado localizar a tu hija.

—¿Eso es cierto, Miguel? —preguntó su hermana con mirada escrutadora.

—Sí, lo es —contestó todavía tenso.

—¿Tiene que venir Mara a decírmelo? ¿No podías hacerlo tú? Nunca he reprochado que intentes ayudarme. Lo que no voy a aceptar es que cuestiones mis decisiones. ¿Y bien?

—No obtuve el resultado que esperaba.

—Pero ¿qué has descubierto? ¿Te tengo que presionar para que hables?

Mara volvió a intervenir.

—Él también visitó a sor Martina y tuvo la misma suerte que yo, esta fotocopia.

Entonces sí, con la máxima atención, Irene centró su vista en el papel y lo revisó de arriba abajo.

—¿Esto es lo que creo que es? ¿Un certificado de nacimiento? ¿A quién corresponde?

Se dirigió expresamente a Mara como si supiera que solo ella tenía la respuesta correcta.

—No lo sabemos, pero es probable que pertenezca a tu hija —esta vez contestó Miguel—. Sor Martina me aseguró que era de ella. Pero con tan pocos datos, me pareció inútil seguir...

Irene se sentó abrumada, el documento que tenía en sus manos era lo más cerca que había estado de esa criatura desde que se la llevaron.

—¿Qué significa esta anotación? —preguntó señalando el apunte con el dedo—. «D.S.» —pronunció en voz alta.

—Es lo que vamos a tratar de averiguar.

TENÍA QUE LLEGAR

La hoja, con numerosos espacios para rellenar, la mayoría de ellos en blanco, era un cuestionario para la declaración de nacimiento al Registro Civil, tal y como rezaba su encabezamiento.

Los datos del nacido debían constar en primer lugar. El nombre propio debía tener como máximo dos nombres simples o uno compuesto y debía ser el nombre que se fuera a imponer en el bautismo. Esta casilla era de las primeras sin estar escrita.

En la siguiente, en el espacio correspondiente al sexo, aparecía con una caligrafía pulcra y en mayúsculas «HEMBRA».

—¡Cómo se puede utilizar un término como este! —protestó Irene—. ¡Ni que estuvieran refiriéndose a un animal!

El documento que tenía entre sus manos revelaba poca información. Aun así, a Irene le entró un leve temblor al leer los datos concretos del nacimiento. Dos extensas líneas para anotar de forma breve la hora, el día, el mes, el año y el lugar donde se produjo el alumbramiento.

—Siete y media de la mañana, diez de mayo de mil novecientos cincuenta y nueve, la Residencia —repitió con lentitud, como un mantra, como si hacerlo la conectara con su bebé.

El resto del cuestionario hacía referencia a los datos del padre y de la madre, pero no podía leer lo que no estaba escrito; cada línea hasta el final estaba sin cumplimentar.

Con el papel en la mano, se recostó abatida en la butaca.

—Puede que tengas razón —dijo mirando a Miguel—. Parece que se trata de mi hija... En cualquier caso, con estos datos poco se puede hacer.

—Vamos a ver —dijo Mara—, no perdamos la esperanza. Es cierto que carecemos de datos, pero eso no nos impide buscar en el Registro Civil. Es posible que fueran a cualquier ciudad, pero empezaré por Pamplona. La primera vez que fui no me hicieron caso. Ahora tenemos poco, pero tenemos un papel que deja constancia escrita de que el día diez de mayo de mil novecientos cincuenta y nueve se produjo, al menos, un alumbramiento en la Residencia. Además —dijo para acabar de completar su discurso—, si nos ponemos en el peor de los casos, si es cierto que tu hija falleció al nacer, también estará allí registrado. Según tengo entendido, el centro tenía obligación de presentar un parte, el parte de alumbramiento de criaturas abortivas, así lo llamaban.

—Criaturas abortivas, parece ciencia ficción —alegó Miguel.

Irene pareció estremecerse.

—Adelante, Mara, es un comienzo —dijo Irene.

El lunes Mara se despertó sin saber muy bien dónde se encontraba. Sin encender la luz de la mesilla, vio el despertador y lo reconoció enseguida. Al ver los números digitales de tamaño gigante, cada uno de un color diferente, supo cuánto le quedaba para permanecer caliente bajo el edredón antes de que ese trasto empezase a sonar. Una secuencia de imágenes, todas relacionadas con el fin de semana, despertaron a la vez que ella. Si se hubiesen podido proyectar como una película, la figura de Fran hubiera salido en todos los planos, y si hubiese podido congelar uno, hubiera elegido el último instante antes de separarse de él.

A Irene no le costó convencerles para que no se marcharan el sábado después de comer. Por unanimidad, decidieron quedarse hasta el domingo y salir a media mañana para evitar los atascos y llegar antes de que anocheciera.

El tiempo había mejorado algo. Aunque las temperaturas seguían siendo gélidas, el viento del norte había cambiado su rumbo. Un sol resplandeciente y engañoso los acompañó en su silenciosa vuelta a casa y a la realidad.

Mara acercó a Fran hasta su portal, a pesar de que él se empeñó en que no lo hiciera. Al llegar al número doce de la avenida del Ejército, el extraordinario fin de semana alcanzó su fin.

—Bueno —suspiró Fran—, ya hemos llegado. Gracias por este fin de semana, me lo he pasado fenomenal.

—Gracias a ti por tu compañía y, por supuesto, por tu ayuda —dijo Mara—. Sin ti no hubiera llegado tan lejos.

—Lo hubieras hecho igual. Eres una persona con recursos.

Fran abrió la puerta y se bajó del coche. Antes de cerrarla, se agachó y la miró.

—Ha sido un placer estar contigo.

El golpe de la puerta al cerrarse impidió que Fran pudiera escuchar lo que Mara respondió.

—Yo también lo he pasado muy bien.

Sin quitarle ojo, esperó a que llegase al portal y cuando estaba abriendo la puerta, Mara repitió en voz baja «Date la vuelta, por favor. Date la vuelta».

El plano de ese último instante es el que Mara hubiera elegido para congelar: Fran se dio la vuelta, tocó dos dedos de su mano con los labios y le lanzó un beso.

Todos los días, cuando sonaba el sonido estridente del despertador, Mara se planteaba cambiarlo por otro más agradable. Nunca llegaba a hacerlo, escuchar aquella horrible música le ponía las pilas y le hacía saltar de la cama. Y hoy, más que nunca, lo hizo con ganas. Sin tiempo que perder, dejó el café para más tarde. Con el jersey de lana negro, pantalón negro y botines a juego, cogió su abrigo de paño y se encaminó hacia el trabajo.

En la misma puerta de entrada al edificio, un inesperado encuentro la detuvo.

—¿Qué haces aquí? —preguntó intentando disimular su malestar—. ¿Me estás esperando?

—¿No puedo venir a verte? He decidido acercarme, no contestas a mis llamadas.

—Me desconcierta que te tomes tantas molestias. Un hombre como tú, tan ocupado, con tantos compromisos. ¿Qué quieres? Si has venido a darme una charla, pierdes el tiempo.

—¿No podemos hablar como las personas civilizadas que somos?

—Tengo mucha prisa. A las nueve quiero estar en el Registro Civil.

—¿Temas de trabajo?

Confusa por la pregunta, se negó a contestar.

—Creo que no es de tu incumbencia. Ahora, si no te importa, tengo que subir a mi despacho. Tengo prisa —repitió.

Al dar un paso hacia la puerta, él insistió.

—Por favor, Mara, no puedes tratar así a tu padre. ¿Tan mal me he portado contigo?

—Te prometo que te llamaré —dijo para quitárselo de encima—. Un día de estos lo haré.

En cuanto su hija entró al portal, se apresuró a hacer una llamada.

—¡Hola, Carlos! Soy Mariano Berría. Quiero pedirte un favor.

Eran las nueve de la mañana. Mara, tapada hasta las orejas, llevaba apostada en la puerta del Registro Civil desde menos cinco rezando para que los funcionarios fuesen puntuales, hacía un frío que pelaba. Justo cuando las campanas de la iglesia comenzaron a sonar, un diligente empleado giró la llave.

Solo con poner un pie en la oficina, notó un calorcito que le hizo sentir cómoda, lo que la llevó a dirigirse a la ventanilla con decisión.

—Buenos días, quisiera obtener información de una partida de nacimiento del año cincuenta y nueve. ¿Se acuerda de mí? Estuve hace algunas semanas —comentó sin pararse a pensar que lo que acababa de decir estaba de más.

—Por aquí pasa mucha gente —contestó con educación la empleada—. Necesito su documento de identidad, por favor.

—Sí, un momento —dijo animada—. Aquí está.

Lo miró detenidamente.

—Tratándose de una partida de hace tantos años, tengo que hacer una consulta.

—Mire, aquí tengo una copia de lo que busco y cuento con un testimonio que puede corroborar el nacimiento.

—De momento, con el documento de identidad es suficiente.

La amable empleada desapareció tras una puerta y volvió a aparecer pasados varios minutos que a Mara se le hicieron eternos, pero que le sirvieron para hacerse ilusiones, esta vez no había obtenido un rotundo «no» de entrada.

—¿Mara, verdad? —preguntó.

—Sí, sí.

—Lo siento mucho, pero no va a ser posible lo que solicita.

Mara frunció el ceño.

—¿Qué quiere decir que no va a ser posible?

—Esas partidas de nacimiento están en unos tomos especiales, y no es posible acceder ahora —se defendió la funcionaria.

—¿Me puedes decir tu nombre, por favor?

—Me llamo Susana —dijo después de unos segundos.

—Muy bien, Susana. Vamos a empezar de nuevo —dijo intentando reconducir su petición—. Estoy buscando el registro de un nacimiento que tuvo lugar el diez de mayo de mil novecientos cincuenta y nueve en la Residencia. Como ves, no te estoy pidiendo el registro de todo ese año, estoy pidiendo algo muy concreto. No creo que sea tan difícil buscar en esos archivos.

—Le repito que no es posible.

Mara estaba empezando a perder los nervios.

—¿Puedo hablar con algún encargado? ¿Con tu jefe? Supongo que lo tendrás.

—Mi jefe está en una reunión. Si quiere puede poner una reclamación o realizar una instancia.

—¿Me has hecho esperar para decirme esto? No voy a poner una reclamación, voy a denunciarte a ti y a tu jefe por ocultación de documentos. Que sepas que soy abogada, puedo aportar documento escrito de una testigo directa y conozco mis derechos de accesibilidad legítima como parte interesada. ¿Todavía crees que no es posible lo que te pido?

—Lo sigo creyendo —contestó segura.

Una vez en la calle, musitó una serie de improperios, esa mujer la había puesto de muy mal humor. Mientras tomaba un café, llamó a Irene.

—Acabo de salir de la oficina del registro, me temo que sin nada —le informó.

A la vez, en el interior de la oficina del registro, se efectuaba otra llamada.

—Carlos, ya se ha marchado, pero te la estás jugando. Esa chica sabe de lo que habla.

Tan solo dos días después, una elegante mujer cruzó la puerta de entrada al Registro Civil de Pamplona acompañada por un hombre bien parecido. Mientras hacían cola como los demás, una trabajadora que estaba al otro lado del mostrador reparó en ellos; él le pareció atractivo y ella, ella le sonaba de algo. A esa mujer la conocía, estaba segura. Sin ningún reparo se acercó a su compañera hasta casi rozarla y le susurró algo al oído. Seguramente movidas por la envidia, dejaron a un lado sus tareas para cuchichear sin dejar de escudriñar cada movimiento, cada gesto y cómo no, cada centímetro del impresionante abrigo que llevaba puesto.

De pronto la mueca de sorpresa tipo «Acabo de caer en la cuenta» de una de ellas avivó el interés que había despertado esa mujer. Los comentarios se intensificaron y se ampliaron a una tercera persona que, movida por la curiosidad, se acercó. Solo hacía falta que Irene les diera un motivo más, por pequeño que fuera, para rematar la falta de discreción. Y para disfrute de las descaradas mironas llegó cuando se quitó el abrigo y dejó al descubierto su magnífica vestimenta.

Hacía falta estar ciego para no darse cuenta de que esas tres mujeres los estaban observando. Con el tipo de atrevimiento que nace de un impulso, pero con la elegancia de un caballero, Enrique se dirigió a ellas con una leve inclinación de cabeza y con una sonrisa rompedora. Lo que provocó fue exactamente lo que buscaba, un movimiento rápido que deshizo el improvisado e indiscreto corrillo.

Al margen de lo que acababa de suceder, Irene no dejaba de mirar la hora en su reloj de pulsera con ganas de salir cuanto antes de ese lugar. Entre el olor agrio a transpiración que venía de la persona situada delante de ella y lo larga que estaba resultando la espera, estaba incómoda; pero se había trasladado expresamente desde Madrid para estar allí, para obtener lo que habían negado a Mara, y por qué no admitirlo, para utilizar su condición de persona famosa ante el contratiempo que intuía y que no tardó en confirmar.

Poco antes de su turno, observó cómo la puerta del despacho que quedaba justo enfrente se abría. Un hombre de buen aspecto, con años a sus espaldas, salió con unos papeles en la mano buscando a alguien con la mirada. Parecía no encontrar a esa persona y avanzó hasta la empleada que estaba a punto de atender a Irene. Agradeciendo perder de vista a quien le precedía, llegó su turno en el mismo instante en que la voz masculina susurraba unas palabras a la que parecía su subordinada. Antes de girar sobre sus talones para volver a su despacho, el caballero, con corbata y pelo engominado, la miró. Ella aprovechó el momento para saludar con amabilidad y formular su petición. Él permaneció inmóvil, como si le interesase lo que Irene estaba pidiendo, y tras escuchar su solicitud, volvió sobre sus pasos sin mediar palabra, pero con un propósito.

Solo habían pasado unos segundos cuando la línea interna de la empleada empezó a sonar con unos pitidos graves pero frecuentes acompañados por una luz que indicaba la procedencia de la llamada. La funcionaria descolgó el auricular, se lo colocó en el oído con un movimiento lento y permaneció callada hasta que contestó escuetamente.

—Voy enseguida.

Se levantó, parecía intimidada.

—Perdone, en un minuto vuelvo —dijo.

No había mucho dónde mirar ni en qué pasar el rato, así que Irene siguió los pasos de la mujer para comprobar que traspasaba la misma puerta que unos minutos antes se había abierto y se había vuelto a cerrar. Se volvió hacia Enrique refunfuñando.

—Algo me dice que no me lo van a poner fácil.

Prefirió no controlar el tiempo que tardó en volver, no le pareció excesivo, pero sí inoportuno.

—Lo siento —volvió a decir la empleada sentándose en su silla, le tocaba volver a dar la cara por su jefe y se estaba hartando—. Veamos, usted quiere una partida de nacimiento del año cincuenta y nueve, pero me temo que no va a ser posible.

—¿Me puede explicar por qué algo tan sencillo no lo es?

—El acceso a esa información no es directo.

—Ya entiendo —dijo Irene poco convencida—. Fíjese, sospecho que quien ha llamado, el mismo que ha estado aquí hace unos minutos y el mismo que se encuentra tras aquella puerta —dijo señalando en esa dirección y sin cortarse un pelo— le ha dado instrucciones para que no me facilite lo que he pedido. E imagino también que si solicito su presencia me va a poner como excusa que está muy ocupado. No puede utilizar el argumento más común, «Está reunido», por razones más que evidentes —argumentó con presteza Irene—. Como no tengo ganas de perder más tiempo, le va a trasladar un mensaje de mi parte.

Utilizar su nombre y su condición para obtener algo no era usual en Irene. Que ella recordase, y lo recordaba bien, era la segunda vez que lo hacía.

—¿Sabe usted quién soy?

—Por supuesto. Usted es Irene Balaga, la diseñadora —contestó más nerviosa.

—Correcto —intervino Irene—. Creo que lo que estoy solicitando es solo un papel al que tiene acceso cualquier ciudadano con un interés legítimo y para cuya obtención no es necesaria una pérdida de tiempo tan importante como la que estoy sufriendo. Desconozco qué intenta ocultar y a quién quiere encubrir, pero dígale de mi parte que yo también tengo amigos influyentes. Por eso —metió la mano a su bolso y sacó una tarjeta—, hágale llegar mi tarjeta para que se ponga en contacto conmigo. Si en cinco días no he tenido noticias suyas, será él quien las reciba.

A los pocos días, Irene tenía en sus manos una partida de nacimiento. En el mismo rincón en el que se encontraba cómoda para tratar sus asuntos más personales, se sentó en la butaca. Tanto tiempo esperando y no estaba segura de estar preparada para lo que venía. No sabía qué sentir... Se dio cuenta de que el movimiento a su alrededor se interrumpía y hasta el mínimo ruido se apagaba. Se quedó aislada, como si la intensidad de lo que sentía hubiera hecho vacío con la realidad. Respiró profundamente. Le sudaban las manos. Con cuidado, desdobló el folio y lo dejó apoyado sobre sus piernas mientras frotaba sus manos en los reposabrazos. Estaba a punto de conocer la identidad de las personas que habían ocupado su lugar como madre durante tantos años... Sin llegar a percibir el ruido del crepitar de la madera en la chimenea, cogió de nuevo el papel y comenzó a leerlo.

Nada más empezar, supo que nunca se está preparada para algo así.

—Claudia Saras Ortigosa —leyó en la línea correspondiente a los datos del recién nacido—. Claudia —repitió para sí.

Se quedó allí quieta. Perdida. Mirando aquel nombre fijamente, ya sin verlo siquiera.

Quería gritar y llorar, sentía que podía explotar de rabia y dolor, y sin embargo, permaneció quieta, muda, seca.

No podía ser. Por fin sabía quién era su hija y no podría verla, ni conocerla, ni abrazarla nunca... ¿Por qué?

Deslizando su dedo índice por la superficie de la fotocopia, paró en seco al llegar a la hora y al día que aparecían escritos a máquina: las siete treinta horas del día diez de mayo de mil novecientos cincuenta y nueve, la Residencia. En solo tres líneas había descifrado la mayor parte del rompecabezas, pero quiso continuar para ver con sus propios ojos el nombre de la persona que había aparecido un buen día, sin haber sido invitada, para robarle el papel más importante que podría tener en su vida.

—Pablo Saras Larrainzar —leyó—. Pablo —repitió como lo había hecho con Claudia—. Ya te tengo, Pablo —dijo como si supiera que la estaba escuchado.

Permaneció sentada un largo rato considerando los siguientes pasos que debía dar y decidió que no se iba a precipitar, no había llegado hasta ahí para estropearlo todo por un mal cálculo. Dobló el folio, lo volvió a guardar en el sobre y llamó a Mara para avisarle de su inminente visita.

—¿Vas a venir? ¿Cuándo? —preguntó—. ¡Será estupendo tenerte aquí!

Maite había escuchado tanto hablar de Irene que al saber que iba tener el placer de conocerla allí mismo, no cupo en sí de alegría. Al día siguiente, pendiente de su llegada, se alertó al escuchar el sonido del portero automático y salió a esperarla al descansillo. Al abrirse la puerta del ascensor, la reconoció.

—Es un placer, Irene —se adelantó a decir tendiendo su mano.

—Supongo que tú eres Maite —sonrió.

—La misma. Maite, para servirle —dijo complacida.

—Dame un abrazo, querida. Me alegra mucho conocerte, sé que te preocupas mucho por Mara.

Abrió la puerta del despacho, había reconocido el sonido del timbre. No veía a Maite por ningún lado, pero oyó unas voces que provenían del exterior y se acercó a comprobar lo que ya sospechaba. Cuando llegó a la puerta, las vio.

—¿Qué hacéis aquí hablando? Maite, ¿no puedes recibirla dentro?

Irene la agarró del brazo.

—No le eches la culpa a ella.

—¿Y tú, me vas a explicar qué haces aquí? —preguntó Mara intrigada.

—Te lo explicaré en cuanto entremos.

Una vez acomodadas, Irene sacó un papel y se lo entregó.

—Ahí tienes la razón de por qué estoy aquí.

—¿Has estado en el registro? —dijo Mara nada más ver el impreso

—Es evidente que sí. Échale un vistazo.

Mara observó desconcertada la información que se detallaba en aquel documento. Sus ojos se iban abriendo, acercó sus manos a la boca...

—¿Qué es esto? —preguntó mientras ojeaba con nervios la copia.

—Nada más y nada menos lo que parece.

—¡No puede ser! —exclamó.

Irene se levantó y se dirigió al ventanal. Mara se volvió hacia ella al escuchar sus palabras.

—Tenía la esperanza de llegar a conocerla —dijo Irene, esta vez sí, tratando de retener con el dedo las incipientes lágrimas de sus ojos.

—Todavía no sabemos con certeza si es ella.

Mara se acercó a su lado.

—Fíjate en la hora y la fecha. ¿No te parece mucha coincidencia? —preguntó haciendo un esfuerzo para recomponerse—. Tienes que ir a hablar con Pablo. Necesito respuestas y él es el único que me las puede dar —dijo mirándola fijamente. Por fin, como si todo el dolor estuviera allí condensado, dos lágrimas se descolgaron a la vez de sus ojos.

—Las tendrás —contestó tajante Mara.

Irene se apartó y cogió su bolso.

—Debo regresar al taller. Esta misma tarde he quedado con una clienta, una cita que no puedo cancelar.

—No te preocupes, te mantendré al corriente de todo.

Tras despedirse de Irene, Mara sacó del cajón de su escritorio el botecito de cristal, lo abrió y con cuidado puso en la palma de su mano el mechón de pelo, todavía olía a aquel champú. Ese olor la trasladó al pasado, a una etapa de su vida que echaba mucho de menos y que últimamente estaba reapareciendo con frecuencia. Después de unos minutos, lo volvió a guardar y decidió que no podía permanecer ahí sentada por más tiempo. Salió a la calle, necesitaba respirar aire fresco. Su precipitada marcha, sin ningún tipo de explicación, dejó preocupada a Maite.

Abstraída del ajetreo de una mañana cualquiera en una ciudad pequeña como la suya, echó a andar por las calles de Pamplona, deambulando sin poder quitarse de la cabeza lo que acababa de descubrir. Dos nombres ligados a su pasado y a su presente invadían su mente, dos nombres de dos personas a las que había querido más que a su propia familia.

Pablo, Claudia. Claudia, Pablo.

Pensó en Irene. Esta nueva realidad le había golpeado en la cara y en el alma. Una vez más, la vida estaba siendo injusta con ella, era la segunda vez que le había arrebatado a su hija. Y se acordó de sor Martina, de sus palabras. «Si el Señor tiene cosas buenas preparadas para ella, cómo serán las malas», se dijo sin darse cuenta de que estaba hablando sola.

Volvió en sí al escuchar un fuerte bocinazo que la obligó a dar un salto hacia atrás. El impulso la hizo retroceder más de la cuenta y golpeó su espalda contra un árbol, y más vale. Si ese tronco no hubiera estado allí, habría terminado en el suelo. Permaneció apoyada intentando volver a la calma y cuando vio la tienda de animales donde ella y Claudia solían parar, supo que estaba cerca de la consulta de Pablo. Decidida, cruzó la calle mirando en ambas direcciones y entró en el portal que daba paso a su clínica.

No necesitaba presentación, siempre había sido bien recibida, aunque las últimas veces, notaba cierta frialdad. Estaba segura de que la chica de la recepción había recibido órdenes directas de su jefe para que no le facilitase las llamadas ni el acceso, pero hoy no se iba a marchar. Al preguntar por él, obtuvo la misma excusa de siempre: estaba con una paciente. Ni corta ni perezosa, Mara cruzó la pequeña recepción, se plantó delante de la puerta de la persona que daba nombre a la clínica y bajó la manilla con decisión. Una vez dentro, la volvió a cerrar con un sonoro golpe.

Tal y como sospechaba, Pablo estaba dentro hablando por teléfono, a primera vista solo. Al ver a Mara, echó su silla hacia atrás y se despidió con celeridad de la persona que estaba al otro lado del aparato. Su reacción no se hizo esperar.

—¡Mara! ¿Qué significa esto?

La puerta de la consulta se abrió con brusquedad.

—Lo siento, doctor Saras, no he podido detenerla.

—No te preocupes, Vanesa. Yo me encargo.

Mara se había colocado junto a la ventana y miraba a través de los cristales, como si la conversación que se estaba produciendo detrás no fuera con ella. Un corto silencio precedió a la pregunta que tenía que formular. Antes de hacerla, se giró para examinar a Pablo con detenimiento y cierta recriminación. Él permaneció de pie a la espera de lo que estaba por llegar.

—Me has estado evitando desde el día del club, no me voy a marchar hasta que respondas a una de tantas preguntas que rondan en mi cabeza y que, por supuesto, tienen que ver contigo.

—No es cierto.

—¿Lo sabía?

—¿A qué te refieres?

Sacó del bolso un folio doblado por la mitad y se lo entregó.

—Claudia. ¿Lo sabía?

Tal y como esperaba, Pablo se sentó derrotado en su butaca sin responder. Tras unos segundos, cogió el teléfono y ordenó a su secretaria que anulase todas las citas concertadas para ese día. Todo se había precipitado. Había llegado la hora de las explicaciones, había llegado la hora de hacer lo que tenía que haber hecho antes del accidente.

Siempre el accidente, un antes y un después.

Salieron de la clínica sin hablar. El enfado de Mara no tenía nada que ver con la pobre Vanesa, aun así, fue incapaz de disculparse con ella, ni siquiera la miró.

En su cabeza se acumulaban un montón de preguntas. Muchas. Y aunque ya tenía la prueba, no adelantó su juicio, no quería condenar su amistad...

Eligieron una cafetería apartada de la consulta, Pablo solía frecuentarla cuando quería estar solo, nadie lo conocía, nadie sabía a lo que se dedicaba. La persona detrás de la barra lo saludó al entrar, como saludaba a los clientes habituales. Una vez en el interior, Mara reconoció que el sitio era perfecto, luminoso y muy espacioso. Las mesas estaban lo suficientemente distanciadas entre sí como para dar intimidad a las conversaciones que así lo requerían.

La que estaban a punto de iniciar era de esas.

Ninguno de los dos tenía hambre, pidieron un café solo y uno con leche. Cuando ya estaban servidos y sentados en un discreto rincón, Pablo comenzó a hablar.

—No te voy a pedir que lo entiendas, solo que me escuches.

MIRAR HACIA OTRO LADO

1959

Los dos años que Pablo llevaba colaborando en la clínica bajo la supervisión del doctor Méndez habían pasado muy deprisa. Ser su pupilo se convirtió en una prioridad y su ambición por llegar a ser como él, en cierta manera, lo dominó; vivía para el trabajo, para la clínica y para lo que su maestro le enseñaba. Su vida transcurría en el orden establecido por el sistema y ya tenía lo más importante, una carrera, un buen trabajo que le reportaba un sustento más que digno y una buena reputación. Sin embargo, le faltaba la parte que terminaría por encumbrarlo, una acompañante, una esposa con la que convertirse en un respetable marido y padre de familia. Debido a su situación, la candidata ideal que había sido educada para cumplir con el rol establecido para toda mujer no tardó en llegar. El respetable y admirado doctor Saras, en tan solo un año, ya estaba casado y desesperado porque su mujer no se quedaba encinta.

—Será necesario hacer una exploración, como usted bien sabe —observó el doctor Méndez—. Su esposa es joven, no tiene por qué haber problemas.

Las palabras del doctor actuaron como un bálsamo para la mujer de Pablo y se sometió a distintos análisis médicos. La mala noticia no tardó en llegar. No podría ser madre.

—Existe otra posibilidad —comenzó a decir el doctor con cautela—. Usted sabe bien que acudo a la Residencia para atender a esas pobres muchachas cuando llega la hora.

—Sí, claro —contestó Pablo—, lo he acompañado en alguna ocasión. ¿No lo recuerda? La labor que realiza allí es encomiable.

—Pues bien —continuó con la misma cautela—, cuando salen de allí, muchas de esas chicas no pueden volver a sus casas con un bebé. Tampoco disponen de medios económicos para empezar una nueva vida con esa carga, así que toman la decisión más conveniente y, probablemente, la más dura de sus vidas, lo rechazan.

Al escuchar aquello, Pablo se puso un poco tenso.

—¿Me está hablando de adoptar un niño?

—Le estoy informando de las posibilidades que tiene de ser padre por una vía que no es la biológica. —Y prosiguió—. Al mismo tiempo, tiene la oportunidad de cambiar la vida de una de esas pobres criaturas.

Pablo se quedó pensativo.

—No tiene por qué decidirlo aquí y ahora. Lo habla con su mujer y lo piensan detenidamente.

Ni uno ni otro sacaron a relucir el tema durante las siguientes semanas, hasta que Pablo lo abordó el mismo día que volvía de su visita a la Residencia.

—¿Podríamos hablar? —le preguntó nada más verlo.

—Por supuesto, pase a mi consulta.

Desde aquel preciso momento, el joven matrimonio se presentó ante sus respectivas familias y amistades como futuros papás, incluyendo un embarazo ficticio.

—¿No es demasiado fingir el embarazo? —llegó a preguntar Pablo—. ¿No podemos tratar el asunto como una adopción normal y corriente?

—Los procesos de adopción son largos, la burocracia es insufrible —fue la respuesta del doctor Méndez—. Créame, no es necesario pasar por unos trámites que, de un modo más sutil, se pueden resolver fácilmente. Ya me entiende —puntualizó para zanjar el asunto—. Además, hay algo que debe tener en cuenta —prosiguió, tensando la voz como si quisiera hacer hincapié en lo que estaba a punto de decir—, tiene que pensar en usted, en su reputación y en la reputación de esta institución que tan excepcionalmente lo acogió. No daría buena imagen a la clínica, aquí abogamos por la procreación como deber de la pareja —opinó sin escrúpulos—. Usted no es el único que se encuentra en esta posición. Mi influencia en la Residencia se ha convertido en la mejor forma de hacer favores.

Pablo omitió lo que pensaba al respecto, deseaba tanto aquel bebé que desde ese momento decidió desentenderse de lo que iba a implicar todo ese proceso.

—¿Tenemos que hablar con alguien del centro? —quiso saber.

—No se preocupe, sor Mercedes se encarga de todos los detalles —contestó—. Cuando llegue el día, un «donativo» que ya está estipulado será suficiente, es la vía para evitar esos engorrosos trámites —acompañó el comentario con una sonrisa socarrona—. Ella le proporcionará la documentación necesaria para poder inscribir al bebé en el registro como su hijo o hija. Ahora solo preocúpese de guardar bien las apariencias, nada más.

Siguió al pie de la letra las instrucciones pautadas por su colega, como si con ello aliviase su tensión, pero cada vez que Pablo se encontraba a solas con Méndez, su estado empeoraba, buscaba respuestas que nunca llegaban. Terminó por pensar que Méndez lo evitaba. No andaba desencaminado, pero se las arregló para que su superior conociera su anhelo.

—Doctor, me gustaría acompañarle en su próxima visita al centro —dijo Pablo—. Tengo especial interés en conocer a la madre biológica.

El doctor Méndez sabía perfectamente a lo que se refería y estaba preparado para tal contingencia.

—No va a ser posible. Sin embargo, le puedo adelantar que la elegida no es como las demás chicas, según sor Mercedes es una muchacha muy lista y trabajadora. Tratándose de usted quise asegurarme de que la elección fuera la correcta —aseveró.

El doctor Méndez intentó, sin éxito, que el doctor Saras le dejara continuar con su trabajo.

—¿La conoce personalmente? —insistió Pablo—. Si no es como las demás, ¿por qué quiere renunciar al bebé?

—No tengo más información. Es conveniente que no conozca las circunstancias de la interna. Aténgase a lo establecido y confíe en mí, por favor.

Ante los demás, interpretaron a la perfección el papel de matrimonio en estado de buena esperanza, la experiencia que le otorgaba su trabajo en la clínica ayudaba. La evolución del embarazo transcurría como la de cualquiera de sus pacientes: un mes habían desaparecido las náuseas y al mes siguiente su tripa aumentaba, utilizando para ello un cojín con relleno. Enseñó a su mujer cómo tenía que gesticular sin exagerar, le informó de las quejas más habituales de una gestación dentro de la normalidad. Y cuando se fue aproximando la fecha del parto, empezó a guardar reposo para no dejarse ver en público como medida de prevención. Dar a luz en la clínica, estaba descartado, para Pablo atender un parto rápido en casa, de los que no da tiempo a nada, no era complicado. Lo hicieron bien, tan bien que nadie llegó a sospechar.

El día diez de mayo recibió la llamada esperada. Una preciosa niña, «su hija», había nacido.

Llegaron a la Residencia pasada la medianoche, un poco antes de la hora convenida. Sor Mercedes los recibió en persona y sin perder tiempo los condujo hasta la enfermería a través de unas escaleras que solo usaban las monjas. A pesar del silencio que los acompañaba hasta llegar al segundo piso, no tardó en darse cuenta de que no estaban solos; la luna creciente, a través de la ventana, iba a ser testigo de excepción de lo que estaba a punto de suceder. Lo que tampoco sabía sor Mercedes, ni las dos personas que iban con ella, era que, en el recodo del pasillo en penumbra, alguien se agazapaba para no ser descubierta.

Al entrar en la enfermería, sor Mercedes se dirigió hacia una puerta de la que se colaba una débil luz a través de una rendija. Para llegar, accionó el interruptor de la salita por deferencia a sus acompañantes e, intentando no hacer demasiado ruido, tarea complicada en un edificio como ese, la abrió con cuidado. Con cara de pocos amigos, pero con educación, la superiora cedió el paso a la mujer, que parecía tener prisa por descubrir qué o a quién se iba a encontrar dentro. Se acercó a paso lento hasta una cuna, sor Mercedes les indicó que esa era su hija y aprovechó para hacer una señal al doctor Saras, él se había quedado parado un poco antes, como si tuviera miedo a acercarse a lo que no le pertenecía.

—Déjela —sugirió—. Si me acompaña, podemos adelantar el papeleo.

Sor Mercedes se sentó en la mesa de la salita y tras ella lo hizo Pablo, nervioso, con ansia por acabar cuanto antes con esa locura de consecuencias irreparables. La monja encendió la pequeña lámpara y sacó una carpeta de un cajón.

—Veamos, aquí he dejado a medias el impreso que van a necesitar para ir al Registro Civil.

Sor Mercedes abrió la carpeta, la primera hoja no era la que necesitaba. Sin perder los nervios, pasó una a una hasta que agotó el montón de hojas.

—¿Hay algún problema?

—No, no pasa nada. Creía que había guardado aquí el papel, pero lo tendré en mi despacho. Con las prisas, me lo he debido de dejar encima de mi mesa. Lo arreglamos enseguida.

Sacó otro impreso en blanco y comenzó a rellenarlo. Después de cumplimentar todos los datos con la ayuda de Pablo, la monja se encargó de poner a buen recaudo la copia del impreso y el original se lo entregó a él. Justo entonces, su mujer se presentó ante ellos con un bebé en sus brazos. Cuando la superiora estaba a punto de decir algo, Pablo depositó el donativo en sus manos y al ver el dinero, se olvidó de lo que iba a decir. Sin perder más tiempo el doctor Saras salió de allí a toda prisa. Cuando abandonaba el centro con su nueva familia, tuvo que ceder el paso a otro coche que accedía en ese instante, también a horas intempestivas, con el único fin de ocultar su identidad.

Se sintió avergonzado.

La persona agazapada en el recodo del pasillo de la segunda planta tuvo tiempo suficiente para volver a su habitación sin ser descubierta.

La luna había dejado de ser la única testigo. Ambas compartían el mismo secreto.

LA CULPA Y EL PERDÓN

Febrero, 1998

—Cuando la vi, me pareció la niña más bonita del planeta—dijo Pablo con voz quebrada—. Era preciosa.

El hombre de éxito, que aparentemente lo había tenido todo, parecía tan frágil que a Mara le entraron ganas de abrazarlo. Se contuvo, tenía muy presente que todo lo que Irene se había perdido como madre era en parte por su culpa.

—¿Sabes cuánto daño habéis ocasionado, Pablo? ¿Tú y todos los que participasteis?

Mara formuló la pregunta que tanto deseaba hacer y lo hizo sin apartar la vista de los ojos de Pablo.

—Yo solo quería ser padre, Mara.

—¿Ser padre? ¿A costa de qué? ¿A costa de quién? —protestó ella conteniendo su rabia para no llamar demasiado la atención.

—No supe lo que estaba pasando hasta años después.

—No quisiste saberlo, Pablo. Era más sencillo mirar hacia otro lado que destapar lo que, en cierta manera, podías intuir.

—Es muy fácil hablar desde fuera, ni te imaginas lo que pasamos mi mujer y yo.

—¿Y Claudia? ¿Y su madre? —Ahora Mara sí alzó la voz—. Tenían todo el derecho a estar juntas —dijo con más calma al darse cuenta de que los miraban.

—Cuando Claudia cumplió los dieciocho —continuó Pablo—, quise contarle la verdad de su procedencia, sí, tenía todo el derecho a saberlo. A pesar de las advertencias de mi mujer, ahí comenzaron los problemas con ella, acudí al doctor Méndez.

Él me repitió una y otra vez que no conocía la verdadera identidad de la madre biológica. Según él, solo la había visto en dos ocasiones. La que podía darme más detalles era sor Mercedes y sugirió que fuera a verla.

—¿Y no fuiste a verla?

—Déjame terminar, por favor —le pidió—. Volví, volví a aquel sitio. Aquel edificio no había cambiado nada, seguía con el mismo aspecto siniestro de siempre. Por dentro estaba más deteriorado, olía a humedad, estaba oscuro, rozaba lo tenebroso. Sor Mercedes me recibió de mala gana y en un principio se negó a desvelar la identidad de la madre, no se achantó a la primera. El doctor Méndez le mandó un recado: de ninguna manera su nombre debía aparecer mezclado con aquel lugar, su carrera política estaba en juego. Ella se puso furiosa, pero al final accedió. Me habló de Irene Balaga, de cómo esa mujer que ella había conocido con el nombre de Nené, había resurgido de las cenizas del infierno gracias a lo que ella le inculcó durante su estancia allí. La muy cínica se lo creía de verdad.

—¿Y qué hiciste, Pablo?

—No hice nada —reconoció.

—No entiendo. Después de dar ese paso, ¿no se lo contaste a Claudia?

—Otra vez mi esposa —confesó bajando la cabeza—. Ella impidió que me sincerase con mi hija.

—No le eches la culpa a ella, Pablo —afirmó Mara de tal manera que no dio lugar a otra excusa.

Su vergüenza le impedía levantar la cabeza, pero Pablo siguió hablando.

—Lo dejé pasar. Cada vez que me sentía con valor, me decía «lo haré mañana sin falta». Y lo pospuse sin sospechar que Claudia nunca lo llegaría a saber.

—¿Y a Irene? Fue a tu consulta, podías haber iniciado un acercamiento con ella, entiendo que no se lo podías soltar así, de repente. Pero ella te puso en bandeja esa oportunidad. ¿Por qué no la aprovechaste?

—Cuando concertó la cita, cuando me dieron su nombre, pensé que había llegado el momento de contar la verdad. De nuevo —dijo apretando los puños con tal fuerza que se le marcaron los nudillos—, me asusté. Claudia ya había muerto, no tenía sentido sacar toda esa basura a la luz. En aquel momento me puse del lado de mi mujer.

Ahora le tocó el turno a él y alzó la voz lo suficiente como para que los ocupantes de la mesa más cercana lo mirasen y comenzasen a cuchichear. Pero Pablo no se dio cuenta y prosiguió.

—No se trataba solo de esa mujer. No olvides que habíamos engañado a nuestras familias, a nuestras amistades, a mis compañeros de trabajo.

—Se trataba de Claudia —puntualizó Mara—. Engañaste a la persona que más te quería, Pablo. Engañaste a tu propia hija, aunque no llevase tu sangre.

—No hace falta que me lo recuerdes —dijo abatido—. Vivo cada minuto de mi vida con ese remordimiento.

Mara tenía sus manos juntas sobre la mesa y en un intento por obtener su comprensión, Pablo puso su mano derecha sobre las de ella.

—Perdóname, Mara. Desde que ella murió, no hay día que no me haya arrepentido de lo cobarde que fui.

—Yo no tengo que perdonarte, solo una persona lo puede hacer —respondió de forma contundente—. Pero hay algo que sí puedes hacer, por Claudia.

—Haré lo que me pidas —contestó.

—Cuando salga a la luz todo lo que sufrieron esas pobres

chicas, quiero que tú lo corrobores con tu testimonio.

—Haré lo que sea necesario, es mi obligación. Pero antes, debo hablar con Irene. A solas.

Fue una tarde de domingo cuando se produjo el encuentro más esperado por parte de Irene y más temido por parte de Pablo. Como era de esperar, su mujer no quiso estar presente, ya no lo estaba en ningún aspecto de la pareja y se las arregló para ausentarse de su propia casa, algo que él agradeció.

Preparado para enfrentarse a sus propios demonios y nervioso por tener que dar la cara ante una mujer cuyo perdón ansiaba obtener, aunque admitía no merecer, abrió la puerta con aparente serenidad. El primer contacto fue como si el tiempo se hubiera detenido para congelar lo que los ojos de ambos captaban. Ninguno de los dos había formado parte de la vida del otro y, sin embargo, no se sentían extraños. Sin saber muy bien qué decir, Pablo esperó a que ella le dirigiera la palabra.

—De nuevo nos vemos —dijo Irene.

—Por favor, pase, la estaba esperando —contestó Pablo.

Con caballerosidad la ayudó a deshacerse del abrigo y amablemente le indicó el camino. La condujo hasta una pequeña sala llena de libros, con dos butacas colocadas una frente a la otra y una mesa donde había preparado una bandeja de café. Antes de tomar asiento, Irene prestó atención a las numerosas fotos que salpicaban paredes y estanterías.

—¿Es ella? —preguntó.

—Sí, todas son de ella.

—¿Puedo? —preguntó acercando su mano a la que tenía más cerca.

—Por supuesto —y puntualizó—. En esa acababa de llegar de uno de sus viajes.

Irene la sostuvo entre sus manos durante un buen rato, como si no quisiera desprenderse de ella. Pasó el dedo por cada facción de su cara y sonrió contagiada por la alegre expresión de la chica.

—Era preciosa —dijo Irene.

Pablo la invitó a tomar asiento y ella aceptó de buena gana.

—Hábleme de ella, cualquier cosa que se le ocurra.

Las tres horas que duró el encuentro pasaron volando. Pablo tenía muchas cosas que contar, había echado la vista atrás en numerosas ocasiones, pero nunca como ese día. Habló de Claudia desde el sentimiento de amor más profundo. Cada palabra la representaba, la describía y la definía, cada palabra mostraba admiración y ternura. Irene no lo interrumpió, se quedó fascinada con lo que escuchaba, solo había que mirarla. Pablo estaba cumpliendo una parte de su propósito, que no era otro que transmitir la verdadera esencia de su hija, en cierta manera, la hija de ambos. El resto, no iba a ser tan sencillo.

—¿Quiere ver su habitación? Se encuentra tal y como la dejó —propuso.

—Me encantaría —contestó Irene.

Abrió la puerta con suavidad, como si no quisiera alterar ni la más mínima mota de polvo del interior. Así solía hacer cuando llegaba tarde a casa y Claudia ya estaba acostada; si dormía, la observaba en silencio desde el umbral y si no había sucumbido al sueño, se sentaba junto a ella y hablaban, siempre tenían algo que decirse. La mayoría de las veces, Claudia lo esperaba despierta a propósito y si Pablo iba a tardar más de lo normal, se encargaba de avisarla.

Aquel cuarto seguía oliendo a ella y seguía estando muy ordenado, como había sido Claudia desde pequeña. Una mesa de arquitecto, colocada junto a la ventana para que le procurase la luz que necesitaba, acumulaba horas y horas de una de sus grandes aficiones. Los retratos en blanco y negro colgados en la pared eran tan buenos que a Irene no le costó reconocerlo.

—Era muy buena —observó.

—Le encantaba, sobre todo cuando era joven. Después de la universidad, solo lo hacía cuando estaba estresada, solía decir que le relajaba —dijo Pablo con orgullo.

Irene se paseó por el cuarto, en otro tiempo el más alegre de la casa, fijándose hasta en el más mínimo detalle. Se sentó sobre el borde de la cama y vio en la mesilla un botecito de cristal con un mechón de pelo.

—¿Es suyo? —preguntó señalando el objeto.

—Sí, todavía recuerdo aquel día —dijo Pablo sin perder la sonrisa—. Tenía una melena preciosa, larga y ondulada, la envidia de su madre. Un día apareció con el pelo corto, a lo chico, seguía estando muy guapa, aunque su madre no opinó lo mismo y tuve que salir en su defensa.

Si hubiera tenido tiempo para pensar lo que acababa de decir, seguro que no hubiera abierto la boca, sin embargo, a Irene pareció no afectarle.

—¿Le molesta si me lo quedo? —preguntó—. Tener algo suyo me haría muy feliz.

—No me molesta, en absoluto. Se lo puede llevar —contestó Pablo enseguida.

Seguramente para no estropear la conexión que se había creado entre los dos, ninguno se atrevió a profundizar en las circunstancias por las cuales estaban allí, hablando de una persona que no estaba ni iba a estar entre ellos.

Cuando Irene justo iba a marcharse, Pablo la detuvo.

—Me dijeron que usted había renunciado a ella. Le aseguro que si hubiera sabido que…

Irene no le dejó continuar, el hombre que tenía delante había demostrado ser un estupendo padre y ella no lo iba a denunciar por eso.

—Ojalá hubiera escarbado en sus sospechas, ojalá hubiera roto esa cadena de la que formó parte sin saberlo. Con ese simple gesto, tal vez esos abusos no hubieran continuado —dijo Irene.

Pablo, con entereza, pronunció las palabras que tanto había ensayado en la intimidad, las palabras con las que culminaría su propósito.

—Necesito que me perdone —se sinceró Pablo—. Si le sirve de algo, la quise con toda mi alma. Mi vida desde que nos dejó es un suplicio.

—Le atormenta no haber sido sincero con ella, pero me alegro de que no lo hiciera. Claudia se marchó feliz creyendo que usted era su padre.

Era tal el convencimiento de Irene al afirmarlo que ni se le pasó por la imaginación ponerlo en duda, Pablo había sido el padre que hubiera deseado para su hija.

Cuatro horas dentro del coche en su viaje de vuelta a casa sirvieron para pensar en todo.

Manuela.

No se había olvidado de ella, tenía que llamarla.

Y a Miguel y a Manuel.

De pronto, algo que no había previsto le produjo un escalofrío. Una cuestión surgió sin avisar, pero no una cualquiera. Un pensamiento que se encendió, titilante, en lo más profundo y que, de confirmarse, podría cambiarlo todo.

Ahora que le había puesto cara, ¿y si no era ella? ¿Y si Claudia no era su hija? Igual era su mente que, incapaz de admitir que esa hija recién encontrada había fallecido, se aferraba a cualquier posibilidad absurda, pero se decidió a atar todos los cabos sueltos manteniendo una larga charla con Manuela. Cuando ya faltaban pocos kilómetros para llegar a casa, Irene trasladó a sus hermanos el deseo de verlos.

Miguel y Manuel la esperaban ansiosos por saber qué era lo que tenía que contarles con tanta premura. Habían aparcado sus quehaceres para acudir a su llamada, como solían hacer cada vez que los citaba de esa manera. Después de escuchar con atención lo que les quiso contar, se marcharon sin hacer preguntas, ella necesitaba quedarse a solas.

Centrada en la calma que proporciona un momento de soledad buscada, y con el arresto extra de un chupito de orujo de hierbas, Irene cogió el teléfono e hizo la llamada que quedaba pendiente, de cuyo resultado pendía su futuro más inmediato. Conocía a la persona adecuada para acabar con sus dudas.

Explicar a Eusebio lo que necesitaba no iba a resultar complicado, resolver eventualidades poco comunes y hacerlo con discreción era lo suyo. Tampoco supondría un mal trago exponerle sus intenciones y la situación, con los años, la amistad entre ellos se había afianzado y la confianza era mutua.

Eusebio era un tipo sosegado y tranquilo cuya profesión nada tenía que ver con el mundo de la moda. Sin embargo, su trabajo lo condujo hasta Irene y desde entonces se había convertido en ese amigo que siempre es fácil de localizar.

Recién llegado a la policía científica, con veinticinco años y con ganas de comerse el mundo, se puso en contacto con ella para pedirle asesoramiento sobre unos tejidos aparecidos en la escena de un crimen. Se interesó por el proceso al que se sometían las telas para adquirir una tonalidad específica y por otras cuestiones técnicas. Irene todavía no se había encumbrado en el mundo de la moda, pero respondió con acierto a todas las dudas planteadas. Desde aquel primer encuentro, habían pasado demasiados años y Eusebio se había convertido en el director de la policía científica. Cada uno en su terreno, ambos habían ido progresando en su profesión sin perder el contacto.

Nada más plantear su petición, Eusebio le explicó que la prueba de maternidad era tan sencilla como la de paternidad.

En primer lugar, necesitaba dos muestras, una de la supuesta madre biológica y otra del supuesto hijo o hija. A partir de ellas, el laboratorio se encargaría de analizar dieciséis regiones polimórficas del ADN contenido en los cromosomas. Hasta ahí y a pesar de ignorar el significado de esos términos, Irene captó la esencia del proceso.

Eusebio, con voz tranquila, desveló cómo tenía que ser el resultado. Si ambas muestras llegasen a tener un valor genético igual en todas las regiones analizadas, es decir, en las dieciséis, y el porcentaje de maternidad alcanzase el 99,99 %, esa mujer tendría muchas posibilidades de ser la madre biológica con respecto a otras mujeres. Por el contrario, si se diera un resultado en el que la madre y el hijo o hija no compartieran valores genéticos en al menos tres de esas regiones analizadas, esa mujer no podría ser la madre biológica.

Irene, al otro lado del aparato y en silencio, escuchaba con la atención que requería una exposición de esa índole, intentando retener cada palabra para que no se le escapase nada.

—¿Irene, sigues ahí? —preguntó Eusebio.

—Sí, sí. Aquí sigo.

—¿Quieres que vuelva a explicar lo que acabo de decir?

—No es necesario, como de costumbre, lo has bordado.

Eusebio no había terminado y continuó, recalcando que la implicación del padre en el proceso podría ser beneficiosa, ya que, de esa manera, se podría excluir la mitad del ADN del hijo o hija, y se dejaría el resto para comparar con la muestra de la madre.

Irene fue enérgica al precisar que de ese individuo se tenía que olvidar. Aclarado ese punto, sin importancia, ya que la prueba podía seguir su curso con o sin la intervención del padre, Eusebio hizo hincapié en las muestras que necesitaba y mostró su satisfacción al conocer que se trataba de un mechón de pelo. Según volvió a explicar, un mechón cortado posee el ADN mitocondrial que se hereda de madres a hijos, así que era perfecto para ese tipo de prueba. Si se hubiera querido hacer una prueba de paternidad, su validez no hubiera sido la misma, ya que el pelo debería estar arrancado de raíz. La aclaración no sirvió de mucho, pero Irene acabó contagiándose del optimismo que percibió en Eusebio. Hablaron de plazos, cuanto antes tuviera los resultados, antes empezaría a dejar de darle vueltas.

Quedaba una cuestión que Irene postergó para el final de la conversación.

—Los resultados. ¿Los guardáis en alguna base de datos?

—Irene, si esta prueba no tiene validez legal, es decir, si es a título personal, tu nombre no aparece, todo es anónimo. Con ese objetivo se utiliza un valor numérico para identificar las muestras. Puedes estar tranquila.

Irene escuchó justo lo que necesitaba, apuró de un trago el orujo y se retiró a la privacidad de su habitación. Una vez dentro, se enfiló al baño, salió disparada con unas tijeras en la mano y se sentó frente al espejo de su cómoda. Estaba enfadada con la que se reflejaba en el cristal por muchos motivos, había pasado gran parte de su vida maldiciendo su suerte en silencio, culpándose por lo que pasó, por no haber hecho lo suficiente para buscar a su hija. Con la mano izquierda, se atusó el pelo varias veces hasta que, con decisión, agarró un mechón y lo cortó. Tenía preparado un botecito de cristal que sacó del cajón y lo utilizó para guardarlo.

Durante las dos semanas siguientes, Mara se encerró en el despacho para preparar a conciencia los hechos que Irene tenía que presentar. Después de interponer la denuncia, la policía había trasladado el caso al juzgado de instrucción correspondiente.

—Irene, el juez ha visto indicios de criminalidad y ha incoado el procedimiento —le informó—. Te ha citado para conocer los hechos y para que ratifiques la denuncia.

—¿Cuándo me tengo que presentar?

—Se ha dado prisa, te ha citado a finales de abril.

—Gracias por informarme.

Antes de colgar, Mara se apresuró para que su clienta y amiga no lo hiciera.

—Hay otra cosa —dijo con un halo de misterio—. Verás, un amigo periodista me ha llamado. La noticia ha saltado a la prensa, alguien la ha filtrado. Ahora empieza la otra parte, una parte que posiblemente sea tan dura como la que ya hemos iniciado.

—Es lo que menos me preocupa. En realidad, la prensa me va a ayudar a que se conozcan los hechos.

Después de tanto esperar, parecía que las cosas estaban yendo a buen ritmo, solo quedaba pendiente la llamada de Eusebio. Para tranquilidad de Irene, llegó antes del día que debía acudir al juzgado.

—Hola, Eusebio —saludó aparentando tranquilidad.

—Irene, perdona por el retraso. —Sin más preámbulos fue al grano—. Las dieciséis regiones analizadas son iguales. Me atrevo a confirmar que estos dos mechones son de madre e hija.

LA CASONA

Desde que Nené se había marchado, ya nada era igual en la casona.

En alguna ocasión, Manuela sorprendió a la señora mirando con nostalgia en el cuarto donde Nené cosía. Sus cosas todavía seguían intactas y no porque a la señora Betan le apeteciera, las órdenes directas de la única mujer que mandaba por encima de ella habían quedado claras.

Cada día que pasaba, Manuela esperaba noticias de su amiga. Preocupada, preguntó a su señora si sabía algo de ella, pero su contestación no la tranquilizó demasiado, decir que estaba en buenas manos era como esquivar sus preguntas.

Después de tres meses desconcertantes, la señora le notificó que, entre el correo del señor, había una carta para ella.

Algo no cuadraba, no conocía a Martina Checo, la remitente de la misiva. Decidió callarse y se retiró a su habitación, a fin de cuentas, en el sobre estaba escrito su nombre, Manuela Soto.

Se trataba de una carta que Nené le hacía llegar a través de una monja. Al leer la nota que adjuntaba la religiosa lo entendió. Se puso tan nerviosa que el corazón le latió con fuerza, rasgó el sobre que iba en su interior y lo dejó caer a sus pies sujetando el papel con ambas manos.

Ávida de noticias, se sentó sobre su cama y comenzó a leer. La alegría inicial se fue transformando en malestar para acabar convirtiéndose en dolor y coraje por lo que Nené contaba. Esos sentimientos le duraron varios días, incluso semanas, pero se tuvo que contener para que no se notara nada.

Siguiendo las instrucciones de sor Martina, Manuela esperó un tiempo prudente para contestar. El intercambio de cartas se prolongó hasta la primavera.

En la última, Nené le habló de su intención de abandonar aquel horrible lugar en cuanto diera a luz gracias al dinero que le había enviado la señora por los vestidos que había dejado terminados en la casona. Manuela se alegró, faltaba ya poco para que terminara aquel calvario. Estaba segura de que Nené iba a salir adelante y ella se iba encargar de ayudarla. En cuanto le escribiese para notificarle dónde se había instalado, se reuniría con ella y con su bebé.

La señora Betan quiso estar presente en el momento en el que Nené abandonaba la casona, pensaba disfrutar siendo testigo de algo tan ansiado por ella. Por fin había llegado su recompensa. Pero se encontró con algo con lo que no contaba. En el zaguán las chicas del servicio se arremolinaban en silencio a la espera de ver aparecer a Nené.

La esperaban como aquel domingo que apareció irreconocible para ir a misa. Esta vez era distinto, estaban allí para decirle adiós. Con la cabeza agachada, Nené salió por la puerta de la cocina acompañada por Manuela, quien, con un leve codazo, la sacó de su ensimismamiento. Al levantar los ojos del suelo, Nené paró en seco, sorprendida a la vez que agradecida, y, acto seguido, avanzó hacia ellas.

La voz de la gobernanta intentó arruinar ese instante.

—¿Se puede saber qué hacéis aquí? ¡Volved todas a vuestro trabajo! —ordenó.

Una a una, las compañeras de Nené se iban despidiendo de la chica que las había hecho sentir especiales con sus vestidos. Había conseguido sacar lo mejor de cada una y a todas las había tratado por igual.

La señora Betan, sin poder disimular su rabia, permanecía inmóvil. Contrariada ante la desobediencia de sus subalternas, comenzó a proferir descalificativos llenos de desprecio.

—Ella se lo ha buscado, no es más que una ramera.

Sus abruptas palabras cayeron en saco rato, ninguna de las presentes le prestó la atención que reclamaba. Solo una de ellas la miró de reojo advirtiendo para sus adentros que iba a pagar por todo el daño que había generado.

—Como se le ocurra acercarse hasta aquí, le doy un puñetazo —dijo Manuela entre dientes.

Un coche se detuvo en la calle, bloqueando la puerta de entrada.

Manuela, la última en despedirse, la acompañó.

—Todo va a ir bien —dijo.

—Te voy a echar de menos —dijo Nené.

—No te preocupes, pronto nos volveremos a ver. En cuanto nazca tu bebé, nos reuniremos.

Una voz suave pidió a Nené que subiera al coche, les quedaba un viaje largo y querían llegar antes del anochecer.

—Escríbeme —dijo Manuela a la vez que Nené se metía en el vehículo sin mirar atrás.

Detrás de la cortina, la señora quiso verla por última vez.

Manuela acumulaba un sentimiento de odio mezclado con una rabia extrema desde que conoció quién había sido la culpable de la situación de Nené. Y se la tenía jurada.

Acababa de leer la última carta de su amiga y en su mente solo existía una palabra, venganza.

A primeros de septiembre, Irene se instaló en una habitación que alquiló en la periferia de la capital. Enseguida escribió a Manuela para que se reuniera con ella, pero esta, hasta en dos ocasiones, le pidió que esperara. Sin entender muy bien qué era lo que la retenía, a Irene no le quedó otra opción que esperar.

En la casona seguía habiendo mucho trabajo. Los señores seguían llevando una vida social frenética, las cosas en la fábrica funcionaban mejor que nunca y existían indicios de que la situación económica podía despegar para todos.

Una tarde de ese mes Manuela se acercó al huerto para hablar con Hipólito, estaba plantando sus lechugas y no la vio llegar. Aunque sabía qué tipo de persona era y lo que era capaz de hacer, entró sin miedo gracias al objeto punzante que escondía bajo el delantal. Llegado el caso, lo utilizaría.

—Hipólito —lo llamó al llegar a su lado.

Él levantó la cara, pero la volvió a bajar.

—Hipólito —repitió—, no le digas nada a la señora Betan, pero he escuchado cómo hablaba con la señora —comentó sin rodeos.

Él estaba a lo suyo y, al menos en apariencia, no le hacía caso, Manuela no le caía bien.

—¿Sabes? Hablaban de ti.

Hipólito levantó de nuevo la cara y pronunció sus primeras palabras.

—No te creo —dijo a su manera.

—¿Por qué te iba a mentir?

—Porque tú me odias.

—Yo no diría eso. Digamos que no te tengo en estima —le confesó Manuela—. Pero creo que yo tampoco te caigo bien, así que estamos empatados —zanjó para ganarse su confianza—. A quien odio es a la señora Betan, no te imaginas cuánto.

—Esa es mala, muy mala —apostilló Hipólito.

—Ya. ¿Y tú, tú te crees mejor después de lo que hiciste a Nené? —se atrevió a preguntar.

Hipólito se puso a la defensiva.

—Ella me obligó.

—¿Ella? —preguntó Manuela reculando por precaución—. ¿A quién te refieres?

—A la bruja.

Comprender a la primera lo que Hipólito quería decir entrañaba cierta dificultad, por eso Manuela insistió.

—No sé si te he entendido bien. ¿Has dicho que te obligó?

—Sí, me obligó.

—Y según tú, ¿a qué te obligó?

—Ya lo sabes.

—Yo no sé nada, me lo tendrás que explicar.

—Me dijo que abusara de ella.

—No sé si creer lo que dices —dijo Manuela con los ojos puestos en la tierra mientras la removía con un pie—. Eso no es lo que yo he escuchado.

Había planeado escrupulosamente cada palabra que iba pronunciando con un único fin, azuzar a Hipólito contra el ama de llaves. Para ello, detalló la advertencia que la señora Betan había trasladado a la señora sobre el peligro que suponía tener a un hombre como él en la casona, un varón joven con ansia de mujeres. Lo que había pasado con Nené podría pasar con cualquier muchacha a nada que se insinuara.

—Ya sabe usted, señora, cómo son las jóvenes de hoy en día —contaba Manuela que había escuchado decir a la señora Betan—. Todos sabemos que ese esperpento nunca va a encontrar una mujer, estoy segura de que lo intentará con alguna.

Cegado por la ira, Hipólito soltó la azada de su mano con su rostro enrojecido por el calor. Con gestos y con una pronunciación atropellada, explicó a Manuela cómo la señora Betan le había obligado a abordar a Nené bajo la amenaza de una falsa acusación. Unos días antes habían desaparecido de forma extraña dos candelabros de plata. Ella se encargó de organizar la búsqueda y, casualmente, aparecieron en el establo.

—Yo no los robé, nunca he robado nada —repitió—. Ella los puso allí y me amenazó con denunciarme ante los señores.

—Eso no justifica lo que hiciste —le increpó Manuela.

Un viernes soleado, antesala de un fin de semana caluroso acorde con el veranillo de san Miguel, toda la casona se preparaba para las ferias. Estaba previsto que llegasen invitados a lo largo de la mañana del sábado, por lo que el trabajo intenso se prolongó durante toda la jornada, con el máximo ajetreo centrado en la cocina, donde se preparaba comida y cena para dos días. Como siempre, allí estaba la señora Betan para supervisar cada plato de los menús que la señora había programado. Tenerla allí husmeando complicaba el trabajo de la cocinera y de sus ayudantes, pero afortunadamente las dejó tranquilas un rato para ir a examinar cómo habían quedado las habitaciones.

Estaban como ella había ordenado, aunque faltaba la nota de color y frescura de los crisantemos del patio. Alrededor del lavadero y junto a la pared, cinco macetas de piedra caliza, de buen tamaño, lucían hermosas con plantas y flores decorativas y aromáticas que, dispuestas en manojos, serían la base perfecta para unos bonitos ramos.

Sin otra cosa en la cabeza que sus crisantemos, la señora Betan esperó toda la tarde a que el calor aflojara. Como las macetas estaban colocadas intencionadamente bajo la sombra de un estrecho alero cubierto de tejas, no había posibilidad de que el sol las estropeara.

Antes de salir al patio, la señora Betan cogió unas tijeras y un cubo para ir metiendo cada flor que iba a cortar. Ya estaba pensando cómo iba a prepararlos y para quién iban a ir destinados. Para los señores García el color blanco era el más acertado, ya que era una pareja tranquila y sosegada. El ramo de color amarillo lo había adjudicado a los señores Pérez, él era un hombre poderoso y ella una mujer de armas tomar. No dudó en reservar los crisantemos naranjas para la pareja más exótica y joven de las invitadas. Por último, el ramo de color rosa lo reservaría para la habitación de la señora, eran sus preferidas.

Colocado a propósito tras la puerta que daba paso al huerto, como si fuera su mayor trabajo para ese día, Hipólito esperaba paciente que la bruja diera un paso en falso. Manuela había hecho su parte interpretando bien su papel de instigadora, solo quedaba esperar a que Hipólito moviera ficha. A pesar de que había vuelto a recibir nueva carta de su amiga Nené, no podía marcharse sin ser testigo de lo que debía suceder. Todo apuntaba a que lo iba a lograr.

Hipólito no iba a permitir que aquella malnacida se saliese con la suya. Había logrado echar a Nené de la casona movida por una envidia enfermiza y ahora pretendía deshacerse de él como si fuera un trapo. Era consciente de su tara, se daba cuenta del rechazo que producía en los demás, pero estaba cansado de ser tratado como lo que no era, como un trozo de tela vieja que se usa para limpiar la porquería y que luego se tira sin más. No era la mejor persona del mundo y menos después de lo que había hecho con Nené, pero nunca había sido un chivato, como se comentaba en los corrillos del pueblo, nunca había sido un ladrón, como quería hacer creer esa malvada mujer, solo era alguien diferente a los demás porque tenía la cara diferente a los demás.

Y lo estaba pagando muy caro.

El estridente canto de las chicharras fue disminuyendo a medida que iban descendiendo las altas temperaturas que habían golpeado las horas intermedias del día. Nada más poner un pie en el patio, la señora Betan se dirigió decidida hacia las macetas sin prestar atención a nada más. Se movía lentamente, pero sabiendo lo que hacía; doblaba débilmente sus piernas anchas, sobre las que descansaba su voluminoso trasero, y después de cortar con cuidado cada tallo, introducía los crisantemos en un cubo con agua fresca del pozo.

Apostada tras la persiana enrollable de su cuarto, Manuela se ayudaba de sus dedos para mantener las lamas separadas, lo suficiente como para escrutar cada paso de la señora Betan. Daba la sensación de que estaba disfrutando con lo que hacía, por primera vez veía a esa mujer sonreír con gusto. Al llegar a la maceta del extremo más alejado, la que estaba más cerca de la entrada al huerto, Manuela vio cómo alguien cogía el cubo de las flores que ya estaban cortadas, aprovechando que la arpía estaba distraída. No llegó a ver de quién se trataba, pero no fue difícil adivinarlo.

Sin embargo, sí consiguió ver el gesto de perplejidad de la señora Betan al girarse y descubrir que el cubo ya no estaba. Con las tijeras en una mano y varias flores en la otra, avanzó hacia la entrada del huerto hasta desaparecer de su vista. Sin pensarlo, Manuela salió de su cuarto y, con cautela, recorrió la poca distancia que la separaba del huerto. Nada más llegar al acceso, asomó la nariz con la máxima prudencia para no ser descubierta. Se asustó con lo que vio y escuchó.

—Eres un inútil. ¿Por qué has tirado mis crisantemos?

Los chillos de la señora Betan reflejaban un tremendo enfado. Con gesto amenazante, sujetaba las tijeras apuntándole al pecho.

—Te voy a echar de esta casa, te lo juro —seguía diciendo.

Hipólito no se quedó callado.

—Eres mala, muy mala. Tú me obligaste a hacer daño a esa chica.

—Estabas deseando desflorarla. ¿Acaso crees que no se notaba? Te hice un favor, desgraciado.

Sin mucha agilidad, la señora Betan le hostigó con las tijeras para que recogiera las flores esparcidas por el suelo, pero, en lugar de hacerlo, Hipólito las fue aplastando una a una con el pie. Sin soltar las flores que llevaba en la mano, la mujer se abalanzó sobre él hecha una furia, fuera de sí, dispuesta a clavarle las tijeras. A Hipólito no le costó hacer un quiebro de cuerpo y, por medio de un paso atrás, dejó que la mujer avanzara sin rozarlo. A causa del impulso y de su propio peso, la señora Betan no pudo frenar y acabó estrellándose en el suelo. Hipólito comenzó a mofarse de ella. Con un palo, empezó a molestarla. Tras unos segundos de incertidumbre, comprobó que la mujer no respondía, ni siquiera se movía. Se agachó y con esfuerzo le dio la vuelta; las tijeras estaban clavadas a la altura del corazón.

Detrás de él escuchó la voz de Manuela, que acababa de ser testigo de algo con lo que no contaba.

—¿Qué has hecho, Hipólito?

RELATIVIZAR

Desde su primera visita a Pamplona, Irene se alojaba en el mismo hotel. Le encantaba, se encontraba en un sitio espléndido, en pleno centro de la ciudad.

A menudo recordaba la primera vez que pisó las calles que lo rodeaban. Fue como sumergirse en una atmósfera única con sus suelos adoquinados, con el murmullo de sus gentes y los sabores de la tierra. No esperaba una ciudad así y le cautivó desde el primer momento.

En este viaje, que nada tenía que ver con los anteriores, iba acompañada por su hermano Miguel. Habían apurado al máximo las horas en el taller, por lo que llegaron justo para tomar una frugal cena y acostarse.

Al día siguiente, 25 de abril, a las nueve de la mañana, Irene Balaga se encontraba sentada frente a frente con su abogada. Miguel la acompañó hasta la puerta del despacho de Mara. En lugar de subir con ella, se excusó.

—Tengo que hacer algo importante, estaré en la audiencia a la hora prevista.

—Tienes que descubrir esta ciudad por ti mismo, pero no es el momento de hacer turismo, Miguel.

—Luego te cuento —zanjó sin más explicaciones—. Te dejo en buenas manos.

Irene no sabía qué iba a ocurrir en tan solo un rato en el juzgado. La necesidad de dejar a un lado esa incertidumbre la llevó a decir algo que llevaba días pensando. No tenía nada que ver con el motivo de su presencia en la ciudad ni en ese despacho, más bien guardaba relación con el silencio que Mara mantenía sobre Fran. Desde que se presentó en Madrid con él, prácticamente no lo había vuelto a nombrar.

Irene pronunció su nombre y Mara se revolvió en la silla, parecía incómoda. Con cierto desdén, como si no le importase de quién hablaba, aseguró no haberlo visto desde entonces, había estado tan ocupada que no había tenido tiempo ni para tomar un café, y menos con él.

Según la escuchaba, Irene enarcó las cejas y, sin poder contenerse, se encargó de que Mara supiera lo ridículas que sonaban sus palabras. No hacía falta ser un lince para darse cuenta de que ese hombre le gustaba y lo que acababa de decir sonaba a pretexto. Con semblante serio, Mara empezó a recoger los papeles de su escritorio mientras aguantaba la regañina, los trasladaba de un lado a otro sin prestar atención a lo que hacía.

—Por favor, deja ya esos papeles, los vas a marear —se quejó Irene.

Mara se paró en seco, la miró y se tapó la cara con ambas manos. Tras unos segundos, respiró hondo y volvió a observar a Irene como si fuera a confesarse.

—No es solo atracción —comenzó a decir—. Cuando ese hombre está cerca de mí, me siento más confiada, noto que me quiero más y que puedo con todo. Me encantaría ser siempre esa mujer.

Irene trató de acomodarse, Mara estaba reconociendo lo que había negado una y otra vez. A pesar de no estar de acuerdo con ella, una vez más dejó que terminase.

—Nunca voy a experimentar la confianza que te da un final feliz. Me refiero a que nunca se va a dar ese final con él, tendría que ocurrir un milagro y no sé si creo en los milagros.

Irene aprovechó el silencio que se coló entre ellas y se dirigió a su amiga.

—¿Has terminado? Tienes suficientes motivos para sentirte especial, para… ¿cómo has dicho? ¿Para quererte más? ¿Para sentirte más confiada?

Mara tenía puesta la mirada sobre unas manos que apretaba con fuerza y sintió cómo los dedos de Irene rozaban los suyos.

—Mírate —dijo Irene—. Pero no lo hagas como cuando te miras al espejo para comprobar cómo llevas el pelo. Mírate con los ojos y con el alma bien abiertos —insistió—, mírate y verás que ya eres esa mujer que te encantaría ser, solo tienes que dejar que salga. Una vez te equivocaste y seguiste adelante, lo que demuestra que no necesitas a nadie para ser fuerte.

Irene apartó sus dedos de las manos de Mara y apoyó su espalda en el respaldo de la silla. Además de estar cómoda, estaba preparada para dar un giro a su discurso, como si quisiera borrar la tristeza que Mara acababa de demostrar con sus palabras. Para ello, recurrió a algo sencillo de explicar, aunque no tan fácil de llevar a la práctica, y utilizó un solo término: relativizar.

—¿Relativizar? —preguntó Mara sin creérselo.

—Exacto —contestó Irene convincente—. ¿Acaso es la primera vez que te sientes atraída por un hombre?

Lo que dijo Irene a continuación sonó como si le estuviera poniendo las pilas, como si le estuviera diciendo de un modo suave que se dejara de tonterías.

—Mira, algo así solo tiene la importancia que tú le quieras dar. En mi opinión, te has empeñado en concederle demasiada, yo diría que hasta excesiva —soltó sin reparos.

Siguió hablando, exponiendo sus razones, sin dejar que Mara pudiera intervenir a pesar de que tenía muchas ganas de hacerlo. Después de un rato, Irene concluyó con una observación sobre Fran.

—Tiene pinta de ser la clase de amigo que no te falla nunca. Hazme caso, deja pasar el tiempo, nadie sabe lo que está por venir. Mientras tanto, disfruta con él como amigo y acepta la situación.

Mara se había ido desinflando y solo tenías ganas de dejar de escuchar a Irene, porque sabía que estaba en lo cierto. Al mirar al reloj se levantó de un salto, el tiempo se les había echado encima. Con voz firme la apremió para que se pusiera en marcha, sin embargo, Irene no cedió a la presión y siguió apostada en la silla esperando la reacción de Mara, que no podía disimular que estaba herida.

—Está claro que debo tener algún problema con los hombres. —dijo por sorpresa—. Te recuerdo que estuve a punto de casarme con un imbécil.

De nuevo y sin saberlo, Mara le estaba dando motivos a la diseñadora para continuar con la charla. Irene le recordó que, para ser un imbécil, había estado comprometida con él un año entero.

Pero aún hizo más. Manteniéndose firme, le lanzó la peor de las críticas.

—Con esa actitud, dudo que encuentres una pareja. Los vas a ahuyentar a todos.

Mara se dirigía hacia la puerta, pero al escuchar semejante disparate se volvió. Sujetaba con las dos manos el maletín que contenía los papeles que iba a utilizar en el juicio y, sin saber cómo, lo dejó caer al suelo. En un arranque de rabia mostró su indignación por ambas cosas, pero, ante todo, por el comentario machista que acababa de escuchar.

¿A qué se refería con «esa actitud»? ¿Cómo una mujer como ella podía pensar así? ¿Acaso creía que estaba desesperada por estar con alguien? No estaba desesperada, no buscaba a nadie y no quería tener ninguna actitud, con ningún hombre.

A Irene le hizo gracia verla tan enfadada. Se levantó sonriendo entre dientes, se estiró la falda de tubo y se puso el guardapolvo con una calma exasperante. Estaba impecable, como de costumbre. Cogió el bolso, se puso en marcha y al llegar a la altura de Mara, que ya había recogido el maletín y la esperaba en la puerta con el ceño fruncido, le acarició la mejilla con tanta suavidad como cariño.

—Te faltan unos años para ver las cosas con otra perspectiva. Pero te felicito, acabas de dejar que brote esa mujer fuerte y con carácter que quieres ser.

Irene cruzó la puerta del despacho y, dándole la espalda, caminó decidida. Mara la observó, parecía tan segura de sí misma que la hizo sentir un poco pequeña.

En los alrededores del juzgado un nutrido grupo de periodistas se amontonaban expectantes. Intentando pasar desapercibidas, habían aparcado a dos manzanas del viejo edificio, en lugar de hacerlo en la misma puerta. A medida que se iban acercando, alguien gritó el nombre de Irene y se produjo un movimiento casi sincronizado. Los que estaban sentados en la acera, se levantaron a la vez y los que estaban de pie, corrieron hacia ella entonando un sinfín de preguntas.

Irene tenía un dominio de la situación propio de una persona acostumbrada a las cámaras y a los *flashes*, se paró y, con una tranquilidad admirable, habló para todos ellos.

—Perdonen, pero todavía no puedo avanzar nada. Soy consciente del interés que suscita este asunto y agradezco la atención que le están prestando, pero espero y deseo que informen con respeto al tratarse de un tema sumamente delicado. Cuando llegue el momento, daré una rueda de prensa.

—¿Ha conocido ya a su hija? —preguntó una voz femenina.

—Les mantendré informados, mucha gracias —contestó con una evasiva.

—¿Va a escribir sus memorias, Irene? —La voz provenía de un periodista alto con bigote.

—Créame, no tengo ninguna intención —contestó dirigiéndose expresamente a él—. Mi finalidad es dar a conocer unos hechos que provocaron y siguen provocando mucho sufrimiento a unas madres que perdieron a sus hijos y a unos hijos e hijas que no conocieron a sus verdaderas madres. Muchos, incluso hoy en día, tal vez no sepan que son niñas o niños robados, puede que haya quienes solo tengan una sospecha. Si el paso que he dado sirve para que otras lo denuncien y descubran su verdadera historia, me daré por satisfecha. Quiero ser la voz de María, de Clara, de Eugenia o de Rosa. Aquellas chicas que sufrieron como yo sufrí también tenían nombre.

Alguien que la observaba a distancia, lo suficiente como para escuchar lo que decía, se le hizo conocida. Sin saber por qué, Irene se llevó la mano al pequeño crucifijo que colgaba de su cuello. Para cuando quiso volver a fijarse en ella, había desaparecido.

Mara empezó a abrirse paso entre el tumulto pidiendo con delicadeza que las dejaran pasar. Se ayudaba de su brazo izquierdo para empujar a quienes no les permitían avanzar, mientras que con su brazo derecho agarraba a Irene. Aunque los periodistas seguían formulando preguntas y todas se solapaban, llegó a escuchar una voz que le sonó familiar. Al mirar a su derecha distinguió la figura de Miguel que, a empujones, se abrió paso y las alcanzó. Con decisión agarró a su hermana del otro brazo y las ayudó a salir de aquella maraña de micrófonos y cámaras. Ya dentro del edificio, a Irene le esperaba una grata sorpresa.

—¿Pensabas que te iba a dejar sola?

Miguel sabía que era importante y observó con regocijo cómo Irene abrazaba a Manuela, a la vez que le lanzaba a él una mirada repleta de agradecimiento. Cuando ya habían cruzado el control, se escuchó una voz detrás de ellos.

—¡Esperadnos!

Manuel había llegado a tiempo acompañado de Enrique.

LA HERENCIA DE UNA VIDA

Febrero, 1999

Recorrer la distancia Pamplona-Madrid ya no suponía para Mara una tensión de varias horas al volante, iba encantada en su nueva adquisición.

El coche recién estrenado no destacaba por su tamaño, pero llamaba la atención por su color negro perlado y por la firma que lo identificaba y que justificaba, en gran medida, el alto precio que había pagado. El reproductor de cedés que había hecho instalar, el más sofisticado del mercado, contribuía a catalogar el viaje como un desplazamiento agradable y entretenido, como en primera clase.

Eran las diez de la mañana de un frío viernes de primeros de febrero y Mara se encontraba a una hora de su destino, no tenía prisa, así que decidió parar a tomar un café. A petición de Irene, realizaba el mismo trayecto una vez al mes para colaborar con ella en su nuevo e interesante proyecto.

La Fundación Irene Balaga se fue gestando al mismo tiempo que su benefactora descubría su realidad al mundo, la realidad que ella misma había tardado tanto en aceptar y en asimilar. Para materializar esa gran idea, contó desde el comienzo con el extraordinario trabajo de Mara, quien se ocupó de la inevitable y complicada burocracia, del papeleo exagerado y de la rigidez y formalidades que complicaban su puesta en marcha.

La constante implicación en los asuntos de su hermana llevó a Miguel a colaborar de forma activa en sus planes, encargándose de localizar y adecuar un local para tal fin. No tardó nada en encontrarlo, era grande, muy grande, el lugar perfecto, y tan solo a dos manzanas del taller.

Para Irene la fundación se convirtió en una prioridad. Cada vez le dedicaba más tiempo y en el taller, donde los encargos no paraban de llegar, se la echaba en falta. Hasta que se plantó y tomó una decisión que solo ella se podía permitir.

Con determinación, hizo una selección de los pedidos que aceptaría. Por un lado, mantendría los encargos que suponían un compromiso ineludible, solo eran seis o siete y no los quería perder. Por otro lado, conservaría los de ciertas clientas con las que había forjado una bonita amistad; podía sumarlas con los dedos de una mano.

Gustase o no, la decisión estaba tomada.

Y lo que originó con ese cambio fue inesperado: cada día que pasaba, la demanda de su trabajo era mayor y la cotización de sus productos alcanzó unos niveles impensables.

Nada más acabar su café, Mara reanudó el viaje pensando en qué sería eso tan importante que Irene iba a anunciar. El día anterior los había citado a los dos, a Miguel y a ella, en la oficina de la fundación antes de comer. Cuando llegó, aparcó con suerte casi en la puerta, al mismo tiempo que Miguel lo hacía al otro lado de la calle. Al verla, levantó su mano a modo de saludo.

Parecía que los desencuentros entre ellos habían quedado arrinconados. En apariencia y en beneficio de Irene, tanto Miguel como Mara remaban en el mismo barco y sobre aguas tranquilas. Sin embargo, los dos eran conscientes de que, en cualquier momento, en esas mismas aguas se podía desatar un fuerte oleaje. Mara no sabría decir cuál de los dos despertaba recelo en el otro, pero era evidente que existía.

Lo cierto es que, si la propia Irene la hubiera presionado para que dijera la verdad sobre su hermano, Mara no hubiera dudado en admitir que no se fiaba de él. Cada decisión que tomaba, cada comentario que salía por su boca y cada movimiento que ejecutaba escondía dobles intenciones. Trabajaba codo a codo con él porque no le quedaba otro remedio, porque no quería interponerse entre los dos hermanos.

—Mañana por la mañana quiero una reunión con todas —dijo Irene—. Sé que es sábado, pero cuanto antes lo hagamos, mejor. Esta tarde te encargas de hablar con ellas.

No llamó la atención que Irene entrara con el móvil pegado a la oreja, aunque sí les interesó lo que decía. Era evidente que algo corría prisa.

—¿Con quién hablabas? —preguntó Miguel.

Irene ignoró su pregunta, pasó a su lado dejando su perfume sobrevolando y se acercó hasta su silla, donde depositó sus cosas. Una vez libre, se apoyó sobre la parte delantera de la mesa. Expectantes, Miguel y Mara seguían sus movimientos.

—He pensado organizar un desfile, aquí, en este local —soltó al fin.

La mirada furtiva y de desconfianza hacia su hermana evidenció el asombro de Miguel ante la noticia. Dispuesto a formular todas las dudas que en un segundo se agolparon en su cabeza, comenzó a pronunciar sus primeras palabras en tono poco amigable, momento que Irene aprovechó para acallar a su hermano de una forma sutil, elogiando su acierto al elegir aquel local.

De estilo industrial, tenía dos plantas lo bastante grandes como para sacar un buen partido de ellas. La planta baja se podía adaptar a la perfección a la puesta en escena de un desfile de moda con una iluminación adecuada y con el sonido apropiado.

La segunda planta, con dos salas multiusos, las reservaba para el catering y para atender a la prensa.

Lo tenía todo pensado.

Lo tenía todo tan bien pensado que no vaciló lo más mínimo al plantear uno de los puntos que ella consideraba clave para que el evento no pasara desapercibido.

—Me voy a encargar personalmente de enseñar a las chicas a desfilar —afirmó con decisión.

—¿A las chicas? —volvió a intervenir Miguel. Mara permanecía muda.

—Sí, a las chicas que vienen a las clases. A las alumnas —matizó.

Esta vez Miguel no se contuvo, calificó su intención de «verdadera locura y obstinada temeridad». Para que no se extendiera con sus quejas, Irene destapó otro punto decisivo antes de que las tediosas protestas de su hermano tirasen por tierra ese momento. Esas modelos tan especiales tenían que brillar de verdad.

—Quiero que desfilen con los vestidos de mi pequeño museo. Ya es hora de exhibirlos.

A Irene se la veía exultante. Mostraba su satisfacción con sus gestos comedidos pero llenos de viveza, con su manera de hablar, con la luz que proyectaban sus ojos ante la sola idea de imaginarlo. Enseguida especuló con las consecuencias que podría tener el previsible éxito del evento, todo en beneficio de ellas, de las chicas que cada día acudían a la fundación para aprender, para intentar mejorar sus vidas, para buscar un futuro mejor en el mundo gracias a la costura.

Considerando que estaba hablando de su tesoro privado, Mara no escondió su asombro inicial. Pero inmediatamente paso a admitir que la idea era fantástica, a decir verdad, era una idea brillante. Miguel volvió a la carga y reaccionó con brusquedad ante lo que catalogó como una ocurrencia inadmisible.

—¿Cómo puedes apoyar una locura como esta? —preguntó clavando sus ojos en Mara.

Estaba muy cabreado, estaba tan cabreado explicando que esos vestidos se habían guardado para exhibirlos en una ocasión especial y en un lugar especial, que no se dio cuenta de cómo su hermana abandonaba la sala incapaz de seguir escuchándolo. Dirigiéndose a Mara, solo a ella, intentaba convencerla del error que implicaba hacerlo de esa manera. Según él, suponía una verdadera afrenta a la alta costura, a la marca y a los profesionales implicados en un evento de esa categoría.

—¿Es que no os dais cuenta del ridículo que podemos hacer? —insistió.

Avanzó hacia Mara y frenó en seco para no arrollarla.

—¡No tienes ni idea de lo que supone un evento de esas características, ni de la repercusión que tendrá el desastre final! ¡Mi hermana se ha vuelto loca! —exclamó—. ¿A qué viene de repente tanto compromiso social? ¿Acaso les debe algo a esas chicas?

Por suerte Irene no había llegado a escuchar las últimas impertinencias de su hermano. Ahí estaba Mara para pararle los pies. Miguel se estaba excediendo con sus quejas y sus opiniones.

—¡Basta ya! —le ordenó.

Miguel siguió descargando contra ella toda su frustración. Según él, desde que ella había entrado en sus vidas, Irene estaba tomando unas decisiones que no encajaban con su forma de ser, incluso había cambiado su relación con él. Irene siempre había escuchado sus sugerencias, siempre había atendido sus peticiones y se había interesado por sus opiniones. Estaba más que harto de escuchar el nombre de Mara en cualquier conversación.

—¿De eso se trata, Miguel? —preguntó en cuanto tuvo ocasión—. ¿Se trata de mí? No soportas que esté cerca de ella. ¿No es así? No estoy intentando separarte de tu hermana. Si no fueras tan egoísta, te darías cuenta.

Aquel hombre estaba insoportable, todo lo que decía era mezquino, absurdo... No lo aguantaba más. Mara decidió imitar a Irene, cogió su abrigo y su bolso y pasó a su lado camino a la salida. Antes de dejarlo a solas con sus lamentos, se volvió.

—¿Por qué será que no me sorprende tu reacción?

El plan de Irene iba a seguir adelante con o sin Miguel. Se lo había dejado claro. Si estaba dispuesto a ayudar, su presencia era bien recibida; de lo contrario, lo quería bien lejos. Irene no iba a vacilar con su decisión, ni por su hermano, ni por nadie.

Inició los preparativos con una gran confianza. No tardó mucho en darse cuenta del enorme trabajo que le esperaba con las alumnas: convertir a esas chicas en modelos en tan solo tres meses iba a acarrear un considerable esfuerzo y decidió aceptar la ayuda que una de sus modelos profesionales de confianza le ofreció de forma desinteresada.

Necesitó un primer contacto con el grupo para valorar qué grado de implicación estaban dispuestas a asumir. Fue muy satisfactorio, tener a esas ocho chicas dispuestas a enfrentarse a algo desconocido para ellas demostraba que eran unas supervivientes. De entrada, compromiso no les faltaba, pero sí que carecían de la suficiente dosis de confianza. Para alcanzar ese grado de autoestima, Irene decidió conocerlas a fondo. Una a una fue hablando con ellas, interesándose por sus gustos, sus aficiones, por sus sueños. La información que obtuvo fue de gran utilidad a la hora de adjudicar a cada una el vestido que iba a modelar, además de encajar con su cuerpo era imprescindible que encajara con su personalidad.

Tampoco dudó al elegir el día del gran evento

—Cualquier día es perfecto, pero en lunes será llamativo —dijo con seguridad.

Era hora de pensar en la lista de invitados.

En primer lugar, anotó, sin olvidar a nadie, los nombres de los familiares más cercanos, entre los que incluyó a Manuela y a Fran. En cuanto a los amigos más íntimos, tuvo claro quién debía estar. Con el resto, con aquellos que podían colaborar con sus aportaciones a la fundación, le surgieron más dudas, el espacio disponible no era tan amplio. No obstante, tomó la precaución de preparar una lista de reserva para posibles bajas de última hora, dejar espacios vacíos no quedaba bien.

El ritmo de trabajo se iba intensificando a medida que pasaban los días, aquel edificio era un ir y venir de gente con algo que hacer. La confianza de las chicas iba sumando puntos con sus avances, aunque, de vez en cuando, alguna daba un paso atrás y sufría un bajón emocional. La paciencia de Irene, puesta a prueba con cada contratiempo, estaba respaldada por unos excelentes colaboradores, verdaderos profesionales. Gracias a ellos, a su reconocida experiencia, Irene tenía garantizado, en el peor de los casos, un resultado satisfactorio; en el mejor, el que se iba a dar, un acontecimiento sin precedentes. Se atrevía a asegurar sin miedo a equivocarse que tenía garantizado el éxito total. Lo hablaba con Mara en el espacio que compartían, un despacho en el que destacaba, por encima de lo demás, un nombre enmarcado y colgado en la pared: Fundación Irene Balaga. En dos mesas idénticas colocadas en forma de ele y separadas entre sí por una palma del paraíso, una planta de metro y medio de altura, cada una se centraba en lo suyo, aunque, cuando así se requería, las dos participaban en lo que hacía la otra.

Mara recibió una llamada.

Se limitó a escuchar en medio de un silencio que daba a entender que la persona que estaba al otro lado continuaba hablando, se acercó a un mueble y esperó. En tan solo unos segundos, sonó un ruido que advertía de la entrada de un fax. Comenzó a asomar un papel satinado de color blanco pálido y lo sujetó con la mano hasta que un pitido avisó que la transmisión había finalizado.

Irene estaba abstraída con sus cosas y no prestaba atención a lo que ocurría a tan solo unos pasos de ella. Cuando Mara llamó su atención, observó cómo doblaba una larga hoja y comprendió por su expresión que se trataba de algo importante.

—Acaba de llegar —dijo Mara.

Irene supo a lo que se refería, se puso en pie, aunque enseguida prefirió volver a sentarse. A pesar de que ignoraba en qué términos estaba redactada la resolución judicial del proceso iniciado hacía unos meses, no podía fingir, estaba bien informada y advertida de cuál podía ser el resultado final.

Teniendo en cuenta que su valentía había propiciado una oleada de denuncias por el mismo motivo, una serie de reportajes de investigación sobre el tema en diferentes medios y entrevistas con algunas afectadas, ya había obtenido su recompensa. Mara leyó por encima los datos que identificaban la resolución para pasar a los antecedentes de hecho, una transcripción de las peticiones de la acusación. En los hechos probados, el juez consignaba con claridad el relato de la verdad de lo acaecido para luego explicar en los fundamentos jurídicos el porqué de su decisión. En último lugar, aparecía el fallo, lo que realmente les interesaba a ambas.

En ese momento alguien golpeó con suavidad en la puerta y, al abrirse, apareció Miguel.

—¿Puedo pasar? —preguntó desde el umbral.

—Siéntate, Miguel —contestó Irene—. Llegas a tiempo.

Miguel dirigió su mirada hacia Mara y, con un ligero movimiento de cabeza, la saludó.

—Ha llegado la sentencia —le informó su hermana—. Mara está a punto de leerla.

Miguel se sentó en la silla más próxima a ella. Irene, intentando acomodarse, apoyó todo su peso en el respaldo de su asiento fijando los ojos en un solo punto, cruzó las piernas y se dispuso a escuchar con atención.

El magistrado consideraba que había quedado probado de forma incontestable en el juicio que el doctor Méndez había participado junto a sor Mercedes, en la entrega de una niña recién nacida en la residencia de San Jerónimo en mayo de mil novecientos cincuenta y nueve fuera de los cauces legales. Así mismo, había establecido una filiación falaz.

Lo que más había temido Irene cuando inició el proceso era que el propio doctor no declarase debido a su avanzada edad, pero lo había hecho. Como era de esperar, negó los hechos y alegó que él no había dado ninguna niña a nadie, que él solo sabía de temas médicos y asistía en determinados partos. El testimonio de Pablo Saras fue clave en el procedimiento. Tal y como había prometido a Mara, testificó en el juicio y contó cómo se produjo «la apropiación» de su hija Claudia. Y volvió a pedir perdón a Irene, esta vez públicamente.

El fallo dictaminaba que, aunque quedaba probado que el doctor Méndez en colaboración con sor Mercedes era autor de los delitos, el juez lo absolvía por prescripción de estos.

Tanto Miguel como Mara observaron a Irene.

Permanecía en silencio con la mirada perdida, parecía ausente, como si de repente se hubiera trasladado a otra parte para no afrontar una decisión que alguien había tomado por ella y que tendría que acatar, una vez más.

—¿Estás bien? —se atrevió a preguntar Mara.

Al no contestar, se acercó a ella y volvió a preguntar.

—¿Te encuentras bien?

Irene volvió en sí y, sin mover ni un músculo de su cuerpo, dibujó una sonrisa en su cara.

—Ha quedado probado que esos miserables fueron autores de los delitos, lo que demuestra que yo estaba en lo cierto —se explicó—. Pero lo más importante es que por fin la verdad ha salido a la luz. —Se levantó y continuó diciendo—: No podíamos ganar una batalla que de antemano estaba perdida, pero esta verdad es un gran triunfo y debemos alegrarnos.

Faltaba una semana para el gran día y aún quedaban muchas cosas por hacer.

Miguel se afanaba en coordinar a los profesionales implicados en los preparativos. Cada elemento podía ser crucial para obtener un buen resultado. Desde la iluminación, el sonido y el decorado, hasta la estrategia de comunicación, de la que él se encargaba personalmente. De todos dependía que ese buen resultado se materializara en un rotundo éxito, una etiqueta que sería otorgada tanto por la prensa como por los invitados, pero, sobre todo, por la más exigente y crítica de todos, la propia Irene Balaga. Ultimando los detalles con las afanadas modelos, Irene llamó a Mara a la pasarela.

—Lo hacen realmente bien —dijo al ver el ensayo.

—Se lo han tomado muy en serio.

—Y el decorado es maravilloso —confirmó admirada al verlo terminado.

—Y la puesta en escena va a ser fantástica, muy sencilla pero fantástica —insistió Irene—. Han colocado unas luces a los dos lados. Bueno, no te lo voy a contar, lo verás con tus propios ojos cuando desfiles por aquí —dijo señalando la pasarela.

—Perdona, ¿qué has dicho? —le cortó Mara.

Irene se fijó en un detalle que estaba fuera de lugar y, como si no hubiera oído la pregunta, dio unos pasos alejándose de ella.

—¿Me puedes repetir lo que acabas de decir? —insistió Mara clavada en el mismo sitio y alzando la voz.

—¡Ah sí! Había olvidado mencionártelo —dijo haciéndose la distraída—. Tengo adjudicado un vestido para cada modelo, los he arreglado para cada una de ellas. Solo hay uno que no he tocado, he dejado reservado el rojo para alguien muy especial. Ese vestido solo lo puedes llevar tú.

Mara no sabía si reírse o salir corriendo, definitivamente Irene había perdido el juicio con todos los preparativos.

—Yo no puedo desfilar, ni loca, no puedo, no lo he hecho nunca —acertó a decir.

Irene no solo logró convencerla, sino que consiguió que se metiera de lleno en el papel de modelo. Sin dejar de protestar, dedicó la semana entera a aprender a desfilar y a ensayar sin descanso, las demás habían dispuesto del tiempo necesario para adquirir la seguridad suficiente. Ella solo tenía unos días. Si el primer día que salió a recorrer el largo pasillo le hubieran dicho que se iba a desenvolver con soltura, no se lo habría creído. El día anterior al gran evento mostraba la seguridad de una profesional, según ella, debido a la ausencia de público.

Aquel lunes de mediados de marzo, un sol radiante se coló por la ventana de la habitación donde Mara dormía y la despertó. Al comprobar la hora, murmuró por lo bajo su disgusto por no haber cerrado las contraventanas antes de acostarse, se lo tenía merecido. Volvió a cerrar los ojos y cubrió su cabeza con las sábanas, por más que lo deseaba, ya no pudo dormir, el sol seguía allí para recordarle que el gran día había llegado. Decidió levantarse y bajó a la cocina en bata.

Irene había bajado antes que ella y tomaba un café. Al verla entrar, le ordenó sin preámbulos volver a la cama, tenía que descansar para estar fresca cuando llegase la hora. Mara pensó que bromeaba, pero no tardó en darse cuenta de que no era así, cuando se trataba de trabajo, Irene nunca hablaba en broma. Obediente, asintió con la cabeza a las instrucciones que le iba dando mientras cogía una taza de café. Ese día, hasta la hora señalada, su única preocupación sería llegar como una rosa al desfile y para ello era fundamental que se acostase, que descansase y que tomase el baño más largo de su vida.

Con el café en una mano y una tostada en la otra, Mara, como la buena chica que era, volvió dócil a su habitación, no tenía ganas de discutir a esas horas. Una vez acomodada sobre la cama, mientras la mermelada de arándanos endulzaba sus sentidos, comprobó los mensajes del móvil. Maite le había mandado uno de madrugada para avisarle que cogía el avión a las doce en punto y que un taxi la llevaría directa a la fundación. Nada más leerlo, se puso en contacto con ella, seguro que ya estaría de los nervios con el día tan emocionante que les esperaba.

—Buenos días, Mara —saludó la voz cantarina de Maite—. Estoy de los nervios. ¿Ha pasado algo?

—Buenos días, Maite, no ha pasado nada. Solo necesito que me hagas un favor.

Después de comer, empezó a notar un hormigueo en el estómago, los nervios que hasta ese momento había conseguido mantener a raya se colaron por allí. Para evitar que se apoderaran de ella, se preparó una tila y se recostó en el sofá. Como no notaba mejoría, salió de la casa para que le diera el aire, aunque la tarde estaba pesada, o eso le pareció. Llevaba todo el día sola y en cualquier momento iba a estallar a gritos si no hablaba con alguien, así que decidió poner rumbo a la fundación, Maite ya habría llegado.

Nunca hubiera imaginado que un evento de ese tipo implicara a tantísima gente. Habían llegado las modelos, las peluqueras, las maquilladoras, el equipo técnico..., hasta un electricista se aseguraba de que todo marchaba a la perfección. No veía a Maite por ningún lado, pero Irene la vio a ella enseguida.

—Ven por aquí, Mara —le invitó.

—¿Qué hace toda esta gente aquí? —preguntó sorprendida.

—Cada una de estas personas es indispensable para que este desfile salga a la perfección —le explicó—. Tienes que pasar por peluquería y luego estoy contigo. Falta poco para que empiecen a llegar los invitados y me tengo que cambiar.

Por primera vez desde que Irene anunció su idea, Mara sintió que lo que iba a suceder era real. Entre bastidores, como si se tratase de la representación de una obra de teatro, aguardaba instrucciones y observaba al resto de chicas. Se las veía tranquilas. Ella estaba hecha un manojo de nervios.

Cuando parecía que todos los invitados habían llegado y estaban correctamente colocados, Irene acudió a su encuentro.

—Estás preciosa —dijo con orgullo.

—Estoy de los nervios —confesó ella.

—Mírame, Mara. Todo va a salir bien —la tranquilizó—. Ahí fuera hay personas influyentes, pero a la postre, son personas como tú y como yo. En cuanto pongas un pie en la pasarela, tú vas a ser la protagonista y ellos meros espectadores. Los focos te iluminarán y solo verás la plataforma que tendrás ante ti, te paseas hasta el final y vuelves, lo hemos ensayado. Solo escucha atentamente a tu voz interior —le rogó—. Mira a esas chicas y recuerda por qué estás haciendo esto. Algún día contarás a tus hijos que hiciste de modelo por una buena causa. La herencia de una vida se compone de pequeñas aportaciones a la vida de los demás; en apariencia son insignificantes, pero a la larga acaban convirtiéndose en trascendentales —dijo convencida—. Ahora, respira profundamente, despacio, como yo.

Irene y Mara cogieron aire a la vez. Repitieron el movimiento varias veces hasta que Irene paró.

—Muy bien. ¿Estás más tranquila?

Mara afirmó con la cabeza mientras seguía con sus ejercicios de respiración.

—Ahora, sal ahí y cómetelos a todos, estás tan espectacular que ni tus padres te van a reconocer.

—¿Mis padres están aquí? —preguntó después de su última bocanada de aire.

—Sí —confirmó Irene—, yo les he invitado.

—¡Irene!

No tenía ganas de contradecirle y se calló.

—Habéis aparcado vuestras rencillas, déjales disfrutar de ti —le sugirió.

—Ese repentino interés de mi madre por acercarse a mí nada más empezar el juicio del doctor Méndez me hace sospechar, ya lo hemos hablado. Ella nunca me había tratado con tanta condescendencia.

—Yo lo llamo admiración, es normal que se sienta orgullosa de ti.

—No la conoces bien, solo se admira a sí misma. ¿Y mi padre? Ese «borrón y cuenta nueva» es taaaaaan raro...

Irene la cogió del brazo.

—Dales una oportunidad, por ellos y por ti misma.

Irene dio tres pasos hacia atrás y la volvió a observar de arriba abajo mostrando una sonrisa abierta, una sonrisa de satisfacción. Alargó el momento sin mudar el alegre gesto, quería recordar, sin sufrimiento, en quién se inspiró a la hora de diseñar ese vestido tan especial. Mara no tenía ni idea qué se le pasaba por la cabeza, pero se dejó contagiar por la luz que desprendía el rostro de su amiga y sin saber por qué, pensó en Fran, en lo qué diría si la viera así vestida.

—Otra cosa —dijo Irene volviendo en sí—, también he invitado a Fran.

—¿Qué has hecho qué? —dijo Mara sorprendida—. No le he contado nada de todo esto.

Mara empezó a andar de un lado a otro sin saber muy bien qué hacía.

—Lo tenía que hacer, no lo podía dejar al margen. Ha venido acompañado —logró decir prestando atención a su reacción.

Mara paró en seco y contra todo pronóstico, habló con calma.

—Por fin la conoceré —dijo—. Porque supongo que ha venido con su mujer.

—Sí, ha venido con ella y te puedo adelantar que es encantadora.

—¿Te la ha presentado?

—Nada más llegar.

—¿Cómo se supone que debo reaccionar cuando los tenga frente a mí?

—Yo no puedo responder por ti. Tú tienes recursos para poder afrontar la situación. Lo único que te puedo decir es que seas tú misma.

A diferencia de otras veces, asintió con la cabeza.

—Escúchame…

Una voz interrumpió la conversación. Las dos se giraron al escucharla.

—Guau... Estás irreconocible.

De pronto el tiempo se detuvo para Mara, no sabía si alegrarse al verlo ahí delante con cara de asombro o si salir corriendo para no enfrentarse a algo que quizá no era capaz de controlar.

—Hola, Fran —saludó tímidamente—, no tenía ni idea de que fueras a venir.

—Si es por ti, no hubiera venido. ¿No pensabas contarme nada de todo este desfile?

—Lo siento —se disculpó—. Todo ha ido tan rápido, todo ha sido tan intenso que me he centrado en mí, en estar lista...

Fran avanzó hacia ellas, Irene aprovechó el momento para alejarse.

—No tardéis mucho, estamos a punto de empezar.

Mara respiró más aliviada al comprobar que su mujer no lo acompañaba.

—Estás impresionante —dijo Fran.

—No es para tanto. Es el vestido…

—No seas tan modesta.

—¿Qué haces aquí Fran? ¿Por qué has venido?

—Irene me ha invitado, no podía negarme. La conoces y sabes lo persuasiva que es.

—Me ha dicho que no has venido solo.

Fran asintió.

—Cuando vio la invitación, no se lo creía. Le hablé de ti, de Irene Balaga…

—¿Le has hablado de mí?

—Mara, somos amigos, no hay nada de malo en que le hable de mis amistades. Ahora céntrate en el desfile, es el momento de disfrutar.

Ella bajó la vista, como si buscara en el suelo qué decir.

—He pensado en lo qué dirías al verme... —murmuró—, pero ahora solo pienso que fui una estúpida al enamorarme de ti.

Fran suspiró.

—No digas eso. Tenemos algo mucho más valioso, siempre que tú quieras...

Se calló, se acercó ligeramente a su rostro y le dio un beso en la mejilla.

—Suerte en la pasarela.

Mara se quedó quieta sin saber qué hacer ni qué decir.

Él había querido estar ahí, en un momento especial para ella, pero acompañado de su mujer. ¿Qué más necesitaba para aceptar lo obvio? ¿Una pancarta en grande?

El silencio solo duró unos segundos. Una maquilladora apareció para darle el último retoque y tras ella, Irene.

—¿Te encuentras bien?

—Sí, perfectamente —contestó Mara frotándose las manos mientras le empolvaban la nariz.

—¿De veras?

—Por supuesto.

Su mirada perdida no decía lo mismo, pero prefirió no insistir.

Se colocó frente al espejo una vez más. Había llegado la hora de mirarse bien para convencerse, más que nunca, de que ella podía llevar ese vestido. La primera vez que lo vio se lo imaginó en el cuerpo de una esbelta modelo. Ahora se examinaba con detenimiento para asegurarse de que estaba a la altura de las circunstancias. Le gustaba lo que estaba viendo.

En la superficie de cristal apareció reflejada la figura de Maite, que se acercaba a ella por detrás con una expresión de felicidad contagiosa.

—¿Dónde te habías metido? —le interrogó Mara, dándose la vuelta—, llevo preguntando por ti desde que he llegado.

—¡Estás espectacular! —dijo—. No te reconozco…

—Maite, por favor.

—He estado con tus padres —se apresuró a decir antes de que le pidiera más explicaciones —. El señor y la señora Berría están especialmente simpáticos y me han presentado a unos amigos —continuó—. ¿Sabías tú que conocen al juez Arizmendi y a su mujer? Por lo visto son amigos tuyos —afirmó mirando a Irene.

—Mira, Maite, ahora mismo me da igual a quién conocen mis padres —refunfuñó Mara.

—Creo que debes tranquilizarte —le aconsejó—. No te pongas histérica justo ahora.

Mara cogió una bocanada de aire, lo retuvo unos segundos y lo exhaló lentamente. Qué paciencia...

—¿Has traído lo que te pedí?

Maite deslizó la cremallera del bolso que llevaba colgando del brazo y metió la mano dentro. Conforme sacaba lo que había en su interior, Irene no pudo evitar mirar. Lo que vio, un botecito transparente, le resultó familiar.

—Aquí lo tienes —dijo.

Mara reaccionó de inmediato. Lo cogió con cuidado, lo apretó contra su pecho con dulzura y, de pronto, se sintió mejor.

Sabía que lo necesitaba cerca, como un amuleto protector, como un bálsamo capaz de calmarla...

—Quería que estuviera aquí conmigo. En parte, todo esto es gracias a ella —afirmó en voz alta.

Irene estuvo a punto de decir que ella tenía uno igual, pero no se atrevió. Como si temiese lo que iba a pasar, dio un paso hacia atrás al mismo tiempo que Mara desenroscaba el tapón y acercaba el bote a su nariz.

—¿Vas a salir ahí fuera con él? —preguntó Maite, parecía escandalizada con la idea.

—Todavía huele a su champú —dijo sin contestar a su pregunta—. Este olor... mmmm, este olor es tan ella...

La música sonaba a buen volumen.

Con los primeros acordes de una canción que ella misma había elegido, Mara debía estar lista cerca de la pasarela, sin embargo, seguía alimentando sus recuerdos en voz alta.

—¡Mara! ¡Prevenida, vamos a comenzar! —gritó Miguel.

Lo escuchó con claridad, cerró el bote deprisa y, a la vez que avanzaba hacia su posición, se lo fue a entregar a Irene extendiendo el brazo. Al girarse, comprobó que esta no se había movido, seguía en el mismo sitio, como si estuviera anclada al suelo.

—¿No vienes?

Irene seguía sin reaccionar y Mara volvió a preguntar.

—¿Te pasa algo?

—Sí, digo no, no pasa nada. Por supuesto que voy —dijo manteniendo la compostura.

—Guárdalo bien, por favor —le rogó Mara—. Esto que ves pertenece a Claudia. En una ocasión se cortó el pelo a lo chico, pero se arrepintió. Yo quise solidarizarme con ella, ya sabes, cosas de la edad. Estuve a punto de hacer lo mismo, pero ella me lo impidió. Aquel día hicimos un intercambio: un mechón de su pelo, por uno mío.

Miguel llamó a Mara, esta vez con urgencia. «Gloria» de Umberto Tozzi había comenzado a sonar, la pasarela estaba vacía, era su turno.

—Mara. ¡Vamos, vamos, vamos! —le pidió con apremio.

Irene observó cómo Mara iniciaba su paseo por el escenario.

Había confeccionado ese vestido para alguien especial.

Cada costura guardaba un silencio, cada hilo atravesaba un secreto, cada botón escondía una lágrima.

No existía nadie mejor que ella para llevarlo.

AGRADECIMIENTOS

A María Oset, mi editora.

Ha apostado por esta historia y ha hecho posible que Nené y Mara hablen por sí mismas, estas valientes mujeres merecen ser escuchadas.

A Charo Irigoyen, que creyó en esta historia nada más leerla y me condujo hasta María.

A Esther Irigoyen por el vínculo inquebrantable que nos une a pesar de las cosas que nos diferencian.

A José Manuel, mi compañero, por respetar mi espacio y mi tiempo. Por tu paciencia.

A mi hija Andrea por dar valor, entusiasmo y una perspectiva nueva a mi vida. Cada día sigo aprendiendo de ti. No existen límites para quererte.

A Carmen (la lechera de la casona), mi madre, que a sus 93 años sigue ejercitando su privilegiada memoria contando anécdotas con claridad y emoción.

A Alberto, mi ahijado, que conocía esta faceta mía desde los inicios y respetó siempre mi deseo de mantenerla en la intimidad.

Al resto de mi familia, os quiero sin condiciones.

A Ana Lasheras, Blanca Ilundain, Gurutze Muruzabal, Pili Sanz y Viki Izco.

Fuisteis las primeras en leer el borrador de esta historia. Os gustó, me animasteis a seguir y os alegrasteis por mí cuando surgió esta oportunidad. Deseo seguir disfrutando de vuestra destreza para interrumpirme cuando os cuento algo, la singularidad del momento os distingue, os define y os convierte en únicas. Y, por supuesto, deseo seguir cargando las pilas junto a vosotras en cada uno de nuestros viajes.

A Patxi Arbués, por el interés que mostró en leer el borrador de la novela al conocer de su existencia.

A mis amistades, las que mantengo desde la infancia y las que he ido incorporando a mi vida. Gracias por lo que me aportáis, es mucho y bueno.

De manera especial quiero darte las gracias a ti, lectora o lector. Si has llegado a esta página significa que has leído toda la novela. Espero que haya merecido la pena.

Por último, y no por eso menos importante, te doy las gracias a ti, ese algo o alguien sin nombre que provocó un «clic» dentro de mí y me empujó a esta arriesgada y gratificante tarea de escribir. No estoy segura de que escribir me convierta en escritora. Solo soy alguien a quien le gusta contar historias que lleguen al alma.

Si he conseguido evocar cualquier sentimiento en estas páginas, por pequeño que haya sido, me sentiré enormemente complacida, al igual que Nené y Mara.